dtv
premium

Marlies Ferber

Wohin die Reise geht

Roman

dtv

Ausführliche Informationen über unsere Autorinnen und Autoren und ihre Bücher finden Sie unter www.dtv.de

Von Marlies Ferber
sind bei dtv außerdem erschienen:
Grün ist die Liebe (21916)
In der Null-Null-Siebzig-Reihe:
Operation Eaglehurst (21345)
Agent an Bord (21418)
Mord in Hangzhou (21522)
Truthahn, Mord und Christmas Pudding (21607)

MIX
Papier aus verantwortungsvollen Quellen
FSC® C083411

Originalausgabe 2021

Umschlaggestaltung: www.buerosued.de
Gesetzt aus der Minion Pro 10,5/14,5'
Satz: C.H.Beck.Media.Solutions, Nördlingen
Druck und Bindung: CPI books GmbH, Leck
Printed in Germany · ISBN 978-3-423-26267-5

Für Dirk

»Strangers«, the Blue Man said,
»are just family you have yet to come to know.«
Mitch Albom, ›The Five People you Meet in Heaven‹

Der wahre Reisende weiß nicht, wohin die Reise geht,
der wahre Abenteurer weiß nicht, was er erleben wird.
Zhuangzi

1

Tilda wachte auf. Verwundert sah sie sich um. Himmel, das war ihr noch nie passiert: Sie war auf einer öffentlichen Toilette eingenickt! Vor ihr, an der Innentür, hing die Werbung einer Fluggesellschaft, eine Stewardess hielt einen Koala auf dem Arm, er schien zu lächeln. Tilda fiel ein, dass sie neulich einen Film über Australien gesehen und dabei erfahren hatte, dass Koalas im Verhältnis zu ihrem Körpergewicht von allen Säugetieren das kleinste Gehirn haben. Was wohl mit ihrer Ernährung zusammenhing. Eukalyptusblätter, hieß es, brächten so wenig an Lebenskraft ein, dass die Tiere zwanzig Stunden täglich vor sich hin dämmerten, und auch ihr kleines Gehirn sei im Energieverbrauch äußerst anspruchslos. Was allerdings zu einer gewissen intellektuellen Begrenzung führe. Tilda lächelte dem Koala zu. Strohdoof, aber niedlich. Andererseits, hatte der Tierforscher gesagt: Zu dumm gibt's nicht in der Natur. Koalas haben alles, was sie zum Überleben brauchen.

Tilda erhob sich mit etwas Mühe vom Toilettensitz, die Glieder waren in der unbequemen Stellung wie eingerostet. Dann brachte sie ihre Kleidung in Ordnung, nahm ihre Handtasche und den Mantel vom Haken, wollte die Toilettentür öffnen und erschrak: Sie war nur angelehnt. Hatte sie etwa vergessen abzuschließen? In dem menschenleeren Vorraum wusch sie sich die Hände an einem der Waschbecken und betrachtete sich im Spiegel. Sie sah müde aus. »Haltung, ma chère, Haltung«, murmelte sie ihrem Spiegelbild zu. Sie hielt die Hände unter den Händetrockner, dann zupfte sie ein blondes Haar vom Kragen ihrer dunkelblauen Chiffonbluse, kramte in der Handtasche nach ihrer kleinen, ausklappbaren Taschenbürste und brachte die Frisur wieder in Form. Dann ging sie hinaus, sah die vielen bunten Kiosk-Regale einer Autobahnraststätte, ging ein paar weitere Schritte an Getränken und Keksen vorbei, blickte sich um, sah zur Kaffee-Bar, zum Restaurant und schließlich zu einem gläsernen Greifarm-Automaten, vollgestopft mit Plüschtieren. Zögernd trat sie näher und betrachtete die aufgehäuften Tiere hinter der Glasscheibe. Eine kleine schwarze Katze schien sie direkt anzusehen, als könne sie ihr eine Antwort geben auf eine Beunruhigung, die sich in ihre Gedanken drängte. Tilda griff zu ihrem Portemonnaie, suchte die passende Münze und steckte sie in den Automaten. Wirst schon sehen, kleine Mietzi, dachte sie, gleich bist du frei. Sie brauchte drei Münzen, aber schließlich klappte es. Als sie die kleine Katze in den Händen hielt, freute sie sich so sehr, dass sie für einen Moment die Beunruhigung vergaß. Doch dann, plötzlich, ganz klar, waren sie da, die Fragen: Wo bin ich eigentlich? Was mache ich hier? Wie bin ich hergekommen? Und mit wem?

2

drei Tage zuvor

Beethovens Siebte zum Frühstück war eine Freude. Jakob griff zur Fernbedienung seines neuen Radios und drückte einige Male auf den Lautstärkeregler, bis die beschwingten Klänge die Küche ausfüllten. Er hatte einige Wochen umsichtig haushalten müssen, bevor er sich das Radio leisten konnte. Aber es hatte sich gelohnt. Es besaß eine vernünftige Antenne, die rauschfreien Empfang garantierte, und der Klang war exzellent. Dieses Radio war ein Juwel. Lieber ein paar Wochen auf teuren Aufschnitt und den Wein zum Abendessen verzichten als auf guten Klang. Jakob ging zum Herd, nahm den Milchtopf herunter und goss die heiße Milch vorsichtig über den Zwieback, der schon im Suppenteller bereitlag. Zum Schluss streute er einen Löffel Zucker darüber, stellte den Teller auf den Küchentisch und nahm Platz. Warum in die Ferne schweifen, sieh, das Gute liegt so nah, dachte er, während er genüsslich seine warme Zwiebackmilch löffelte. Ja, Beethoven hören und Zwieback mit Milch und Zucker dazu genießen. Ein wohliger Morgen. Und am Abend würde er sich mit Matthias im Ratskeller treffen, wie jeden Dienstag nach der Chorprobe.

Er hatte gerade abgeräumt, da klingelte das Telefon. Es war Lukas. »Ich wollte nur fragen, ob du da bist, dann komme ich auf einen Sprung vorbei.« – »Natürlich bin ich da«, sagte Jakob. »Gut, Papa, bis gleich!« – »Schön, ich freue mich!«, sagte Jakob noch, aber da hatte Lukas schon aufgelegt. *Papa*, dachte Jakob verwundert, als er das Telefon an seinen Platz zurücklegte. Er versuchte sich zu erinnern, wann Lukas das letzte Mal Papa zu ihm gesagt hatte. Irgendwann, als an seiner Oberlippe der erste Flaum wuchs, hatte er im Scherz angefangen, Veronika und ihn mit »Vater« und »Mutter« anzureden, und dann war es irgendwie dabei geblieben.

Jakob sah sich um. Die Küche konnte so bleiben, außerdem würde er Lukas ohnehin ins Gute Zimmer führen. Er ging ins Wohnzimmer, seufzte und beschloss, dass es Zeit war für Trick siebzehn. So hatte Veronika das genannt, wenn plötzlich Besuch kam und keine Zeit blieb aufzuräumen. Er ging in die Abstellkammer, zog den Staubsauger hervor und stellte ihn mitten ins Wohnzimmer. Lukas sollte nicht denken, er käme nicht zurecht. Ich wollte gerade sauber machen, würde er sagen. Und dass die Putzfrau krank sei. Dann würde Jakob sich über den Zustand der Wohnung keine Gedanken mehr machen. Er war aber auch so ein Pingel. Schon mit vier Jahren hatte ihr kleiner Lukas seine Pantoffeln abends immer ordentlich vor das Bett gestellt.

Als Nächstes ging Jakob zur Bar und räumte die Flasche Jenever nach vorn. Gut, es war noch früh am Morgen, aber traditionell würde er seinem Sohn einen Drink anbieten, und in dem unwahrscheinlichen Fall, dass er tatsächlich einen nahm, würde er zu dieser Flasche greifen. Die anderen waren nur noch Dekoration, mehr oder weniger stark mit Wasser aufgefüllt, aber das brauchte Lukas nicht zu wissen. Zuletzt ging Jakob ins Schlafzimmer und band sich eine Fliege um, wie immer, wenn er aus dem Haus ging oder Besuch empfing.

Ein Gentleman vom Scheitel bis zur Sohle, dachte Jakob wohlgefällig, als er Lukas wenig später den teuren Wollmantel abnahm und das Jackett aus Harris-Tweed zum Vorschein kam. Darunter trug sein Sohn ein farblich geschmackvoll abgestimmtes Polohemd, kombiniert mit lässigen Jeans einer teuren Marke. Dazu auf Hochglanz polierte Budapester. Eine noble Erscheinung. Jakob nahm den Hut entgegen. Es gefiel ihm, dass Lukas inzwischen dieselbe Hutmarke favorisierte, die er selbst gern trug. Was hatte der kleine Lukas sich gegen das Tragen von Mützen gesträubt.

Aus dem kleinen Lukas war der feine Dr. Lukas Hüfner geworden, ein erfolgreicher Unternehmer und hoch angesehenes Mitglied der Bremer Gesellschaft. In diesem Jahr war er sogar zum Schaffermahl eingeladen. Jakob selbst war diese Ehre nie zuteilgeworden. Jedes Jahr hatte er gehofft, aber dann nachher nur die Zeitungsberichte gelesen, die Fotos mit den vielen stattlichen Männern im historischen Ratssaal wehmütig betrachtet und sich gesagt, nächstes Jahr kommt die Einladung ganz bestimmt. Das Aussehen der Gesellschaft im Ratssaal hatte sich verändert im Laufe der Jahre. Frack wurde noch getragen wie eh und je, aber die heutige Stattlichkeit hatte nichts mehr mit Statur zu tun, mit den früher üblichen Wohlstandsbäuchen, vielmehr war jetzt der schlanke Körper das Insigne von Erfolg und Wohlstand. Auch Genuss natürlich, aber der war spektakulärer und schneller als früher. Hatten Jakob und Veronika sich damals am Samstagabend einen Babysitter geleistet, um in die Oper zu gehen, und am Sonntag Waldspaziergang, Schweinebraten und Mittagsschlaf, trainierten Lukas und Michelle für den Marathon, aßen Superfood im Golfclub und flogen mit Geschäftspartnern im Winter zuweilen frühmorgens nach Sankt Moritz, fuhren Ski, feierten in der Après-Bar und flogen am nächsten Tag, manchmal sogar am selben Abend, wieder zurück zu Kindern und Haushälterin.

Während Jakob den Mantel an die Garderobe hängte, ging Lukas schon voraus ins Wohnzimmer. Darin war er noch ganz Sohn: Er klingelte nur kurz der Form halber, benutzte dann seinen eigenen Schlüssel und bewegte sich so ungezwungen in der Wohnung, als wäre er hier immer noch zu Hause. Jakob war neugierig, was sein Sohn auf dem Herzen hatte. Als selbstständiger Bauunternehmer war er stark eingespannt, sein Leben ließ wenig Raum für spontane Treffen. Lukas ließ sich im Ohrensessel nieder und kam auch gleich zur Sache. »Ich wollte dich um etwas bitten. Um einen Gefallen für die Familie. Es ist nicht schwierig, kostet aber Zeit.« Er zuckte mit den Schultern, lächelte seinem Vater zu. »Und du weißt ja …«

»Mit Zeit kann ich dienen«, sagte Jakob, nun ebenfalls lächelnd. Er ging zur Bar. »Möchtest du etwas trinken?«

»Ich bin mit dem Auto da.«

»Oder einen Kaffee? Ich habe noch etwas von dem mexikanischen, die starke Röstung, die du so gern magst.«

»Nein, danke.« Das Handy klingelte, Lukas zog es hervor und drückte den Anruf weg. »Ich muss leider gleich weiter.« Dann wartete er, bis sein Vater sich gesetzt hatte.

»Also, wie kann ich dir helfen?«, fragte Jakob.

»Indem du für mich in die Schweiz fährst und eine Million Euro auf mein Konto bei der Banca Edmund de Rothschild in Lugano einzahlst.«

»Oh!« Jakob sah seinen Sohn an und wusste nicht, was er sagen sollte.

»Du solltest dein Gesicht sehen«, meinte Lukas und grinste.

»Warum überweist du das Geld nicht einfach?« Jakob hatte die Frage kaum ausgesprochen, als ihm die Antwort klar wurde. »An der Steuer vorbei?«

Sein Sohn zuckte erneut mit den Schultern, immer noch grinsend, und nickte.

»Bist du nicht ganz bei Trost, mein Junge? Da machst du dich strafbar.«

Das Grinsen wurde noch breiter. »Deshalb sollst du das ja für mich übernehmen.«

»Ich kann doch kein Schwarzgeld über die Grenze schmuggeln wie ein Ganove!«

»Doch, du kannst das, und nur du. Mich würden sie an der Grenze vielleicht durchsuchen, aber dir glaubt jeder, dass du nur Urlaub machst. Lugano ist ein Paradies für ältere Herrschaften, da ist die Zeit stehen geblieben, eine Postkartenidylle wie im vorigen Jahrhundert. Du passt dahin, als wärst du dort geboren.« Lukas schaute sich im Wohnzimmer um. »Lugano ist wie deine Wohnung: in Ehren alt geworden. Es ist nicht mehr so glanzvoll wie früher, aber es hat immer noch Stil und Klasse und seinen eigenen Charme. Oh, du als Gentleman wirst Lugano lieben, Papa. Die südliche Sonne wird dir guttun. Dort ist schon Frühling. Als Erstes bringst du das Geld auf die Bank. Das geht ebenso schnell und problemlos wie hier in Bremen, wenn du früher die Tageseinnahmen eingezahlt hast. Und dann machst du dir einfach noch ein paar schöne, unbeschwerte Tage. Allein das Essen ist die Reise wert. Und dann das Panorama aus Bergen und See – du sitzt vor einem Eiscafé an der palmengesäumten Promenade und schaust auf das glitzernde blaue Wasser und die weißen Segelboote … Natürlich kriegst du auch ein ordentliches Taschengeld für die kleine Reise. Sagen wir zweitausend Euro? Plus Spritgeld natürlich. Du kannst Michelles Auto nehmen.«

»Danke für das Angebot, aber nein.«

»Was meinst du mit Nein, das Auto oder das Geld? Also, wenn du lieber mit deinem eigenen Auto fahren willst, das ist mir gleich, aber wir bestehen darauf, dass du das Geld annimmst. Du tust uns schließlich einen Gefallen und sollst auch etwas von der Reise haben.«

Jakob fühlte einen Niesreiz, suchte nach einem Taschentuch

und schnäuzte sich. »Nein, es geht nicht um das Auto. Auch nicht um die Kosten. Es geht um die Fahrt an sich.«

Lukas zog die Augenbrauen hoch, dann nickte er. »Verstehe, du traust es dir nicht mehr zu, die weite Strecke zu fahren. Oder hast du deinen Führerschein schon abgegeben? Nicht schlimm, wir kaufen dir ein Bahnticket erster Klasse. Deinen Koffer geben wir auf, der wartet dann bei deiner Ankunft im Hotel schon auf dich, du müsstest nur eine Reisetasche mitnehmen, für das Geld.«

»Ich habe meinen Führerschein noch. Aber das mit dem Geldtransport, das ist nichts für mich.«

Lukas sah seinen Vater prüfend an. »Es ist illegal. Das ist es, oder?«

»Was ist das überhaupt für Geld? Und warum willst du es an der Steuer vorbei in die Schweiz schmuggeln? Der Staat sind wir alle.«

»Oh, der Staat kriegt genug von mir, das kannst du mir glauben. Fast alles. Aber ich will nicht, dass es mir mal so ergeht wie dir damals. Wo war denn der Staat, als es mit unserer Kaffeerösterei den Bach runterging? Alles haben wir verloren, mit eurem eigenen Vermögen haben Mutter und du geradegestanden. Ich bin bereit, alles zu geben als Unternehmer, rund um die Uhr zu arbeiten, aber ich will nicht, dass mir einmal das Gleiche passiert wie Mutter und dir. Ich gehe so viele Risiken ein, ich will einen Notgroschen in Sicherheit, auf meinem Schweizer Bankkonto. Nicht für mich, aber für die Familie, für unsere Jungs. Der Gedanke an dieses Geld wird das Ruhekissen, das uns demnächst besser schlafen lässt.« Lukas stand auf und ging im Wohnzimmer hin und her. »Es kann so schnell gehen, dass man plötzlich vor dem Nichts steht. Du nimmst einen Großauftrag an, lieferst gute, ehrliche Arbeit, aber dann redet dein Auftraggeber plötzlich davon, dass er nur die Hälfte zahlen will, und führt Mängel an, von denen er wie ich wissen, dass sie nicht existieren. Aber er weiß auch ganz genau, dass es mich ruinieren würde, vor Gericht zu ziehen. Bis zum Urteil dauert es, und bis dahin wäre ich insolvent. Ich habe also keine Wahl, ich muss dem Preisnachlass zustimmen. Großaufträge sind ein schmutziges, erbarmungsloses Geschäft geworden.«

Jakob nickte, er hörte diese Beschwerden nicht zum ersten Mal. »Ich weiß, aber dass andere sich unehrenhaft verhalten, rechtfertigt doch nicht …«

»Und Michelle kriegt das alles mit«, unterbrach Lukas ihn. »Es macht sie verrückt. Was wird aus uns, aus den Jungs, wenn wir von heute auf morgen alles verlieren? Wir brauchen dieses Sicherheitspolster. Vor allem für Fiete und Klaas.« Lukas ging jetzt doch zur Bar und griff nach einer Flasche Gin. »Ich wollte es eigentlich selbst machen, aber Michelle meint, dass du das viel besser kannst. Sie hält große Stücke auf dich.« Er trank, setzte das Glas ab und sah seinen Vater verwundert an. »Sag mal, der schmeckt aber komisch.« Er nahm ein zweites Glas, schenkte ein und reichte es seinem Vater. »Irgendwie verwässert. Hier, probier mal.«

Jakob trank. »Mmh«, machte er ausweichend.

Lukas nahm selbst noch einen Schluck, hielt das Glas gegen das Licht und lachte plötzlich auf. »Putzt eigentlich immer noch Frau Fink bei dir? Dann war sie das womöglich, was? Hat sich hier und da bedient und Wasser nachgefüllt, damit du es nicht merkst.« Er begutachtete die anderen Flaschen, schraubte ein paar Deckel ab und schnupperte daran. »Die gute Frau Fink müsste inzwischen doch schon an die siebzig sein, oder? Sieh an – putzt auf ihre alten Tage nicht nur die Wohnung, sondern auch noch die Bar leer. Frau Fink, die Schnapsdrossel.«

Er lachte über seinen Scherz, und Jakob nahm sich vor,

beim nächsten Friedhofsbesuch auch Frau Fink einen Blumenstrauß aufs Grab zu stellen.

»Also, Papa, was denkst du?«

»Ich weiß nicht.«

»Weißt du was, überleg es dir in Ruhe, ja? Wir würden natürlich dafür sorgen, dass niemand das Geld findet, selbst wenn sie dich an der Grenze durchchecken. Es wäre wirklich keine große Sache, so gut wie kein Risiko, aber wir wären dir ewig dankbar. Ein Riesenbenefit für die Familie wäre das. Es geht hier nicht um mich und Michelle, sondern in erster Linie um die Kinder. Du weißt ja, wie das ist, wenn man Kinder hat. Die Kinder sollen nicht leiden müssen, wenn was schiefgeht.«

Jakob brachte seinen Sohn zur Wohnungstür, reichte ihm Mantel und Hut und blieb noch kurz im Treppenhaus stehen, um zurückzuwinken, falls Lukas sich auf dem Weg hinunter noch einmal umgedreht hätte. Dann ging er in die Küche und stellte den Wasserkocher an. Ja, so ist das, dachte er, während er eine Handvoll Bohnen in die kleine Handmühle gab und mahlte: Für einen selbst ist es egal, aber die Kinder sollen nicht leiden. Er hatte das damals nicht geschafft. Lukas hatte gelitten, als es mit der Kaffeerösterei zu Ende ging. Jakob hatte alles versucht, um den Fall abzufedern, und war sich für keine Arbeit zu schade gewesen. Aber nachdem der soziale Abstieg durch den Umzug von der Bürgerpark-Villa in die Altbauwohnung offensichtlich geworden war, brachte Lukas keine Freunde mehr mit nach Hause. Er schämte sich. Die Scham ging so tief, dass er als Erwachsener nicht nur einen mächtigen Antrieb entwickelt hatte, Geld zu machen, sondern einen ebenso mächtigen, Sicherheiten anzuhäufen, damit sich die Geschichte nicht wiederholte. Jakob löffelte das Pulver in den Filter. Als das Wasser kochte, goss er es langsam hinein und wartete, bis die Tasse gefüllt und das braune Pulver zu feuchter, duftender Erde geworden war. Dann setzte er sich ans Fenster, wärmte seine Hände an der Tasse und nahm den ersten, köstlichen Schluck.

»Kennst du das Land, wo die Zitronen blüh'n«, murmelte er und schaute auf die regenfeuchten, noch winterkahlen Bäume des Innenhofs. Er würde seinem Sohn beweisen, dass er diesmal auf ihn zählen konnte.

3

Matthias schaute auf die Armbanduhr, dann pfiff er nach Eddie und zog ein wenig an der Flexleine. Der Schäferhund sah von dem Laternenpfahl, an dem er geschnuppert hatte, auf und trabte wedelnd heran. In letzter Zeit brauchten sie länger für ihren Gang. Es lag nicht an Eddie, sondern an ihm selbst. Er bekam schlechter Luft. Man ist ja keine zwanzig mehr, hatte er das Problem zunächst heruntergespielt. Er würde abnehmen, mehr Sport machen, dann ginge es schon wieder. Aber sein Hausarzt hatte eine andere Meinung dazu: »Abnehmen ist schön und gut, aber leichtes Übergewicht ist keine Erklärung für Ihre Werte. Sie sind vierzig, Herr Brockmeyer, und keine achtzig!« Er überwies ihn an einen Kardiologen. Der hatte ihm gestern mit ernster Miene mitgeteilt, er brauche eine neue Herzklappe. »Warten Sie nicht, bis es zu spät und das Herz irreparabel geschädigt ist. Handeln Sie rechtzeitig. Solch eine Operation bringt heutzutage hervorragende Ergebnisse, besonders in Ihrem vergleichsweise jugendlichen Alter.« Zuletzt hatte er ihn darauf vorbereitet, dass es kein Spaziergang sei, sondern trotz aller medizinischen Fortschritte nach wie vor ein schwerwiegender Eingriff, und er solle sich auch auf eine anschließende Reha einstellen. »Aber es ist Ihre einzige Option, wenn Sie alt werden wollen.«

Matthias hatte keine Angst vor der Operation.

Was daran lag, dass er es generell ablehnte, Angst zuzulassen oder sich Sorgen zu machen. Wer das tat, der hatte gleich zweimal eine vermaledeite Zeit. Und wenn das befürchtete Ereignis nicht eintraf, war die Sorge sogar völlig überflüssig gewesen. Es war widersinnig, sich zu ängstigen über das Wenn und Ach und Wehe. Frauen taten das, sie verfielen in aberwitzige Sorgen. Seine Frau war ein gutes Beispiel gewesen. Äußerlich war Jessica kaum je etwas Schlimmes passiert, aber statt glücklich zu sein und ihr Leben zu genießen, hatte sie innerlich dramatische Höllenqualen durchgestanden, die für drei Leben gereicht hätten. Seinen Beruf als Marineoffizier hatte er ihr zuliebe aufgegeben. Aber dass er zur Polizei wechselte, hatte es auch nicht viel besser gemacht. War sie zuvor überzeugt gewesen, er würde früher oder später ertrinken, steigerte sie sich danach in Fantasien hinein, wie er erschossen oder erstochen wurde. An Kinder war wegen seines gefährlichen Berufs nicht zu denken gewesen. Als sie ihn verließ, quälten ihn nach der ersten Fassungslosigkeit Fragen, was er hätte anders machen, wie er besser auf sie hätte eingehen können, und er durchlief wie die meisten Verlassenen Phasen von Trauer und Wut. Ziemlich bald merkte er aber auch, dass das Leben nur mit Eddie und ohne Jessica unbeschwerter geworden war. Die Sorgen, die wie düstere Gewitterwolken ihren gemeinsamen Horizont verdunkelt hatten, waren mit ihr verschwunden.

Die gestrige Diagnose allerdings war eine neue Gewitterwolke, die nichts mit Jessica zu tun hatte. Matthias machte sich Sorgen um Eddie. Wo sollte der Hund hin, wenn er ins Krankenhaus ging? Er würde eine Woche vor der Operation aufgenommen werden, nach der Operation noch mindestens zwei Wochen im Krankenhaus bleiben und danach zur Reha müssen. Machte zusammen sechs Wochen, in denen er nicht zu Hause wäre. Und das im günstigsten Fall, ohne Komplikationen. Sechs lange Wochen, in denen Eddie nicht wusste, was los war.

In einer Hundepension würde er sich verlassen fühlen, würde denken, es sei für immer, und die Welt nicht mehr verstehen.

Jakob wartete bereits in einer der Gewölbenischen des Ratskellers. Er hatte schon ein Bier für Matthias mitbestellt. Wie immer hielten sie sich nicht groß mit den Präliminarien auf. »Prost!« – »Prost!«

Eddie legte sich unter den Tisch und wärmte ihnen die Füße. Matthias hatte keine Lust, über die bevorstehende Operation zu reden. Er und Jakob trafen sich jeden Dienstagabend mit den anderen Männern des Schubert-Bundes zur Chorprobe und anschließend im Ratskeller, nur sie beide, immer auf zwei Bier. Das erste wurde in einem Zug getrunken, das zweite genossen, dabei plauderten sie über dieses und jenes. Beide schätzten ihren kleinen Stammtisch. Sie hatten vor zwei Jahren damit begonnen, kurz nach seiner Trennung von Jessica. Matthias war in den Männerchor eingetreten, um auf andere Gedanken zu kommen. Es hatte gutgetan, abends etwas vorzuhaben, in eine Welt einzutreten, die nichts mit seiner Exfrau zu tun hatte. Keine mitleidigen Blicke von gemeinsamen Freunden aushalten zu müssen, sondern einfach der neue Bass zu sein. Bald hatten die Chorkollegen ihn »Matjes« genannt, genau wie früher seine Marine-Kameraden, und er fühlte sich im Chor in manchen Augenblicken so zu Hause und gleichzeitig so frei wie damals auf der »Alliance«.

Jessica zuliebe hatte er nämlich nicht nur das Marineforschungsschiff gegen ein Büro bei der Polizei eingetauscht, sondern auch den Chor aufgegeben. »Männerchor, das ist so peinlich!« Matthias hatte vieles für Jessica aufgegeben. Auch Freunde. Sein eigener Freundeskreis war durch neue, gemeinsame Freunde ersetzt worden. Ehepaar-Freundschaften, die mit ihrer Ehe mehr oder weniger endeten.

Das Singen im Chor war das Einzige aus seinem früheren Leben, an das er wieder angeknüpft hatte und das ihm jetzt sogar noch mehr Freude machte als vorher. Er konnte sich einen Gesangverein aussuchen. Zwar gab es gewöhnlich keinen Mangel an Bässen, aber Matthias wusste, wie schön seine Stimme war. »Andere singen Bass, Matthias singt besser«, scherzte sein früherer Chorleiter, als er Matthias zum ersten Mal singen hörte. Matthias' Wahl fiel auf den Schubert-Bund, weil er zu dessen Proben seinen Hund mitbringen durfte.

Jakob war Matthias von allen Gesangskollegen am sympathischsten. Weil er Eddie immer streichelte, und auch, weil er ihn an seinen Vater erinnerte. Dass Jakob stets eine korrekt gebundene Fliege und ein Jackett trug und bei jeder Gelegenheit Goethe zitierte, wurde von den anderen Chormitgliedern gutmütig belächelt, aber Matthias mochte die Ähnlichkeit zu seinem Vater, der ein ebenso liebenswürdiges, altmodisches Auftreten gehabt hatte. Eines Abends hatte Matthias Jakob nach der Probe beim Aufräumen geholfen, und sie waren anschließend noch auf ein Bier in den Ratskeller gegangen. Bald war das zur Gewohnheit geworden, und so wurden aus zwei Chorkollegen unterschiedlichen Alters Freunde mit einem Stammtisch im Bremer Ratskeller. Selten tauschten sie bei ihren Treffen wirklich wichtige Informationen aus, wer tat das schon. Der Ratskeller war vor allem ein Ort der gegenseitigen verbalen Fellpflege. Ein korrupter Kommunalpolitiker, das Wetter, die neuen Fahrpläne der Straßenbahn, die Finanzierungslücken beim neuen Bauprojekt in der Innenstadt, dazu zwei leckere Biere und der schöne Anblick der großen, dunklen Fässer im ehrwürdigen, heimeligen Gewölbe des Ratskellers. Sein Freund rezitierte unvermeidlich die eine oder andere Zeile von Goethe, das gehörte zum Ratskeller-Abend wie der Pinkel zum Grünkohl.

Der Kellner stellte die zweite Runde auf den Tisch. »Nächste Woche kann ich übrigens nicht kommen«, sagte Jakob beiläufig. »Ich fahre in die Schweiz.«

Matthias sah ihn erstaunt an. »Urlaub? So plötzlich?«

»Kein Urlaub im eigentlichen Sinn. Eher ein Gefallen, den ich meinem Sohn tue. Ich bringe etwas für ihn nach Lugano. Er selbst ist beruflich stark eingespannt, ich bin Rentner und habe Zeit, also warum nicht.«

Matthias sagte nichts dazu, machte nur ein abwartendes Gesicht. Jakob griff nach seinem Glas und trank einen Schluck. Offensichtlich hatte er nicht vor, mehr zu verraten. Doch Matthias' Neugier war geweckt. »Was bringst du denn nach Lugano, das dein Sohn nicht mit der Post schicken kann? Ist es so schwer?«

»Nein, Matjes, aber wertvoll.« Im nächsten Moment presste Jakob die Lippen zusammen, als wünschte er, den Mund gehalten zu haben.

»Etwa Schwarzgeld?«, fragte Matthias.

Jakob stellte sein Glas so heftig ab, dass etwas Bier auf den Tisch schwappte. »Was du immer gleich denkst, nun lass mal den Kriminalkommissar im Revier. Außerdem: So etwas traust du mir zu?« Er wischte mit einer Serviette den Tisch trocken und vermied es, ihn dabei anzusehen. Offenbar fühlte er sich wirklich beleidigt.

»War doch nur ein Scherz«, sagte Matthias versöhnlich.

Sofort lächelte Jakob ihm wieder zu. »Es sind wichtige Unterlagen für einen Geschäftspartner«, erklärte er. »Zu wichtig, um sie mit der Post zu schicken. Und wie gesagt, ich habe ja die Zeit, und Lugano soll schön sein. Wenn ich schon mal dort bin, hänge ich ein paar Tage Urlaub dran. Es ist um diese Jahreszeit bereits recht warm dort, das wird meinen alten

Knochen guttun. Einfach mal ein paar Tage Tapetenwechsel und die Sonne genießen.«

Matthias nickte, trank nachdenklich sein Bier und kraulte Eddie. »Beneidenswert«, sagte er. »Wie kommst du da hin? Mit deinem Auto? Du bist doch nachtblind, oder?«

»Mal schauen«, sagte Jakob ausweichend. »Zur Not mache ich eine Zwischenübernachtung. Wäre wohl ohnehin das Beste, die weite Strecke nicht an einem Tag zu fahren. Ich fahre ja kaum noch weiter als mal nach Bremerhaven, da kommt man aus der Übung. Vielleicht nehme ich auch die Bahn.«

»Da weiß ich eine Lösung!« Matthias' Gesicht leuchtete auf. »Sag mal, wie wäre es, wenn wir mitkämen?«

»Wie?«

»Eddie und ich!« Matthias sah, dass Jakob Luft holte, um eine Antwort zu geben, und redete schnell weiter. »Und weißt du, was wir noch mitnehmen können? Meinen Wohnwagen!« Er nickte, zunehmend angetan von seiner Idee. »Jawohl, wir nehmen den Wohnwagen und machen ein paar Tage Urlaub in der schönen Schweiz!«

»Oh, nein, tut mir leid, Matjes, aber ich glaube, Wohnwagen, das ist wirklich nichts für mich.«

Matthias sah, dass Jakob vor Verlegenheit rot wurde, und nickte ihm verständnisvoll zu. »Du hast noch nie in einem Wohnwagen übernachtet, stimmt's? Ich weiß, was du denkst. Keine Privatsphäre, kein Komfort in so einer Klapperkiste. Ich kenne die Vorurteile. Aber du täuschst dich. Du wirst überrascht sein, wie viel Luxus er bietet. Du kannst auch gerne das größere Schlafzimmer haben.«

»Der Wohnwagen hat zwei Schlafzimmer?«

Matthias nickte. »Modell Rossini. Mit Lattenrost und orthopädischer Matratze. Das Bad hat sogar eine Dusche. Also, was ist nun: Willst du allein stundenlang im Stau stehen oder einen kostenlosen Fahrservice bei mir buchen und einen geselligen kleinen Urlaub im Luxus-Wohnwagen verbringen? Wenn es dir wirklich zu eng ist, kannst du ja immer noch ins Hotel gehen, hast aber trotzdem eine entspannte Fahrt als Beifahrer.«

»Klingt wirklich verlockend, aber ich fürchte, es wäre zu knapp, ich soll ja schon übermorgen losfahren. So kurzfristig wirst du dir nicht Urlaub nehmen können.«

Matthias winkte ab. »Lass das mit dem Urlaub meine Sorge sein. Seit der Scheidung habe ich keinen mehr genommen. In der Dienststelle sind momentan auch alle Kollegen am Platz, keiner ist im Urlaub, Krankmeldungen gibt's auch nicht.« Matthias betrachtete Jakob forschend. Wie ein gehetztes Tier, dachte er und schämte sich plötzlich. Wie kam er dazu, sich seinem Freund so aufzudrängen? »Hör zu, es tut mir leid. Ich wollte dich nicht überfahren mit dem Vorschlag. Du willst allein reisen und deine Ruhe haben, und das ist völlig in Ordnung.«

»Unsinn«, sagte Jakob da. »Ich würde mich sehr freuen, wenn du mitkommst.«

Matthias sah seinem Freund in die Augen und versuchte herauszufinden, ob er es wirklich ernst meinte oder nur nicht Nein sagen konnte. Aber Jakobs Blick war nicht mehr gehetzt, sondern klar und freundlich. »Wir können auch am Wochenende losfahren«, bot er jetzt an. »So sehr eilt es auch wieder nicht.«

Es ging ihm einfach zu schnell, dachte Matthias erfreut, das ist alles. Jakob war schließlich nicht mehr der Jüngste, da brauchte man ein paar Sekunden länger, um sich auf neue Situationen einzustellen. In Hochstimmung bedeutete er dem Kellner, noch zwei Bier zu bringen. Als sie kamen, prostete er seinem Freund feierlich zu. »Auf unsere kleine Reise in den Süden! Na, ist das kein Goethe-Zitat wert?«

»›Wo wir uns der Sonne freuen‹«, zitierte Jakob prompt und erhob sein Glas, »›sind wir jede Sorge los; dass wir uns in ihr zerstreuen, darum ist die Welt so groß.‹«

Genau so ist es, dachte Matthias, als er später mit Eddie über die mondbeschienenen Wallanlagen nach Hause ging. Sie würden sich der Sonne freuen und die Sorgen zu Hause lassen. Sollte die Operation nur warten, erst einmal würde er sich in der großen, weiten Welt zerstreuen, unbeschwert und frei, mit seinem besten Kumpel und Jakob.

4

Alex schaute in den Spiegel. Sie fühlte nichts, keine Angst, keine Reue, schon gar keine Schuld. Ich bin ein Psycho, dachte sie. Eiskalt und gefühllos, aber man sieht's nicht. Sie betrachtete ihre Augen, die Nase, die Wangen, das Kinn. Es war ein Gesicht wie das von vielen anderen jungen Mädchen. Je nachdem, wie sie sich zurechtmachte, konnte sie wie fünfzehn oder fünfundzwanzig aussehen. Lange, dunkelbraune Haare, ein hübsches Gesicht. Offen für Veränderung, bereit zur Täuschung. Sie fand ihren Lippenstift in der Hosentasche und malte sich die Lippen dunkellila. Ihre Haare waren völlig verklebt. Keine Zeit zum Waschen, nicht jetzt. Sie machte die Hände nass und strich sich mit den feuchten Fingern über die Haare, bis sie weicher wurden, kramte in ihrer Hosentasche nach einem Haargummi und band sie sich hoch über den Kopf zur Asi-Palme. Dann ging sie aus dem Bad zurück ins Schlafzimmer, machte Licht und musste es schon wieder denken. Alexa, mach das Licht an. Verdammt, dachte sie. Dennis hat gewonnen. Alexa, mach das Licht aus. Alexa, spiel meine Playlist. Alexa, reich mir das Salz. Alexa, räum den Tisch ab. Und die anderen hatten das sooo witzig gefunden. Dieser Gag verbrauchte sich nicht, er wurde jedes Mal lustiger.

Irgendwann hatte es ihr gereicht, sie hatte ihm ein Glas Milch ins Gesicht gekippt und ihn angeschrien: »Mein Name ist Alex, du Spast!« Dennis hatte nur gegrinst und gesagt:

»Alexa, sei leise.« Sie verdrängte den Gedanken an Dennis und seine Mutter. Jetzt war keine Zeit für Selbstmitleid, sie musste hier raus.

Sie vermied es, zum Bett zu sehen. Am liebsten hätte sie die Augen geschlossen, doch um es blind bis zur Tür zu schaffen, kannte sie sich in diesem Zimmer, das sie vor wenigen Stunden zum ersten Mal betreten hatte, nicht gut genug aus. Außerdem brauchte sie ihre Jacke. Sie schlug beide Hände vor die Augen und blinzelte hindurch. Scheiße, dachte sie, als sie das Blut auf dem Laken sah. Ein Geräusch ließ sie zusammenfahren. Hatte er sich bewegt? Sie zwang sich hinzusehen, doch er lag noch genauso regungslos auf dem Bett wie vorher, massig und aufgepumpt von Hanteltraining und Anabolika, die Augen geschlossen. Es war das Rauschen ihres eigenen Blutes in den Ohren gewesen. Oder doch nicht? Sie zwang sich, einen Schritt Richtung Bett zu machen. Sollte sie ihn anfassen? Würde er noch warm sein, oder würde er schon langsam kalt werden wie ein Kuchen, den man aus dem Backofen nahm? Ihr wurde übel, und sie stürzte zurück ins Bad und erbrach sich. Dann spülte sie sich den Mund aus, wusch das Gesicht und versuchte, wieder klar im Kopf zu werden. Sie musste hier raus, schnell, notfalls auch ohne Jacke. Fahrig griff sie nach einem frischen Handtuch aus dem Regal und erschrak, als etwas herausfiel und schwer auf dem Fliesenboden aufschlug. Eine Pistole.

Zögernd griff sie danach und hob sie vorsichtig auf. Sie klammerte sich mit beiden Händen daran fest und schlich wieder am Bett vorbei. Ihr Herz schlug wild, als sie es geschafft hatte und weiter in den Flur hastete. Nur raus hier! An der Garderobe fand sie ihre Schuhe, die Jacke, den Rucksack und ihre Gitarrentasche, und eine Erinnerung blitzte auf, wie er sie an den Haaren gepackt und in die Wohnung gezerrt hatte. Dann war er wieder für eine kurze Zeit normal gewesen, hatte ihr in aller Ruhe die Sachen abgenommen und hier aufgehängt und befohlen, die Schuhe auszuziehen. Sie zog die Jacke an, verstaute die Pistole im Rucksack, zog die Schuhe an und schaute durch den Türspion. Eine Frau kam aus dem Aufzug und ging zur Wohnung gegenüber. Alex wartete, bis sie verschwunden und der Flur menschenleer war. Dann ging sie hinaus und zog leise die Tür hinter sich zu. Sie überlegte, ob sie den Aufzug nehmen sollte, und entschied sich dagegen. Die Gefahr, dort gesehen zu werden, war größer. In einem Hochhaus mit zwanzig Stockwerken fuhren die meisten Leute mit dem Lift.

Als sie die ersten fünf Etagen hinuntergestiegen war, steckte sie sich einen Kaugummi in den Mund. Das Kauen beruhigte ihre Nerven, und als sie unten angekommen war, ging sie mit den zielstrebigen Schritten eines Schulmädchens aus dem Haus, das den Bus noch erwischen will.

5

Mit der schwarzen Katze in der Hand ging Tilda ein paar Schritte in die eine, dann in die andere Richtung und schaute sich um. Wo war sie? Was ging hier vor? Sie versuchte sich zu erinnern, wie sie hierhergekommen war. Das gab's doch gar nicht. Eine Autobahnraststätte. Warum wusste sie das nicht mehr? Ich bin nicht dement, sagte sie sich. Aber der Zweifel stach wieder zu wie ein hinterhältiger Skorpion. Wie kam es sonst, dass sie so gar nicht wusste, was sie hier machte? »Nein, nein und nochmals nein«, sagte sie halblaut, während sie langsam an den Regalen mit Süßigkeiten und Gebäck entlangging. Ihr wurde schwindelig, und sie versuchte sich auf einen Punkt zu konzentrieren. Sie schaute auf das Keksregal. Die Marken kannte sie: de Beukelaer, Bahlsen, Leibniz. Ihr Blick streifte das Süßigkeitenregal darunter, und sie wusste, dass sie Haribo Colorado am liebsten mochte und davon das weiße Lakritzkonfekt mit Kokosgeschmack. Gummibärchen mochte sie auch, aber nicht so gern wie Lakritz. Sie ging weiter. Na schön, dachte sie. Ich weiß, dass ich Lakritz gern mag, aber das beweist nicht viel. Was für ein Tag ist heute? Donnerstag, fiel ihr ein.

Sie tippte einem kleinen Jungen, der neben ihr stand und nach einer Tüte Gummibärchen griff, an die Schulter: »Was für ein Tag ist heute?« Der Junge zuckte zusammen, sah sie mit großen Augen an und rannte dann zu seiner Mutter. »Freitag«, sagte ein älterer Herr mit Fliege, der auf dem Weg zur Kasse war, und lächelte ihr zu. »Heute ist Freitag.« Sie bedankte sich und lächelte zurück, nahm eine Tüte Haribo aus dem Regal und ging ebenfalls zur Kasse. Warum war schon Freitag? Sie musste eine Weile warten und kramte nach ihrem Portemonnaie. Ein Fünfziger, ein Zwanziger und ein Fünfer und im Münzfach noch vier Ein-Euro-Stücke plus ein Einkaufschip, dachte sie. Sie wusste immer Bescheid, wie viel Bargeld sie in ihrem Portemonnaie hatte. Sie stutzte, als sie ins Münzfach sah und außer dem Einkaufschip nur eine Ein-Euro-Münze fand. Dann fiel es ihr ein. Natürlich, der Greifarm-Automat, für die Katze. Der Ordnung halber schaute sie noch ins Scheine-Fach. Doch da stach der Skorpion wieder zu: ein einsamer Fünfer. Als sie den Fünfer auf den Tresen legte und die Süßigkeiten in ihrer Handtasche verstaute, versuchte sie sich zu erinnern, wo sie das Geld ausgegeben hatte. Was war vor der Toilette gewesen? Doch da war nichts. Sie wusste noch nicht einmal, wie sie dorthin gelangt war. Sie hatte doch zur Toilette gehen müssen? Und überhaupt, sie fuhr nicht mehr selbst. In wessen Auto war sie hierhergekommen? Oder war es ein Bus, eine Reisegruppe gewesen?

»Mietzi, wir haben ein Problem«, sagte sie leise zu der Katze, als sie aus dem Raststättengebäude trat und auf den großen Parkplatz blickte. Weiter vorn gab es eine Tankstelle, überall standen Autos und Lastwagen. Ein Mann führte seinen Hund auf einem Wiesenstreifen aus. Der Verkehr auf der dahinterliegenden Autobahn rauschte laut vorbei, es war kalt. Niemand beachtete sie, niemand winkte ihr zu und rief: »Ach, da bist du ja, wir haben dich schon gesucht!« Tilda ging wieder zurück ins Warme. Was nun? Ihr kam eine Idee. Natürlich: Sie warteten bestimmt im Restaurant auf sie. Sie ging in den Restaurantbereich, der nur durch Blumenkästen voller prächtiger Orchideen vom Kioskbereich abgetrennt war. Für ein paar Sekunden blieb sie stehen und genoss den Anblick der Blüten. Dann machte sie eine Runde an den Tischen vorbei. Ein paar Leute fingen ihren Blick auf – aber es waren Fremde, die kurz den Blick einer Fremden erwidern und im nächsten Augenblick vergessen. Tilda sah sich im Selbstbedienungsbereich um, blieb bei der Salattheke stehen, ging weiter, an den großen Suppenterrinen und der Kuchentheke vorbei zum Kaffeeautomaten. Es gab vielleicht zwanzig Reisende, die sich hier ihre Mahlzeit zusammenstellten, aber keiner beachtete sie, erkannte sie, auch hier rief niemand: »Ach, Gott sei Dank, da bist du ja, wir haben dich schon gesucht!«

Tilda fühlte Panik in sich aufsteigen und kämpfte sie nieder. Sei nicht albern, sagte sie sich. Du bist erwachsen und kein kleines Kind, das seine Mama verloren hat. Ihr fiel ein, dass sie einmal, es war auf einer Konzertreise nach Venedig gewesen, auf dem Markusplatz einen etwa zehnjährigen Jungen gesehen hatte, der seine Eltern verloren hatte und in Panik geraten war. Mitten im Menschengedränge drehte er sich wie ein Basketballspieler im Sternschritt um die eigene Achse und rief verzweifelt: »Mama! Papa! Mama! Papa!« Eine alte Italienerin in schwarzer Witwenkleidung hatte die Hand ausgestreckt und ihn so voller Mitgefühl und Herzlichkeit angelächelt, dass jeder wusste: Sie würde sich kümmern, er war nicht mehr verloren.

Hier kümmert sich keiner, dachte Tilda. Es gibt keine alte, mitfühlende Italienerin. Ich bin selbst so alt wie die Italienerin, aber verloren wie der kleine Junge. Im selben Augenblick fiel ihr etwas ein, das sie aufatmen ließ. Sie wusste, wer sie war, und sie wusste genau, wie alt sie war: siebenundsechzig. Das war eine weitere Sicherheit. Sie sah die Katze aus dem Automaten an und murmelte: »Ich bin Tilda und siebenundsechzig

Jahre alt. Und jetzt trinke ich einen Kaffee, denn ich habe Kopfschmerzen und brauche dringend Koffein. Und weil ich nicht verrückt bin und mit Stofftieren rede, nicht böse sein, Mietzi, packe ich dich jetzt weg.« Entschlossen bettete sie die Katze in ihre Bügeltasche, griff nach einem Kaffeebecher und stellte ihn unter den Automaten. »C-a-f-f-e-e«, sang sie leise vor sich hin, während der Kaffee in die Tasse lief. Ein Gefühl von Erleichterung durchströmte sie, denn soeben war ihr beim Summen der Melodie auch der Text eingefallen.

»Trink nicht zu vie-hiel Ka-ha-fee«, setzte ein warmer Bariton hinter ihr das Lied leise fort. Sie drehte sich um und erkannte den Herrn mit Fliege. Herzlich erwiderte sie sein Lächeln. »Nanu, so klein ist die Welt!«

»Wir teilen offenbar die Vorlieben für Süßes und Kaffee«, sagte er.

»Darf ich?« Tilda nahm ihm seinen Kaffeebecher ab und stellte ihn neben ihren Becher unter die Maschine. »Schwarz?«

»Sie können Gedanken lesen.«

Tilda drückte auf den Sensor. Wie froh sie war, ein bekanntes Gesicht zu sehen, mit jemandem ein paar Worte wechseln zu können, auch wenn die Bekanntschaft nur so flüchtig war wie diese und erst fünf Minuten alt. Als der Kaffee fertig war, überreichte sie dem Herrn seine Tasse, schaute ihn prüfend an, sah ehrliche graublaue Augen, ein freundliches Lächeln, schütteres, zurückgekämmtes Silberhaar und die dunkelblaue Fliege über dem tadellos gebügelten weißen Hemd. Vielleicht kann er meine Italienerin sein, dachte sie und nahm ihren Mut zusammen. »Würden Sie mir bitte helfen? Mir ist etwas ganz Dummes passiert. Ich habe offenbar meine … Reisegruppe verloren.«

6

»Ich muss mal pinkeln«, sagte Alex, als sie das Schild sah, das in fünf Kilometern eine Raststätte ankündigte. Der Lkw-Fahrer gab einen unwirschen Laut von sich, stellte die Kochsendung leiser, die er am Bildschirm verfolgte, und hielt ihr einen Vortrag darüber, was ihn dieser zusätzliche Stopp kosten würde. Das ist jetzt nicht wahr, dachte Alex. Sie sah, dass die Ausfahrt näher kam. Als die 300-Meter-Marke erreicht war, unterbrach sie den Redeschwall. »Entweder du hältst an oder … Musst du selbst wissen, ist nicht mein Sitz.«

Er warf ihr einen bösen Blick zu, blinkte und fuhr ab. In einer der großen Parkbuchten brachte er den 42-Tonner zum Stehen und ließ den Motor laufen. »Nimm dein Zeug mit.« Alex griff nach der Gitarre und dem Rucksack, sie hatte nichts anderes erwartet. Wenn sie wiederkäme, wäre er weg. Sie sprang aus dem Fahrerhäuschen, knickte um und rieb sich den schmerzenden Knöchel.

»Wie wär's mit Tür zu?!«, schrie er aufgebracht.

Alex zeigte ihm den Mittelfinger und humpelte zur Raststätte. Nach ein paar Metern drehte sie sich noch einmal um und reckte beide Mittelfinger in die Höhe.

Eigentlich konnte sie froh sein. Dass Handy-Checken am Steuer gefährlich war, hatte inzwischen jeder begriffen. Aber diese Dumpfbacke war ja viel schlimmer, er kriegte seine Augen nicht vom Bildschirm, den er sich vorn ans Armaturenbrett montiert hatte. Und sah eine Kochsendung. Ausgerechnet Steaks! Irgendwelche B-Promis massierten um die Wette ein blutiges Stück Tierleiche. Der Fahrer hatte auf den Bildschirm gestiert und nur ab und zu einen Blick auf die Fahrbahn geworfen, als wäre das da draußen nur eine gute Grafik und er könne mit seinen Wurstfingern nach einem Crash einfach auf Neustart drücken. Aber wahrscheinlich war der mit seiner Kochsendung noch harmlos. Wer weiß, was die anderen Lkw-Fahrer sich reinziehen, dachte Alex auf der Toilette. Auf keinen Fall würde sie noch einmal zu so einem einsteigen. Trucks waren durch.

Als sie von den Toiletten kam, schaute sie sich im Kiosk-Bereich um. Sie brauchte eine neue Mitfahrgelegenheit, und zwar schnell. Es gab eine Mutter mit zwei kleinen Kindern. Sie quengelten gerade bei den Spielzeugen rum. Draußen im Auto wartete wahrscheinlich der genervte Familienvater. Familie, bloß das nicht. Sie hatte selbst genug Stress. Ihr Blick blieb an einer älteren Frau hängen, die aus einem Automaten ein Plüschtier zog. Sie strahlte übers ganze Gesicht, als sie es schaffte und das schwarze Kätzchen so innig an sich drückte, als hätte sie eine Freundin fürs Leben gefunden. Nett, sie würde es bestimmt später einem ihrer Enkelkinder schenken. Später? Alex sah sich um. Oder war sie mit ihnen unterwegs? Wenn die Oma mit ihrer Familie unterwegs war, schied sie ebenfalls aus. Familie, nein danke. Alex ging zum Bücher-Ständer, zog ein Buch heraus und tat so, als ob sie den Text hinten auf dem Umschlag lesen würde, während sie die alte Frau weiter beobachtete. Ein kleiner Junge war aufgetaucht, und die alte Frau tippte ihm auf die Schulter und sagte etwas zu ihm. Also Oma mit Enkel, dachte Alex enttäuscht, doch da rannte der kleine Junge zu einer jüngeren Frau, offensichtlich seine Mutter, und beide verließen die Raststätte. Die alte Frau griff nach einer Tüte Süßigkeiten und wechselte ein paar Worte mit einem grauhaarigen, vornehm wirkenden Mann in einem abgetragenen Wollmantel, beide stellten sich jetzt an der Kasse an. Aha, ein altes Ehepaar. Perfekt! Solche Leute waren ihre Haupteinnahmequelle, reagierten erfahrungsgemäß hilfsbereit auf jemanden wie sie, wenn man es richtig machte.

Alex steuerte schon auf die beiden zu, überlegte es sich aber gleich darauf anders, kehrte rasch zu den Toiletten zurück, opferte noch einmal einen kostbaren Euro für den Eintritt, wischte sich den Lippenstift ab, entfernte den Haargummi, wusch sich am Handwaschbecken mit Flüssigseife die Haare, so gut es ging, und föhnte sie eilig am Händetrockner. Dann kämmte sie die Haare, bis sie glänzten. Der Euro hatte sich gelohnt: Aus dem Spiegel blickte ihr jetzt ein ungeschminktes Mädchen entgegen, etwas unsicher, etwas pickelig, mit großen, dunklen Rehaugen und langen seidigen Haaren. Zum Schluss zog sie die Ärmel ihrer Jacke bis zu den Handgelenken nach unten, sodass das große Feder-Tattoo auf der Innenseite ihres linken Unterarms darunter verschwand.

Als sie wieder in den Kiosk zurückging, war das alte Ehepaar nicht mehr da. Verdammt! Alex hastete zum Ausgang, sah zum Parkplatz, entdeckte sie jedoch nicht. Enttäuscht kehrte sie ins Gebäude zurück und ging zum Restaurant. Sie würde sich einen Kakao leisten und hier im Warmen warten, bis sich eine andere Mitfahrgelegenheit fand. Durch die großen Scheiben des Restaurants würde sie beobachten, wer mit welchem Auto ankam. Zwischendurch könnte sie von dem einen oder anderen Tablett übrig gelassenes Essen nehmen, ohne dass es auffiel. Im Restaurant angekommen, traute sie ihren Augen kaum. Was für ein Glück: das alte Ehepaar! Einträchtig am Getränkeautomaten! Jetzt kam es nur darauf an, den beiden eine gute Geschichte zu erzählen. Alex wartete, bis sie sich einen Platz suchten, dann holte sie sich ihren Kakao.

»Entschuldigen Sie bitte, dürfte ich mich zu Ihnen setzen?« Alex sprach leise und zögernd, und als die beiden Alten überrascht aufsahen, lächelte sie schüchtern.

»Natürlich«, sagte die Frau und rückte ein wenig, um Platz zu machen.

Alex bemerkte, dass der Mann sich im Restaurant umschaute und sich vermutlich fragte, warum sie sich ausgerechnet zu ihnen setzen wollte, wo es doch noch genügend andere freie Plätze gab. »Ich habe meine Reisegruppe verloren«, setzte sie schnell nach. Sie lächelte zuerst ihr, dann ihm zu. Die beiden sahen so altmodisch aufgebrezelt aus, als wären sie auf dem Weg in die Oper. Gute Manieren waren der einfachste Weg, der Geschichte, die sie ihnen erzählen würde, Glaubwürdigkeit zu verleihen. »Ich bin Alexandra, komme aus Bremen.« Sie gab sich Mühe, ihre Stimme unsicher, aber nicht hysterisch klingen zu lassen. »Mein Reisebus ist einfach ohne mich weitergefahren. Ich weiß nicht, was ich tun soll.«

»Wie bitte, Sie sind auch gestrandet?«, fragte der alte Mann. Alex stellte erfreut einen ausgeprägten Bremer Akzent fest. Das wurde ja immer besser. Er zog ein Taschentuch hervor und tupfte sich die Stirn. Ein Stofftaschentuch, dachte Alex. Der ist mindestens hundert. Er steckte das Taschentuch wieder ein und zeigte auf sich. »Jakob Hüfner.« Er lächelte der alten Frau zu und deutete eine Verbeugung an. »Wir haben uns ja auch noch nicht vorgestellt. Freut mich, Ihre Bekanntschaft zu machen.«

Die alte Frau lächelte zurück. »Und mich erst! Tilda Crussol.« Dann wandte sie sich Alex zu. »Das nenne ich einen Zufall! Genau das ist mir auch passiert. Eben war ich zur Toilette, komme wieder raus – und sehe niemanden mehr. Wer weiß, vielleicht war es derselbe Bus, in dem wir saßen!«

»Bus?«, fragte der Mann die Frau. »Sie saßen in einem Bus? Das ist doch schon mal ein Anhaltspunkt!« Er sah Alex an und fügte hinzu: »Frau Crussol hat mir soeben erzählt, dass sie nicht mehr weiß, wie sie hierhergekommen ist.«

»Nein, es war nur eine Vermutung mit dem Bus.« Die alte Frau schüttelte den Kopf. »Ich meine, was soll es denn sonst gewesen sein? Wenn ich mit dem Auto hier wäre, dann würde man mich doch nicht vergessen haben. Da merkt man bei der Weiterfahrt sofort, wenn einer fehlt, oder nicht?«

Ach du Scheiße, dachte Alex. Aber egal, dann musste sie sich eben auf den Mann konzentrieren. Sie wärmte sich die Hände an der Tasse, trank einen Schluck, verbrannte sich die Zunge und unterdrückte einen Fluch. »Ich weiß echt nicht, was ich machen soll.« Sie sprach jetzt auch mit leichtem Bremer Akzent.

Tilda Crussol lachte auf. »N'est-ce pas!« Sie beugte sich zu Alex hinüber und tätschelte ihr die Wange. »Wenn Sie wüssten, wie gut es mir tut, jemanden zu treffen, der dasselbe Problem hat.«

Alex zwang sich, stillzuhalten. Jetzt fasste die ihr auch noch ins Gesicht.

»Aber im Gegensatz zu mir wissen Sie wahrscheinlich, von wem Sie vergessen wurden«, fügte Tilda Crussol dann hinzu.

»Können Sie sich daran erinnern, ob Frau Crussol womöglich in Ihrer Reisegruppe war?«, fragte der Mann.

Alex nickte. »Ja, kann ich.« Als sie das Aufleuchten im Gesicht der alten Frau sah, schüttelte sie schnell den Kopf. »Aber Sie waren nicht im Bus. Definitiv nicht. Ich mache eine Sprachreise für Jugendliche. Wir sind unterwegs zu einem Sprachcamp nach Korsika.« Sie wusste, dass sie überzeugend klang.

Das Lügen fiel ihr leicht. Und sie wusste, dass es immer am glaubwürdigsten war, wenn man Wahrheit untermischte. »Italienisch-Kurs«, sagte sie deshalb. »Meine Großeltern stammen aus Italien. Aber ich bin hier aufgewachsen und kann kaum noch Italienisch, das will ich jetzt ändern. Im Herbst feiert meine Großtante ihren Siebzigsten, da will ich die Verwandtschaft mit meinem Italienisch überraschen.« Die beiden Alten nickten gerührt, und sie erzählte noch ein bisschen weiter von ihren Verwandten in Umbrien. Vertrauensbildende Maßnahmen. »Übrigens hat der heilige Franz von Assisi ganz in der Nähe des Heimatdorfs meiner italienischen Verwandten gelebt«, sagte sie, holte währenddessen ihr Handy unter dem Tisch hervor und ließ es klingeln. »Das wird der Bus sein!«, rief sie aus und sprang auf. »Sie haben endlich gemerkt, dass ich fehle!« Sie entfernte sich vom Tisch und gab vor zu telefonieren, während sie sich im Restaurant nach Alternativen umsah. Es gab keine. Also dann, Attacke! Sie kehrte an den Tisch zurück.

»Und?«, fragte Tilda Crussol teilnahmsvoll. »War das der Bus?«

Alex nickte. »Sie haben es gemerkt, aber sie wollen nicht umkehren. Der Busfahrer meint, das ginge nicht, weil sie sonst die Fähre nicht rechtzeitig erreichen. Ich soll meine Eltern anrufen und mich abholen lassen.« Sie schlug die Hände vors Gesicht. »Aber das geht doch nicht«, schluchzte sie. »Meine Mutter ist tot, mein Vater und seine neue Familie sind selbst in Urlaub gefahren. Ich habe ein Jahr darauf gespart und neben der Schule gejobbt. Und jetzt ist der Bus weg, und alles ist aus!« Sie redete weiter und weiter und erzählte, dass sie in den letzten Schulferien in einer Fabrik gearbeitet und jedes Wochenende auf die Kleinkinder der Nachbarn aufgepasst habe, um das Geld für diese Reise zusammenzubekommen.

Sie steigerte sich so hinein, dass echte Tränen flossen. Schließlich schluchzte sie nur noch. Während sie überlegte, ob sie übertrieb, fühlte sie, wie ein Arm sich sanft um ihre Schultern legte. Heilige Scheiße, dachte Alex, die hat ein Kuschelbedürfnis wie ein Hamsterbaby.

»Na, na«, flüsterte Tilda Crussol. »Das bekommen wir alles wieder hin. Ich habe eine Idee. Wie lang ist denn der Bus schon weg? Wenn der Vorsprung nicht zu groß ist, können wir ihn doch bis zum nächsten Stopp wieder einholen.«

»Wir?«, fragte der Fliegen-Mann und knetete seine Hände.

»Ja, wir«, bestätigte Tilda Crussol resolut. Alex begriff plötzlich, dass die Anwesenheit der alten Frau das Beste war, was ihr hatte passieren können. Jakob Hüfner allein hätte sie wohl niemals mitgenommen, einer wie er nahm keine Anhalter mit. Aber so stand es zwei zu eins: zwei entschlossene Frauen gegen einen gutmütigen Esel.

»Na, wir können das junge Mädchen doch nicht hier allein lassen«, fuhr Tilda Crussol voller Mitgefühl fort. Die Art, wie sie »junges Mädchen« gesagt hatte, bestärkte Alex, dass ihre Strategie gut ankam. Sie nahm die Hände vom Gesicht und sah Jakob Hüfner in die Augen. Hilfsbedürftig, verzweifelt, doch voll kindlichem Vertrauen und mit neuer, aufflammender Hoffnung. Sie wusste, dieser Blick würde den Ausschlag geben.

Besonders schnell würden sie auf der Autobahn nicht vorankommen, das war ihr klar. Ein Typ in dieser Aufmachung, mit Jackett und Fliege, der fuhr wahrscheinlich durchgängig Baustellentempo. Aber er würde nebenbei keine Kochsendungen schauen. Und außerdem: Hauptsache, sie kam hier weg. Alex blinzelte wieder, als kämpfe sie erneut mit den Tränen, dann sah sie auf ihre Hände und sagte leise: »Nein, entschuldigen Sie bitte, Herr Hüfner, dass ich Sie überhaupt belästigt habe. Es geht schon wieder. Ich schaff das schon. Ich bin ja kein kleines Kind mehr, sondern erwachsen.« Sie hob den Kopf, lächelte tapfer, blinzelte wieder ein wenig, damit die Tränen auch wirklich aus den Augen perlten und ihre Worte Lügen straften. »Ich bin schon achtzehn. Ich komme zurecht, wirklich.«

Jakob Hüfner rückte nervös seine Fliege zurecht. »Wo macht der Bus die nächste Pause? Bis wohin würden Sie denn mitfahren wollen?«

Alex wischte sich schnell die Tränen ab. »Wohin fahren Sie denn?«

»Über Freiburg und Basel nach Lugano.«

Alex legte die Hände wie zum Gebet zusammen, hielt sie vor Mund und Nase, atmete tief durch. »Was ist denn?«, fragte der alte Herr besorgt. »Geht es Ihnen nicht gut?«

»Doch, doch. Es ist nur … genau dieselbe Strecke fährt mein Bus auch.«

Tilda Crussol erhob sich. »Bestens! Wir haben keine Zeit zu verlieren.«

»Wir?«, fragte Jakob Hüfner nun schon zum zweiten Mal, schaute zwischen beiden Frauen hin und her und nestelte an seiner Fliege, als könne er sich damit in weite Ferne beamen.

»Ja, wir«, bestätigte Tilda Crussol. »Die junge Dame hier, Sie und ich.«

»Aber wahrscheinlich taucht doch jeden Augenblick jemand auf, der Sie sucht!«, widersprach er.

»Mag sein. Dann sucht er halt vergebens.«

Wow, dachte Alex. Keinen Plan, wie sie hierhergekommen ist, aber sie sagt, wo's langgeht.

Tilda Crussol zog die Augenbrauen zusammen und wirkte nun überaus entschlossen. »Ich weiß nicht, wie ich an diesen Ort gelangt bin, aber ich sage Ihnen, ich bin keine Idiotin.

Jemand hat mich hier sitzenlassen, einfach vergessen, und wer immer das war, soll verdammt noch mal den Schreck seines Lebens kriegen, wenn er wiederkommt. Ich will nicht so lange hier warten wie bestellt und nicht abgeholt. Das ist demütigend. Und ich werde mich ganz sicher auch nicht von der Polizei auflesen lassen wie eine Alzheimer-Patientin, die aus dem Pflegeheim ausgebüxt ist.«

»Haben Sie mal daran gedacht, auf Ihrem Handy nachzusehen, ob Ihre Angehörigen sich gemeldet haben?«, fragte Jakob Hüfner. Frau Crussol blickte verlegen beiseite.

»Ich habe mein Handy letzte Woche verloren«, sagte sie leise.

Surprise, dachte Alex und unterdrückte ein Grinsen. Doch dann sah sie die hektischen roten Flecken an ihrem Hals, und sie tat ihr leid. Im nächsten Moment straffte Tilda Crussol wieder die Schultern und sah den alten Mann an, mit einem Blick, der zwar immer noch freundlich war, aber auch eine Grenze markierte. Ein zäher, unbesiegbarer Stolz lag dahinter, ein Kern aus Selbstgewissheit, um den man sie beneiden konnte.

»Ich bin nicht dement. Seien Sie versichert, es fällt mir schon noch alles ein.«

»Ich verstehe Sie ja«, sagte Jakob Hüfner und strich sich mit der Hand über die Stirn. »Ich meine nur, das Naheliegende wäre in Ihrem Fall, die Polizei zu verständigen. Nur zur Sicherheit.«

Tilda Crussol sah zu Boden. »Ich verstehe schon. Sie wollen wohl nur das junge Gemüse hier mitnehmen.«

»Aber keineswegs, wo denken Sie hin!«

»Nun, wenn es das nicht ist …« Sie zog ihre Handtasche hervor und griff zum Portemonnaie. »Spritgeld zahle ich natürlich, aber bitte, bitte, nehmen Sie mich mit! Setzen Sie mich da ab, wo Sie das Mädchen absetzen, und das Weitere ergibt sich dann schon.«

»Lassen Sie bitte das Portemonnaie stecken, das kommt gar nicht infrage!« Jakob Hüfner hielt sich an seiner Kaffeetasse fest und schien zu überlegen.

O mein Gott, dachte Alex. Wir kommen hier nie weg.

»Bitte verstehen Sie doch«, sagte Tilda Crussol in die Stille hinein. »Ich will nicht hilflos und allein hier ausharren, bis wer auch immer merkt, dass er mich einfach vergessen hat. Ich will die Zügel selbst in der Hand behalten.«

»Sie müssen nicht hilflos ausharren. Die Polizei wird schnell hier sein, und bis sie kommt, würde ich selbstverständlich hier bei Ihnen bleiben.«

»Das ist würdelos. Die werden mich einsammeln wie einen abgestellten Koffer.«

»Aber stellen Sie sich nur vor, wenn derjenige, mit dem sie unterwegs waren, seinen Fehler bemerkt, hierhin zurückkehrt und Sie nicht mehr findet? Dann bekommt er doch einen Riesenschreck.«

Gegen ihren Willen fühlte Alex auf einmal so etwas wie Solidarität mit der alten Frau, die sich weigerte, die Opferrolle zu akzeptieren. »Na ja, und mit was?«, mischte sie sich ein. »Mit Recht! War doch auch komplett beschissen, sie hier zu vergessen, oder?«

Beide sahen sie überrascht an. »Ich bin vom Bus vergessen worden, okay«, fuhr Alex hitzig fort. »Ich war eine von fünfzig. Kann passieren. Shit happens. Aber wie mies, wie verpeilt bis dämlich ist es, wenn man nicht mal bis zwei oder drei zählen kann und seine Beifahrerin an der Raststätte vergisst? Ich würde dem auch die Arsch…« Jetzt bemerkte sie die fassungslosen Gesichter der beiden Alten und verschluckte den Rest des Satzes. Sie war aus der Rolle gefallen, was für ein dummer

Fehler. »Ich würde das auch nicht so einfach auf mir sitzen lassen«, sagte sie stattdessen milde. »So etwas sollte man nicht mit sich machen lassen, finde ich. Die verdienen einen Denkzettel. Ein Riesenschreck ist das Mindeste.«

»Ich würde Sie ja beide mitnehmen«, sagte der Mann und rang die Hände. »Aber ich reise nicht allein. Mein Reisegefährte und sein Hund sind draußen im Auto.«

»Wie süß«, rief Alex aus. »Ich liebe Hunde!«

»Ich mag Hunde auch sehr gern«, sagte Tilda Crussol schnell.

»Es geht weniger um den Hund als um sein Herrchen. Ich fürchte, mein Freund wäre nicht einverstanden.«

»Fragen kostet doch nichts!« Alex schaute Jakob Hüfner mit zur Seite geneigtem Kopf und großen, bittenden Augen so lange an, bis er ergeben die Schultern zuckte. Da schenkte sie ihm ein dankbares Kinderlächeln, wartete artig, bis die beiden mit ihrem Kaffee endlich fertig waren, nahm Gitarre und Rucksack und folgte ihnen brav zum Ausgang. Na, wer sagt's denn. Mit Gerontos on tour, dachte sie und gähnte. Nicht besonders aufregend, aber genau das, was sie jetzt dringend brauchte. Sie würde die Fahrtzeit zum Schlafen nutzen. Jetzt, wo sie es geschafft hatte und es endlich weiterging, konnte sie kaum noch die Augen offen halten vor Müdigkeit. Kurz vor der Drehtür wandte sich Jakob Hüfner zu ihr um und wollte ihr den Rucksack abnehmen. Sie schüttelte den Kopf und hielt ihn fest. Es gab ein kleines Gezerre. Meine Fresse, wie penetrant nett kann man sein, dachte sie, zwang sich aber zu einem Lächeln. »Nein danke, ich komm schon klar!«

Tilda Crussol zwinkerte ihr begütigend zu. »So lassen Sie sich doch helfen, junge Dame! Ein echter Gentleman, wo findet man das noch!«

Da überließ sie ihm wenigstens die Gitarre. Gegen zwei von der Sorte hatte man keine Chance.

Jakob Hüfner ließ den Frauen an der Ausgangstür den Vortritt. »Mein Freund ist übrigens Polizist, Frau Crussol«, sagte er. »Das könnte vielleicht für Ihren Fall nützlich sein.«

Alex lief ihr fast in die Hacken, so plötzlich blieb die Angesprochene stehen und stemmte die Hände in die Hüften. »Was meinen Sie damit: für Ihren Fall? Sie glauben wohl wirklich, ich wäre dement? Das wüsste ich aber!«

Alex biss sich auf die Lippen.

»Das meine ich ja«, beschwichtigte er. »Weil Sie das nicht sind, deshalb ist es so schwierig, verstehen Sie? Wenn Sie … krank wären, könnten wir einfach bei der Polizei anrufen und erfahren, in welchem Heim Sie leben oder wer Sie als vermisst gemeldet hat. Aber da das nicht infrage kommt, Sie aber andererseits momentan – nun ja – diese spezifische Erinnerungslücke haben, kann uns vielleicht der Spürsinn meines Freundes von Nutzen sein, um herauszufinden, welchen Grund es dafür geben könnte.«

Außer Alzheimer, ergänzte Alex in Gedanken. Als sie über den Parkplatz gingen, sah sie auf dem Wiesenstreifen zwischen den Autos einen Riesen in Lederjacke mit einem Schäferhund daherschlendern. Das musste er sein, der Bulle. Na toll, der Typ war mindestens zwei Meter groß. Auch das noch. *Make wise decisions*, dachte sie und fühlte einen Kloß im Hals. Wie klug war es, zur Polizei ins Auto zu steigen? Aber was war die Alternative? Sie würde endlich hier wegkommen, weit weg, das war das Wichtigste. Es durfte nur keiner sehen, was sie im Rucksack hatte.

7

Matthias fuhr wieder auf die Autobahn auf. Er konnte es nicht fassen. Während er selbst mit Eddie auf dem Grünstreifen spazieren gegangen war, hatte Jakob zur Toilette gehen und einen Kaffee trinken wollen. Und jetzt saßen da zwei Anhalterinnen aus dem Raststätten-Restaurant auf der Rückbank. Warum hatte Jakob nicht einfach Nein gesagt? Wenn sie wenigstens attraktiv gewesen wären, aber die eine war zu alt und die andere zu jung, und mit beiden stimmte etwas nicht. Eine Menge stimmte da nicht. Die alte Schachtel war ganz offensichtlich dement, und die Göre gab sich alle Mühe, wie ein verunsichertes Schulmädchen zu wirken. Ihm erschien sie eher wie eine jugendliche Ausreißerin. Schlechtes Elternhaus, vernachlässigt, früh Drogen genommen, auf die schiefe Bahn geraten und seit einiger Zeit schon auf der Straße. Tagsüber betteln, nachts irgendwo Unterschlupf suchen.

Es würde ihn nicht wundern, wenn sie außerdem Dreck am Stecken hatte. Matthias schaute in den Rückspiegel. Wenigstens Eddie wirkte hochzufrieden, er saß in der Mitte und genoss die von beiden Seiten streichelnden Frauenhände. Für Eddie ist das Leben leicht, dachte er neidisch. Er warf Jakob einen Seitenblick zu, der angestrengt nach vorn blickte. Diesen Gesichtsausdruck kannte Matthias bei ihm sonst nur von schwierigen Gesangspartien. Die ganze Situation überforderte ihn offensichtlich. Recht so, dachte Matthias. Er hat uns die beiden schließlich eingebrockt. Aber ein bisschen tat ihm Jakob auch leid. Es war so typisch, dass er sich hatte breitschlagen lassen. Er war einfach zu nett. Im Chor war er immer derjenige, der bis zuletzt blieb, alles wieder an seinen Platz legte und das Licht ausmachte.

»Sie haben sich da am Unterarm verletzt«, hörte Matthias nach langem Schweigen Tilda zu Alex sagen. »Haben Sie eine Katze? Das sieht aus wie der Kratzer einer Katzenkralle.«

Matthias sah im Rückspiegel, wie Alex den Ärmel ihres Sweaters weiter nach unten zog. »Das ist nichts.«

Tilda kramte in ihrer Handtasche. »Ich habe immer ein Wundspray dabei. So etwas desinfiziert man besser, vor allem wenn Tiere im Spiel sind. Ah, da ist es.« Sie nahm das Spray heraus und wandte sich an die Männer vorne: »Also, wenn Sie noch einen Beweis brauchen, dass ich nicht dement bin. Ich wusste, dass ich dieses Spray immer dabeihabe, und voilà!«

»Niemand hält Sie für dement, meine Liebe«, sagte Jakob schnell und lächelte begütigend in den Rückspiegel. Matthias zog die Augenbrauen hoch, sagte aber nichts.

»Her mit dem Arm«, befahl Tilda, schob Eddies Schnauze zur Seite, krempelte den Ärmel von Alex' Sweater wieder hoch und nebelte den Arm mit Desinfektionsspray ein. Eddie nieste, und das Mädchen versuchte protestierend, den Arm wegzuziehen, aber die alte Frau hielt ihn fest. »Warten Sie, bis es antrocknet!«

»Sind Sie Ärztin?«, fragte Jakob anerkennend.

»Nein, Lehrerin«, rief Tilda nach vorn. »Grundschule, da gab es in den Pausen immer mal ein Knie zu verarzten. Aber ich bin in Rente, seit zwei Jahren.« Sie warf Matthias im Spiegel ein triumphierendes Lächeln zu. »Da sehen Sie's! Ich hab Ihren Blick genau gesehen. Sie denken, ich weiß nichts mehr, oder? Aber ich weiß genau, was ich früher gemacht habe. Der Aussetzer betrifft wirklich nur diesen Tag.«

Bisher hatte Matthias geschwiegen, doch nun konnte er sich nicht mehr zurückhalten. »Klingt fast so, als hätten Sie einen über den Durst getrunken.« Er erntete einen missbilligenden Blick von Jakob.

Alex grinste. »Ein Filmriss in dem Alter, krass!«

Je oller, je doller, dachte Matthias und unterdrückte ein Grinsen.

»Ich habe«, sagte Tilda würdevoll, »noch nie in meinem Leben einen über den Durst getrunken.« Sie klang wie jemand, der eine Tatsache richtigstellt.

»Was ist das Letzte, an das Sie sich heute erinnern?«, fragte Matthias und wandte sich kurz zu den beiden Frauen um, woraufhin Eddie fröhlich wedelte und versuchte, ihm einen Kuss zu geben. Die beiden Frauen zogen ihn gemeinsam wieder zurück auf die Sitzbank.

»Soll ich seinen Anschnallgurt kürzer machen?«, fragte Alex.

Tilda holte eine Lesebrille und ein Pflaster aus ihrer Tasche. »Meine Erinnerung beginnt auf der Raststätte«, knüpfte sie nahtlos an seine Frage an, ohne Alex' Einwurf zu Eddie zu beachten.

»Also Ja oder Nein?«, wiederholte Alex genervt.

Matthias sah das Mädchen im Rückspiegel an. »Nein, nicht kürzer anschnallen, dann kriegt er Panik.«

»Gestern Abend bin ich ganz normal zu Bett gegangen«, fuhr Tilda fort. Und das Nächste, an das ich mich erinnere, ist, dass ich von der Toilette kam und nicht wusste, wie ich auf diese Raststätte gekommen war. Ich habe keine Erklärung dafür, aber ich bin nicht verrückt.«

Sie setzte sich die Brille auf, hielt mit einer Hand Eddies

neugierige Nase beiseite und klebte mit der anderen geschickt das Pflaster auf Alex' Wunde. Als sie fertig war, gab sie den Arm umständlich wieder frei, nahm die Brille ab und sah ihre Patientin prüfend an. »Soll ich Ihnen mal was sagen? Das sieht nach Ritzen aus.«

Matthias konzentrierte sich wieder auf die Straße, doch Alex' Zorn war nicht zu überhören, als sie antwortete:

»Kümmern Sie sich um Ihre eigenen Sachen.«

Tilda schnalzte missbilligend mit der Zunge. »Ritzen, Piercen, Tätowieren – warum tut ihr jungen Menschen euch das an? Wenn man alt wird, hat man noch genug Schmerzen, warum wollt ihr unbedingt jetzt schon leiden?«

»Um uns abzulenken«, sagte Alex. Ihre Stimme klang mit einem Mal dunkler. »Weil man manche Leute sonst im Kopf nicht aushält.«

Matthias sah auf das Schild, das die nächste Raststätte ankündigte. Hatte er doch gewusst, dass das Ärger gab. Vierundfünfzig Kilometer, das machte noch eine gute halbe Stunde Weibergezänk. Blieb nur zu hoffen, dass wenigstens die Göre dort gleich den Reisebus erwischte. Danach würden sie die demente Alte loswerden.

Plötzlich gab Jakob neben ihm einen erschreckten Laut von sich. Vor ihnen tauchten blinkende Warnlichter auf. Matthias trat auf die Bremse und fluchte. Das hatte noch gefehlt.

»Ein Stau!«, rief die alte Dame fröhlich.

»Ist ja toll, über was man sich so freut ohne Gedächtnis«, bemerkte das Mädchen.

»›Jeder Mensch soll Freude an sich selbst haben, und glücklich nur, wer sie hat‹«, sinnierte Jakob.

»Wunderschön«, sagte Alex.

»Goethe, ›Wilhelm Meisters Lehrjahre‹.« Natürlich war Jakob der Sarkasmus entgangen.

»Stau ist übrigens«, ätzte Alex weiter in Tildas Richtung, »wenn alle blöd rumstehen und es nicht weitergeht. Aber das haben Sie wahrscheinlich vergessen.«

»Wenigstens habe ich meine guten Manieren nicht vergessen«, parierte Tilda.

Jakob wandte sich zu dem Mädchen um. »Sie müssen sich keine Sorgen machen, dass Sie jetzt Ihren Reisebus verpassen. Der steht ja genauso im Stau.«

Alex schnallte sich ab, hangelte sich nach hinten, hievte mühsam ihren Rucksack nach vorn und bugsierte ihn zwischen ihre Knie. »Aber viel weiter vorn, also ist er auch früher raus. Die können maximal zehn Minuten warten, das haben sie schon gesagt. Das war's dann.«

Matthias sah verärgert in den Rückspiegel. »Nun reiß dich mal zusammen und steck nicht alle mit deiner Schwarzseherei an. Und vor allem schnall dich wieder an, aber flott!«

»Ganz genau«, sagte Tilda. »Wissen Sie, was die Chinesen dazu sagen: ›Blicke immer zur Sonne, dann fallen die Schatten hinter dich.‹«

»Sehr richtig«, stimmte Jakob sinnig lächelnd zu. »Schauen wir nach vorn.«

»Super Idee!« Alex streckte mit großer Geste ihren Arm zwischen den Vordersitzen hindurch und zeigte auf die dicht an dicht stehenden Autos.

Matthias musste gegen seinen Willen grinsen.

»Wie wäre es damit«, rief Tilda, nun bestens gelaunt. »Stimmen wir ein Lied an, ja? Ach, was haben mein Mann und ich früher für schöne Zeiten im Stau verbracht. ›Ist es dir mal bang im Leben, kommst du nicht mehr recht voran, hilft Gesang, es zu beleben, vorwärts, weiter, kommst du dann!‹ Das war unser Motto! Man war ja als Lehrerin auf die Schulferien angewiesen, da steht man mit dem Stau auf Du und Du.

Ich weiß noch, dass wir einmal mit zwei anderen Familien zwischen unseren Autos gestanden und ›Ein Vogel wollte Hochzeit feiern‹ angestimmt haben. Herrlich. Die Zeit verging wie im Flug.«

Sie begann zu singen, mit warmem Mezzosopran, und Matthias und Jakob tauschten einen Blick aus. Was für eine Stimme! Jakob drehte sich zu ihr um und klatschte symbolisch in die Hände: »Bravo!« Sie nickte ihm huldvoll lächelnd zu wie eine Operndiva und forderte ihn mit einer graziösen Bewegung der Hand auf, mit einzustimmen. Dann drehte sie voll auf: »EIN VOGEL WOLLTE HOCHZEIT FEIERN, IN DEM GRÜNEN WA-HAL-DE …« Alex machte ein genervtes Geräusch, öffnete ihren Rucksack und wühlte darin. Matthias hatte Sorge um sein Trommelfell und machte das Fenster auf. Schön war ihre Stimme ja, aber wie konnte ein einzelner Mensch so laut singen? Das hier war ein Auto, kein Konzertsaal.

Jetzt fiel auch Jakob mit ein. »FIDERALLALA, FIDERALLALA, FIDERALLA-LALLA-LA.«

Matthias hörte ein Knistern und schaute in den Rückspiegel. Alex hielt einen halb geöffneten Schokoriegel in der Hand. »He da, Fräulein, im Auto wird nicht gegessen!«

»Fräulein?«, schnaubte Alex. »Echt jetzt?« Langsam und provozierend biss sie in den Schokoriegel. Spießer, sagte ihr Blick.

»FIDERALLALA, FIDERALLALA, FIDERALLA-LALLA-LA«, schmetterten Jakob und Tilda.

»Nicht im Auto!«, rief Matthias dazwischen.

Alex legte eine Hand ans Ohr, als würde sie nichts hören können.

»Die Drossel war der Bräutigam, die Amsel war die Bra-hau-te …«

»NICHT IM AUTO! Pack das weg, sonst kannst du laufen!«

»FIDERALLALA, FIDERALLALA, FIDERALLA-LALLA-LA.«

»Alles klar.« Alex biss wieder ab und öffnete die Tür. Doch so schnell, wie sie ausgestiegen war, stieg sie auch wieder ein, gestikulierte wild nach vorn und rief mit kekserstickter Stimme etwas, das keiner verstand. Matthias sah im Rückspiegel die Keks- und Schokokrümel aus ihrem Mund stieben. Die beiden Sänger verstummten mitten im zweiten Fiderallala.

»Die Polizei!«, rief Tilda aus. Eddie nutzte Alex' Abgelenktheit und schnappte ihr den Rest des Schokoriegels aus der Hand.

»Ich muss mal«, presste Alex hervor. »Ganz dringend.« Ihre Stimme hatte jede Aufsässigkeit verloren, klang mit einem Mal ganz kindlich und bescheiden. »Sie haben doch bestimmt eine Toilette in Ihrem Wohnwagen? Kann ich die benutzen?«

»Nicht während der Fahrt«, sagte Matthias.

»Bitte! Es ist total dringend! Und wir stehen doch. Ich kann echt nicht mehr länger aushalten, sonst mach ich mir in die Hose!«

Matthias fluchte.

»Lass mal, Matjes, ich mach das schon«, sagte Jakob, griff sich den Wohnwagenschlüssel aus der Mittelkonsole, stieg aus und ging voraus zum Wohnwagen.

»Danke!« Schnell nahm Alex ihren Rucksack und folgte ihm.

»Aber komm sofort zurück, wenn ich hupe!«, rief Matthias ihr nach.

8

Jakob schloss für Alex die Tür auf, hielt den Fliegenvorhang beiseite und zeigte geradeaus. »Gleich hier diese Tür. Sie müssen den Türgriff drehen. Kennen Sie sich mit Chemietoiletten aus?«

Alex nickte, obwohl sie keine Ahnung hatte; sie war noch nie in einem Wohnwagen gewesen. Hauptsache, er ließ sie allein. »Ich komm schon klar, danke.«

Jakob legte den Schlüssel auf die Ablage neben der Spüle, rückte seine Fliege zurecht. »Wenn mein Freund hupt, kehren Sie aber bitte wirklich so schnell wie möglich zum Auto zurück, ja? Es ist verboten, sich während der Fahrt im Wohnwagen aufzuhalten. Streng genommen ist selbst dies hier …«

»Ist klar«, unterbrach Alex ihn und schob ihn freundlich lächelnd nach draußen. Dann suchte sie den Innenraum nach einem Versteck ab. Alter Falter, dachte sie. Klar waren Wohnwagen spießig, aber diese Mischung aus Enge, Einbaumöbeln und Bistrogardinen war beklemmend. Ein Resopal-Dementor in Beigebraun, der alle Erinnerung an die Buntheit und Weite der Welt auslöschte. Aber egal, schnell jetzt. Sie musste ein Versteck für die Pistole finden.

Die oberen Klappschränke waren zu unsicher. Das Bett auch. Hektisch sah sie durch die Bistrogardinen auf die Straße. Auf der linken Spur zogen schon die ersten Autos im Schritttempo vorbei. Bald würde es auch auf ihrer Spur weitergehen.

Die Toilette? Klassisch hinter dem Spülkasten vielleicht? Als sie an der Tür riss, dann den Türknauf drehte und sie öffnete, wurde ihr bewusst, dass sie wirklich mal musste. Das Chemieklo stank nicht, jedenfalls nicht so wie erwartet, aber sie ekelte sich trotzdem mehr als im Bremer Bahnhofsklo. Es gab keinen Spülkasten, nur Kanister und Schläuche und blaue Chemie. Ein aberwitzig kleines Waschbecken, einen Spiegelschrank im DIN-A4-Format mit einem Weihnachtsengel-Aufkleber. Keine Versteckmöglichkeit für die Waffe.

Jetzt hupte definitiv der Mercedes. Hektisch verließ sie die Toilette, die Pistole immer noch in der Hand, und sah sich erneut um. Der Wohnwagen machte einen Ruck vorwärts, sie taumelte nach hinten, fiel aufs Bett. Mit einem erneuten Ruck kam der Wohnwagen wieder zum Stehen, es hupte wieder, nun in drei kurzen, drängenden Abständen. Endlich kam ihr die rettende Idee. Schnell stand sie auf und hob die Matratze an. Darunter war wie erhofft ein Stauraum. Sie hob den Spanplattendeckel an und sah Zeltplanen und Gestänge. Bestimmt das Vorzelt. Das würden sie nicht vor der Ankunft auf dem Campingplatz brauchen. Ein sicheres Versteck fürs Erste. Sie hob die Zeltplane an, um die Pistole darunter zu verstecken, und entdeckte eine große Aldi-Tüte für Gefrorenes. Perfekt, eine zusätzliche Sicherheit. Die würden sie erst recht nicht vor dem ersten Lebensmitteleinkauf am Ziel brauchen. Bis dahin wäre sie längst weg.

Sie nahm die Tüte, zog die Druckknopfleiste auseinander und erstarrte. Lilafarbene Fünfhundert-Euro-Scheine, gebündeltes Spielgeld. Sie griff nach einem Bündel. Oder war das etwa echt? Ihr wurde es heiß. Warum versteckte ein Bulle so viel Geld in seinem Wohnwagen? Der einzige Grund, der ihr dazu einfiel, war beunruhigend: Er war korrupt!

Es hupte wieder. Verdammt! Eine Entscheidung, sofort!

Ohne weiter nachzudenken, stopfte sie das Geldbündel zurück in die Tüte, legte die Pistole dazu, ließ den Deckel des Bettkastens und die Matratze wieder auf ihren Platz zurückfallen und hastete zur Tür. Ihr Instinkt sagte ihr, nicht wieder ins Auto zu steigen, sondern abzuhauen, und zwar so schnell es ging.

Doch da wurde die Tür von außen aufgerissen, der Polizist stand davor, füllte die ganze Tür aus, ein Koloss aus Wut.

»Ich hatte gesagt, sofort zurück zum Auto, wenn ich hupe!« Er packte sie am Arm, führte sie zurück, stinksauer wie ein Bulle beim Abführen von Randalierern.

9

»Ich hab im Wohnwagen was Komisches gesehen«, sagte Alex, als sie wieder im Auto saßen.

Matthias fixierte sie im Rückspiegel. »Ach ja?«

Alex erwiderte seinen Blick und nickte.

»Was denn, bitte schön?«, fragte Jakob.

»Einen Weihnachtsengel. Im Klo klebt ein Weihnachtengel am Spiegel.«

»Na und?«, fragte Matthias. »Oder war das der Grund, warum du mein Hupen ignoriert hast?«

»Ich meine nur. Wir haben bald April.«

»Bei mir zu Hause hängen auch noch die Weihnachtskugeln in dem kleinen Tannenbäumchen neben der Haustür«, bemerkte Tilda.

Na klar doch, dachte Matthias. Sie hat vergessen, sie abzunehmen. Laut sagte er: »Wenn Sie sich daran erinnern, an die Kugeln und das kleine Bäumchen vor der Tür, dann wissen Sie doch bestimmt auch, wo das ist, Ihr Zuhause?«

Ein Martinshorn näherte sich von hinten. Matthias zog den Wohnwagen noch etwas mehr nach rechts und beobachtete im Rückspiegel, wie Eddie wegen des näher kommenden Lärms nervös anfing zu hecheln und schon wieder versuchte, nach vorn zu ihm zu gelangen. Das Mädchen hielt ihn zurück, streichelte und beruhigte ihn.

»Selbstverständlich weiß ich, wo ich zu Hause bin!«, rief

Tilda über das Martinshorn hinweg. »Eigentlich ist es zu groß für mich allein. Aber ich habe zum Glück Hilfe! Vor allem von der Familie meiner Freundin Anne. Sie selbst ist letztes Jahr leider von uns gegangen, seitdem ist aber ihre Familie für mich da, wenn ich sie brauche.« Tilda plauderte weiter, mühelos mit ihrem Organ das Martinshorn überschreiend, es schien, als sei ein Damm gebrochen, der ihre Erinnerungen zurückgehalten hatte.

»Wie heißt diese Familie?«, unterbrach Matthias sie, als der Polizeiwagen vorbeigefahren war. »Wissen Sie den Namen?«

»Aber natürlich. Stephanie und Antonius, mit Tina und Lena.«

»Und Ihre Adresse?«, fragte Matthias. »Fällt Ihnen die auch wieder ein?«

»Villa Crussol, auf dem Dilsberg, hoch über dem Neckar, nahe bei Heidelberg.«

Matthias schaute auf die Autos in der Schlange vor ihm und dachte nicht zum ersten Mal, dass es ein Fehler gewesen war, die Marine zu verlassen und zur Polizei zu gehen. Er war kein Kriminalbeamter, er war ein Vollidiot. Von wegen Gedächtnisverlust. Er würde seinen Wohnwagen darauf verwetten, dass die gute Frau vollkommen klar im Kopf war, einfach der Eintönigkeit ihres Alltags entfliehen wollte und die Sache ihr diebischen Spaß machte. Manche Leute kamen auf die abwegigsten Ideen, wenn sie sich langweilten. Als Polizist konnte man ein Lied davon singen.

»Ein Vorschlag«, unterbrach er Tilda, die inzwischen vom handwerklichen Geschick des Schwiegersohns ihrer verstorbenen Freundin schwärmte. »Wir rufen Ihren Antonius einfach an und bitten ihn, Sie an der nächsten Raststätte abzuholen. Wie ist denn der Familienname?«

Tilda hatte zwar aufgehört zu reden, reagierte aber nicht auf seinen Vorschlag. Matthias schaute in den Rückspiegel, aber sie sah an ihm vorbei nach vorn, als habe sie ihn gar nicht gehört. War ihr dieser naheliegende Gedanke selbst noch nicht gekommen? Oder überlegte sie, wie weit sie gehen konnte mit ihrer Vergesslichkeitsnummer? Ob sie es wirklich bringen konnte, auf diese Frage die Schultern zu zucken. Notfalls, beschloss er, würden sie eben einen Umweg fahren und sie direkt vor ihrem Haus abladen.

»Oh, sehen Sie nur!«, sagte Tilda endlich und deutete auf die Straße. Uniformierte Polizisten winkten etwa hundert Meter weiter vorne ein Auto auf den Standstreifen heraus. »Ich glaube, das ist gar kein Unfall, sondern eine Straßensperre. Die suchen wen!«

Sie machte ein Gesicht wie ein Bankräuber, der seiner Verhaftung entgegensieht. Dann ließ sie sich tief in das Polster sinken, nestelte ein Taschentuch aus ihrer Handtasche und tupfte sich damit die Augenwinkel. »Ich gehe nicht ins Pflegeheim, lieber sterbe ich.«

»Ich bezweifle, dass da nach Ihnen gefahndet wird«, sagte Matthias, ließ den Wagen wieder an und fuhr eine Autolänge weiter. Wie egozentrisch kann man sein, dachte er entnervt. Aus den Augenwinkeln nahm er wahr, wie Jakob seine Sonnenbrille abnahm, an seiner Fliege nestelte, sie löste und beides nach hinten reichte.

»Hier bitte, Frau Crussol, binden Sie sich einen Pferdeschwanz und setzen Sie die Brille auf. Sie müssen Ihr Aussehen verändern.«

Matthias drehte sich nach hinten um, nahm ihr die Sachen wieder ab. »Das lassen Sie schön bleiben.« Er sah Jakob kopfschüttelnd an. »Bist du verrückt?«

»Tut mir leid, aber ich muss noch mal!«, meldete sich das Mädchen wieder. Sie hielt sich die Hände an den Bauch. »Bei

Stress muss ich immer aufs Klo, sorry!« Das durfte doch nicht wahr sein. Ungehalten reichte Matthias ihr den Schlüssel nach hinten. »Drei Minuten, sonst kannst du laufen!«

Sie nahm ihm nur stumm den Schlüssel aus der Hand, aber immerhin sah er im Außenspiegel, wie sehr sie sich diesmal beeilte. Warum hatte sie schon wieder ihren Rucksack dabei? Was hatte sie darin, das sie keine Sekunde aus den Augen lassen wollte? »Egal«, murmelte er. »An der nächsten Raststätte ist Schluss mit diesem Theater.«

Eine Weile hing jeder seinen Gedanken nach. Plötzlich begann Eddie zu kläffen, kletterte über Tilda Crussol hinweg und stemmte die Vorderpfoten ans Seitenfenster. »Sehen Sie nur, da ist sie! Das Mädchen!«, rief Tilda und deutete am Hund vorbei nach draußen. Alex rannte über den Acker, der an die Autobahn grenzte, auf den Wald zu.

»Schiet«, sagte Jakob.

Matthias sah seinen Freund überrascht an. Er hatte ihn noch nie fluchen hören. »Also, ich finde es nicht besonders schade«, bemerkte er. »Wenn du mich fragst, hat die Kleine sowieso gelogen, dass sich die Balken biegen. Das ist ein ausgekochtes Früchtchen. Seien wir froh, dass wir die los sind.« Matthias fuhr erneut ein Stück vorwärts, dann machte er das Radio an. Es erklang ›Bye bye my love‹ von den Bläck Fööss.

»Das darf nicht wahr sein«, murmelte Jakob und schlug die Hände vors Gesicht.

Tilda Crussol legte ihm von hinten tröstend die Hand auf die Schulter. »Ich denke, Ihr Freund hat recht. Am Ende hätte die kleine Ziege uns noch beklaut.«

Jakob stöhnte auf. »Bin gleich zurück«, murmelte er, stieg aus und hastete zum Wohnwagen.

10

»Schiet, schiet, schiet«, murmelte Jakob, als er mit dem Schlüssel in der Hand wieder ins Auto stieg. »Verdammt und zugenäht.«

Matthias unterdrückte ein Lachen und sah zu seinem Freund. Selbst beim Fluchen war Jakob so harmlos altmodisch wie ein Bremer Kluntje. »Was ist los? Hat sie etwa wirklich was mitgehen lassen?« Er ging in Gedanken durch, was es im Wohnwagen für ein Mädchen wie Alex Lohnenswertes gäbe, und kam nur auf den Zwanzig-Euro-Schein, den er unter dem Besteckkasten verwahrte. Ärgerlich, wenn sie den eingesteckt hatte, klar, aber kein Weltuntergang und sicherlich nichts, weswegen sein Freund so außer sich sein müsste. Plötzlich kam ihm ein schlimmer Verdacht. Die Kleine war zunehmend auf Krawall gebürstet gewesen, vielleicht hatte sie ihren Zorn auf die Welt an seinem Wohnwagen abreagiert? »Oder hat sie dahinten randaliert? Irgendwas kaputtgemacht? Die Gardinen abgerissen? Die Matratzen aufgeschlitzt? Jetzt sag schon, Jakob!«

»Nein, das ist es nicht.« Jakob ließ die Fensterscheibe hinunterfahren und fächelte sich Luft zu. »Matjes, ich muss mit dir reden. Unter vier Augen.«

»Oh, aber natürlich«, reagierte Tilda sofort. »Das trifft sich gut, ich müsste ohnehin auch einmal … Ihre Fazilität hinten benutzen.«

Matthias reichte den Wohnwagenschlüssel, den Jakob ihm gerade erst gegeben hatte, wortlos nach hinten. In seiner

Wunschvorstellung sprintete Tilda anschließend auch über den Acker und verschwand auf Nimmerwiedersehen im Wald. Vielleicht wäre das alte nicht so schnell wie das junge Mädchen, aber das machte ja nichts. Niemand würde sie aufhalten. Er musste grinsen, dann schaute er zu Jakob und sah, dass er ganz blass geworden war. »Was ist los?«

»Das Geld ist weg«, brach es aus seinem Freund heraus. »Das Mädchen hat eine Million Euro in bar geklaut, die ich im Wohnwagen versteckt hatte.«

»Du hast was?«

»Eine Million Euro in deinem Wohnwagen versteckt«, wiederholte Jakob.

Matthias zog nur die Augenbrauen hoch und fragte nicht nach, teils aus Gründen der kriminalistischen Stille, die besser wirkte als jede Frage, teils aus purer Überraschung. Hastig erzählte Jakob ihm von dem geplanten Geldschmuggel.

»Ich habe es nicht über mich gebracht, meinem Sohn diese Bitte abzuschlagen«, schloss er seine Beichte ab.

Matthias ließ es dabei bewenden. Die Singdrossel würde jeden Moment zurückkommen, und es brachte ja nichts, seinem Freund vor Augen zu führen, dass das keine einfache Bitte gewesen war, so wie Babysitten, sondern ein kriminelles Vorhaben, und dass sein feiner Sohn sich nicht zu schade dafür gewesen war, seinen Vater emotional zu erpressen, damit er sich selbst nicht die Hände schmutzig machen musste. Und dass Jakobs Unfähigkeit, Nein zu sagen, auch der Grund für die beiden Frauen war, die sie plötzlich mit an Bord hatten. All das wusste sein Freund selbst nur zu gut, er war ja nicht blöd. »Da hast du dir was Schönes eingebrockt«, stellte er stattdessen nur fest. »Und mich auch noch mit reingezogen.«

»Du wolltest so gern mitkommen.« Jakob hatte den Kopf gesenkt und sprach so leise, dass Matthias ihn kaum verstand.

»Und du konntest nicht Nein sagen.«

Jakob nickte. Dann schüttelte er den Kopf, stöhnte gequält auf. »So viel Geld, auf das ich aufpassen sollte, und ganz allein unterwegs. Als du meintest, dass du mitkommst, gemeinsam mit Eddie, wollte ich das natürlich zuerst nicht, aber dann dachte ich, es wird ja alles glattgehen und du kriegst gar nichts mit. Vor allem fiel mir dann auf, wenn du mit dabei bist, ist es auch irgendwie sicherer, Polizeischutz sozusagen.«

Matthias drehte die Klimaanlage höher. »Mach mal dein Fenster zu«, befahl er.

Jakob schloss das Fenster. »Eine Million Euro. Einfach weg. Wie kann man so viel Geld klauen.«

»Wie kann man so viel Geld hinterziehen«, sagte Matthias. »Dein Sohn ist kriminell.«

»Noch nicht«, berichtigte Jakob. »Noch sind wir ja nicht über die Grenze gefahren. Noch ist mit der Million ja nichts Kriminelles passiert.«

»Doch«, stellte Matthias fest. »Geklaut.«

»Scheibenkleister.« Jakob starrte auf seine Hände. »Wäre ich nur zu Hause geblieben.«

»Wo bleibt die eigentlich?« Matthias schaute in den Außenspiegel. »Jakob, sag, traust du dir zu, mit dem Wohnwagen bis zum nächsten Parkplatz zu fahren?« »Ich denke schon, warum?« Jakob sah ihn hoffnungsvoll an. Der verschwitzte Haaransatz und die aufgelöste, locker um den Hals baumelnde Fliege verliehen ihm plötzlich etwas von der Grandezza eines Lebemanns nach einer durchzechten Nacht im Casino.

»Ich gehe und schnappe mir die kleine Kröte«, sagte Matthias bestimmt.

»Meinst du nicht, die ist inzwischen über alle Berge?«, wandte Jakob ein.

Matthias stieg aus, öffnete die hintere Tür und leinte Eddie an. Erfreut sah er, dass das Mädchen ihre Handschuhe auf der Rückbank liegen gelassen hatte, und steckte sie ein.

»Keiner rennt ewig. Und wir rennen auch nicht hinterher, wir spüren auf. Oder besser gesagt, Eddie. Ich werde ihn an den Handschuhen des Mädchens schnuppern lassen, hoffentlich hat er nichts verlernt und kann so ihre Spur verfolgen. Du fährst bitte mit dem Wohnwagen voraus zum nächsten Parkplatz, da treffen wir uns dann wieder.« Er deutete zu einem blauen Schild am Straßenrand, das einen Parkplatz in fünfhundert Metern ankündigte. »Lass dein Handy eingeschaltet, ich melde mich!«

Jakob stieg ebenfalls aus, ging um das Auto zur Fahrerseite. »Und was sage ich Frau Crussol?«

»Was sollen Sie mir sagen?« Tilda war, von beiden unbemerkt, zum Auto gekommen.

Matthias ließ Eddie an Alex' Handschuhen schnüffeln und lächelte ihr zu. »Mein Freund mit seinem Herz aus Gold hat mich davon überzeugt, dass es doch besser ist, wenn ich dem Mädchen hinterhergehe. Ein so junges Ding, allein im Wald, da macht man sich doch Sorgen.« Er ließ Eddie aus dem Wagen springen.

Jakob hielt Matthias am Ärmel fest. »Die Polizeikontrolle«, flüsterte er. »Was, wenn die wirklich nach Frau Crussol suchen?«

Matthias zuckte die Schultern. »Ein Problem weniger«, sagte er leise, und lauter: »Deinen Führerschein hast du dabei?«

Jakob nickte.

»Bestens. Der Fahrzeugschein steckt hinter der Sonnenblende.« Matthias stieg über die Leitplanke und gab Eddie ein Zeichen, darüberzuspringen. »Zeig, was du noch kannst, alter Junge!«

11

Alex hörte erst auf zu rennen, als sie den Waldrand erreichte. Sie warf einen Blick zurück, um zu sehen, ob sie nicht doch verfolgt wurde. Aber der Acker lag braun und leer da, die Autos im Stau waren klein wie von Playmobil. Sie ging in den Wald hinein und änderte zur Sicherheit noch ein paarmal die Richtung. Später würde sie sich gen Norden halten. Das war einfach, dafür brauchte sie nicht auf Google Maps zu schauen, denn die bemooste Seite der Baumstämme zeigte nach Norden. Das hatte sie von ihrem naturbegeisterten Deutschlehrer bei einem seiner vielen abschweifenden Vorträge gelernt, die im Nachhinein eigentlich das Beste am ganzen Unterricht gewesen waren. Und auch, dass man in Deutschland keine zehn Kilometer mehr geradeaus laufen könne, ohne auf eine asphaltierte Straße zu stoßen.

Alex rieb sich die kalten Hände und dachte an ihre Gitarre. Sie hatte sie zurückgelassen, damit die anderen nicht sofort bemerkten, dass sie vorhatte abzuhauen. Was für ein unnötiges Opfer, dachte sie jetzt. Sie war ohnehin fitter als die beiden Männer. Der eine war alt, und der Bulle wog bestimmt hundert Kilo. Außerdem würde sich ihre Spur im Wald verlieren. Und sobald sie eine Straße erreichte, würde sie sich ein Taxi rufen und sich zum nächsten Flughafen bringen lassen. Geld spielte ja jetzt keine Rolle mehr. Dass die Männer die Polizei einschalteten und die sie beim Einchecken schnappen würde, war so gut wie ausgeschlossen. Das Geld war nicht sauber, da war sie sich sicher.

Wo war überhaupt der nächste Flughafen? Sie hatte keine Ahnung, wo sie war. Egal, das würde sie später herausfinden, mithilfe von Onkel Google. Sie blieb kurz stehen, überprüfte den Energielevel ihres Handys, es hatte noch 68 Prozent. Der Puls hämmerte in ihren Ohren. Sie steckte das Handy wieder in die Hosentasche und lief tiefer in den Wald hinein, auf das Dickicht einer Tannenschonung zu. Sie brauchte eine Pause. Vorsichtig, ihr Gesicht mit den Armen vor den Nadeln schützend, drängte sie sich hinein. Mitten in diesem dunklen, kratzigen Kokon aus jungen Bäumen ließ sie ihren Rucksack fallen und setzte sich darauf, um wieder zu Atem zu kommen. Der prall gestopfte Rucksack war ein weicher Sitzhocker.

Ihr war übel. Eigentlich war sie sportlich, es war mehr der Stress, der ihr Herz rasen ließ. Sie stützte sich mit den Unterarmen auf den Knien ab, ließ den Kopf hängen, schloss die Augen und zählte bis fünfzig, dann noch einmal bis zehn, dann noch einmal bis fünf und fühlte, wie ihr Puls sich beruhigte.

Das Atmen tat nicht mehr weh, aber das zittrige Gefühl blieb. Ob es wirklich schlau gewesen war, das Geld zu klauen? Oder doch ein gewaltiger Fehler? Jetzt waren noch mehr Leute hinter ihr her. Was für eine Scheiße. Sie sehnte sich nach einem Bett, nach einer warmen Decke, Ausstrecken, Schlaf und Vergessen.

An manchen Tagen bleibt man am besten im Bett, hatte ihre Mutter in den letzten Wochen, als sie nur noch mit großer Mühe aufstehen konnte, oft zu ihr gesagt. Immer lächelnd, ein Dauerscherz, um das Deprimierende der Situation und die Angst vor dem Kommenden zu überspielen. Alex war sechzehn, als ihre Mutter starb. Das war das Ende der Geborgenheit, die alle Kinder mit liebenden Eltern für die normalste Sache der Welt halten. Der Tod der Mutter war nicht überraschend gekommen, sondern fast schon herbeigesehnt, sowohl von der Mutter als auch von ihr, weil der Weg dorthin so schwer und immer furchtbarer geworden war. Ihre Mutter hatte so sehr gekämpft, und Alex wusste, dass sie der Grund dafür war. Meistens war sie ihr dankbar dafür, doch manchmal, in der Nacht, wenn sie die Mutter nebenan stöhnen hörte, auch wütend. Geh doch endlich, hatte sie in solchen Nächten gedacht und sich gleichzeitig geschämt, weil ihre Mutter so tapfer und sie so schwach war. Bei der Beerdigung hatte fast jeder gesagt, es sei eine Erlösung gewesen. Aber was sie wirklich meinten, war: Es ist eine Erlösung für uns, die wir weiterleben. Denn das war der andere Satz, den sie paradoxerweise bei der Beerdigung oft zu hören bekam: Das Leben geht weiter. Na klar, für ihre Mutter auch, oder was? Alex atmete noch einmal tief durch, dann kniete sie sich vor den Rucksack, schob die Tüte mit dem Geld zur Seite und kramte zwischen der Kleidung nach der Schokolade. Der Anblick der Tüte mit dem Geld ließ ihren Puls wieder ansteigen. Warum brachen manche Dinge über einen herein wie ein Gewitter, und warum hatte man für manche Entscheidungen so wenig Zeit wie zwischen Blitz und Donner?

Make wise decisions, das war der Standard-Tipp ihres Vaters gewesen, wenn sie früher, viel früher, auf seinen Schoß geklettert war und ihn in der kindlichen Überzeugung, dass er alles wisse, um Rat gefragt hatte. Zum Beispiel, ob sie mit der Mutter zur Geburtstagsfeier ihrer Patentante Dana gehen sollte oder lieber mit dem Vater zur Geburtstagsfeier von Oma Hilde. *Make wise decisions.* Sie riss das Papier auf, brach sich ein großes Stück von der Tafel ab und zerkaute die Schokolade hungrig und genusslos wie Schwarzbrot.

Ob er selbst es klug gefunden hatte, sie und ihre Mutter zu verlassen und lieber mit seiner jungen Kollegin zusammenzuleben? Hanna, die neue Frau, bemühte sich, nett zu Alex zu sein, sie waren an den zwei Vater-Wochenenden pro Monat klargekommen, und auch der erste gemeinsame Urlaub, wie ihr Vater später ihrer Mutter erzählt hatte, war »absolut harmonisch« verlaufen. Allerdings hatte diese Harmonie so ausgesehen, dass Alex drei Wochen lang jeden Tag bei den professionellen Kinderanimateuren der Hotelanlage verbrachte und man sich nur zum Essen sah. Dennis, ihr neuer Stiefbruder, war nicht ins Kinderparadies abgeschoben worden, er wollte nicht und so musste er auch nicht. Er sei ja noch so klein, hieß es. Dennis war nur ein Jahr jünger als sie.

Alex hatte deutlich gespürt, dass es Hanna lieber gewesen wäre, wenn nur sie und nicht auch noch ihr neuer Partner ein Kind mit in die Beziehung gebracht hätte. Das Bewusstsein, durch ihre pure Anwesenheit zu stören, war ihr stiller kleiner Triumph über die neue Frau ihres Vaters. Ja, so war das eben, wenn man einer anderen Frau den Mann wegnahm, damit musste Hanna jetzt klarkommen.

Make wise decisions. Ihre Mutter hatte ihr zwar erklärt, dass es vorher schon Probleme gegeben habe und dass niemand es schaffe, in eine intakte Beziehung einzudringen, aber trotzdem. Ein Vierteljahr nach diesem Urlaub hatte ihr Vater ein Selfie von Hanna und sich getwittert, seine Hand lag auf Hannas Bauch und darunter stand: *Love of my life – erwartungsvoll.* Heilige Scheiße. Die ganz, ganz große Liebe. Was war denn ihre Mutter für ihn gewesen? Eine Übergangslösung? Ein Fehler? So einfach war das für ihn. Eine neue Frau, ein neues Kind, ein neues Leben. Ihre Mutter und sie wurden in der alten Wohnung zurückgelassen wie ein ausgelatschtes, schäbiges Paar Schuhe, er selbst zog in eine Neubausiedlung.

Ein, zwei Wochenenden hatte Alex den Vater, Hanna und Dennis noch besucht, dann während der restlichen Schwangerschaft immer kurzfristig abgesagt. Ihr Vater war zuerst beleidigt gewesen, hatte ein paarmal angerufen, um sie zur Vernunft zu bringen (*make wise decisions*), aber es wäre zu viel gewesen zu behaupten, dass er sich überschlagen hatte, um den Kontakt aufrechtzuerhalten. Ein halbes Jahr nach der Geburt ihrer Halbgeschwister – es waren zu allem Überfluss auch noch Zwillinge – war ihre Mutter krank geworden, vier Jahre später war sie gestorben.

Eigentlich hatten ihre Mutter und sie gut Vorsorge getroffen. Sie würde zur besten Freundin ihrer Mutter ziehen, die auch ihre Patentante war. Alex hatte keine besonders enge Beziehung zu Dana, doch es war die beste Lösung, die Alex sich vorstellen konnte. Nach der Beerdigung hatte ihr Vater aber nichts mehr von dieser Vereinbarung wissen wollen und darauf bestanden, dass seine Tochter zu ihm zog. »Schau, du bist mein Kind, Dennis ist Hannas Kind, und die Zwillinge sind unsere Kinder. Wir alle unter einem Dach, das wird großartig. Wir sind die perfekte Patchwork-Familie.«

Alex und ihre Patentante hatten sich an das Jugendamt gewandt, einige Wochen war die Sache in der Schwebe gewesen, aber dann hatte man doch dem Willen ihres Vaters entsprochen.

»Blut ist dicker als Wasser«, sagte die Frau vom Jugendamt zu ihr, »du wirst später erkennen, dass es das Beste für dich ist, und deinem Vater und mir dankbar sein, das in deinem Sinne entschieden zu haben.«

Ihr Vater war wochenlang »enttäuscht« gewesen, dass sie nicht zu ihm in die glückliche, heile kleine Patchworkwelt hatte ziehen wollen. Hanna reagierte verständnisvoller, wahrscheinlich hatte sie im Stillen gehofft, dass der Kelch einer

Stieftochter an ihr vorüberginge. Beim Einzug hatte sie Alex, deren sämtliche Muskeln sich bei der Umarmung versteiften, fest an sich gedrückt. »Zieh dich zurück, wann immer dir danach ist, ja? Wir sind jetzt eine große Familie. Das Wichtigste ist Toleranz.«

Es war in Ordnung gewesen, sich zurückzuziehen, so lange und sooft sie das wollte, sie hatte ja ihr »eigenes kleines Reich«, und der Vater fuhr mit ihr zu Ikea, damit sie sich ihre Möbel selbst aussuchen konnte. Das Zimmer wurde katalogschön: an einem Tag zusammengekauft inklusive der Kissen, der Lampen, der Poster, der Bettbezüge, des Raffrollos, selbst des Teppichs und des kleinen Kakteen-Gewächshauses für die Fensterbank. Die Dinge aus ihrem alten Zimmer hatte der Vater komplett in Kartons verstaut und auf den Dachboden des Einfamilien-Reihenendhauses getragen. Es sei besser, neu anzufangen, das hatte er aus irgendeinem Erziehungsratgeber. Oder aus dem Internet. Womöglich hatte er die weise Alexa gefragt. »Alexa: Wie kommt meine Tochter am schnellsten über den Tod ihrer Mutter hinweg?« Und Alexa hatte prompt geantwortet: »Kauf alles neu.«

»Das arme Mädchen … aber hier bei uns lernt sie wieder zu lachen«, hatte sie Hanna einmal am Telefon zu einer Freundin sagen hören. »Wir sind jetzt eine fröhlich-bunte Patchwork-Familie. Weißt du, Matteos Tochter war eine harte Nuss, aber inzwischen ist sie ein richtiger kleiner Clown. Ich sag ja immer, wir knacken jeden.«

So war das. Alex war zum lustigen, heimlich traurigen Clown in Hannas selbstzufriedenem Patchwork-Projekt geworden. Patchwürg. So wie sie in die Armbeuge hustete, um andere nicht anzustecken, weinte sie nur allein in ihrem Zimmer. Aber es wurde immer anstrengender, und ihr Stiefbruder war die Pest. Dennis, dem Hannas ganze Liebe galt und dessen

Gehässigkeit sie nie bemerkte. Wie originell seine Alexa-Sprüche doch immer waren! Irgendwann, sie hatten sich tags zuvor wieder mal gestritten, ging er dazu über, üble Sachen über sie in der Schule zu verbreiten. Nicht im Internet, dafür war er zu gerissen. Es ging von Mund zu Mund, sie merkte es zuerst bei den Jungs, an den Blicken, den abschätzigen Bemerkungen, dann auch bei den Mädchen.

Nach ein paar Wochen hielt sie es nicht mehr aus und begann, die Schule zu schwänzen. Morgens, wenn alle aus dem Haus waren, ihr Vater und Hanna bei der Arbeit, Dennis in der Schule, die Zwillinge in der Tagesstätte, genoss sie es, das Haus ohne Maske für sich zu haben.

Dennis verriet sie nicht, wohl aus Angst, seine Diffamierungen kämen dann auch ans Licht. Natürlich kriegten ihr Vater und Hanna es trotzdem schnell raus, sie unterrichteten ja beide an ihrer Schule. Diesmal waren beide »tief enttäuscht«, sie verstanden es nicht, sie hatten doch alles getan. Es gab ein paar unschöne Wortwechsel, es war von Undankbarkeit die Rede, alle ließen für ein paar Tage ihre obligatorische Familienfröhlichkeit sein. Eigentlich war diese Phase nicht schlecht gewesen, eine Erleichterung. Aber dann kehrten sie zu ihrer alten Form zurück, spielten wieder glückliche Familie mit Sonne im Garten und Unkrautvernichter im Keller. Alex wurde weitgehend ignoriert. Nur ab und zu wurde sie mit einbezogen, von Dennis, mit einem seiner Sprüche: »Alexa, reich mir das Salz! Alexa, mach das Licht an! Alexa, lach mal!«

Nach drei Wochen packte Alex ein paar Sachen in ihren Rucksack und ging in die städtische Inobhutnahme. Natürlich hätte sie auch zu ihrer Patentante gehen können, aber so einfach wollte sie es ihrem Vater nicht machen. Er sollte aufwachen, merken, was los war, und verdammt noch mal um sie kämpfen. Wenn schon nicht ihr zuliebe, dann wenigstens für seinen guten Ruf: Haben Sie schon gehört? Die Tochter von Dr. Rubinetto ist in der städtischen Inobhutnahme! – Was, etwa die Tochter vom Lehrer? – Ja, da sieht man wieder, Lehrers Kinder, Pfarrers Vieh …

Ihr Vater holte sie zurück. Er umarmte sie, strich ihr übers Haar wie früher und sagte: »Komm, wir fahren nach Hause.« Sie war so froh gewesen auf der Rückfahrt, doch dann waren sie zur Feier des Tages alle gemeinsam essen gegangen, und sie hatte gemerkt, wie großzügig er sich vorkam. Er hatte seine Familie wieder im Griff. Er forderte es nicht ein, aber sie wusste ganz genau, er dachte, sie schulde ihm Dankbarkeit. Kein Wort, dass es ihm leidtue. Sie riss gleich am nächsten Tag wieder aus, er holte sie zurück, sie ging wieder.

»Alexa, verpiss dich!«, raunte Dennis ihr beim dritten Mal zu und zeigte ihr den Mittelfinger. Als sie auf ihn losging, fing sie sich eine Ohrfeige von Hanna ein, anschließend sperrte der Vater sie in ihrem Zimmer ein.

Sie knotete ihr Bettzeug zusammen und floh noch am selben Abend aus dem Fenster. Der Vater rief nur noch auf dem Handy an. Es ging hin und her, sie konnte sich nicht mehr erinnern, was sie sich alles an den Kopf geworfen hatten. Nur noch an seinen letzten Satz, bevor er auflegte: »Ich lasse nicht zu, dass du meine Familie zerstörst.«

Sie hatte neue Freunde gefunden. Alle hatten traurige Geschichten, aber wenn gelacht wurde, war es echt, auch wenn es meist nur beim Kiffen war. Doch das Leben hier war anders anstrengend. Im Grunde war sie den anderen hier, den Betreuern sowieso, auch völlig egal.

Einmal scherzte ein Typ: »Alexa, mach das Licht aus.«

Er bekam Nasenbluten, ihr wurde für eine Woche das Handy abgenommen. Sie begann zu rauchen, mit Tabletten zu experimentieren, Wodka zu trinken, zuerst nur in der Cola, später pur, und landete, als sie eine kleine Flasche Zaranoff auf ex getrunken hatte, im Krankenhaus. Ihr Vater wurde informiert, er kam, saß eine Weile am Bett, stumm und ohne sie anzusehen, und ging wieder, als sie sich mit dem Gesicht zur Wand drehte. Das war der Beginn von Alex mit den geritzten Armen und Beinen und der Asi-Palme. Am Bahnhof lernte sie kurz darauf Aaron und die anderen kennen.

12

»Sehen Sie, meist macht man sich umsonst Sorgen«, sagte Jakob zu Tilda, als sie die Polizeikontrolle hinter sich hatten. Die Beamten hatten sie zwar herausgewunken, aber nur in den Wohnwagen schauen wollen. Jakob war angespannt, aber nicht wirklich ängstlich gewesen. Das Geld war ja weg. Was für eine glückliche Fügung, wenn man es so betrachtete. Genau im richtigen Augenblick war das Mädchen damit verschwunden, wie eine gute Fee hatte sie es hinweggezaubert, und sein Freund würde es schon wieder herbeischaffen.

Jakob neigte dazu, praktisch alles, was geschah, voller Vertrauen auf ein wohlmeinendes Schicksal zurückzuführen. Spätestens im Nachhinein ließ sich das Geschehen eigentlich immer als glückliche Fügung sehen. »Man weiß nie, wozu es gut ist«, war seine Antwort auf alle Wechselfälle des Lebens.

Tilda nickte. »Ja, Ihr Freund hatte ganz recht. Ich sollte mich nicht so wichtig nehmen. Keine Ahnung, nach wem die gesucht haben, nach mir alter Schachtel jedenfalls nicht.«

Jakob blinkte und fuhr auf den Verzögerungsstreifen. »Ich könnte mir vorstellen, dass nach flüchtigen Verbrechern gesucht wurde. Warum hätten sie sonst in den Wohnwagen geschaut? Die waren offensichtlich auf der Suche nach Menschen, die sich dort versteckt hielten.«

»Aber ich bitte Sie, sehen wir beide etwa wie Leute aus, die Verbrecher mitnehmen?«, empörte sich Tilda.

Jakob unterdrückte ein Lächeln. »Man sieht den Menschen ja nicht an der Nasenspitze an, ob sie kriminell sind. Mein Freund und ich haben auch Sie und das junge Mädchen mitgenommen.«

»Aber wir sind doch keine Verbrecher!«

»Nun ja …« Jakob wollte gerade sagen, dass das Mädchen immerhin eine Million Euro geklaut hatte, da fiel ihm noch rechtzeitig ein, dass Tilda davon ja nichts wusste. »Wahrscheinlich ging der Verdacht der Polizei auch eher in die Richtung, dass sich jemand während einer Rast in den Wohnwagen geschlichen und dort versteckt haben könnte.«

»Ohne dass Sie etwas davon gemerkt hätten, meinen Sie?« Tilda nickte nachdenklich. »Ich habe neulich einen Krimi gesehen, da war das genauso. Einem Massenmörder gelang die Flucht aus dem Gefängnis. Er versteckte sich im Wohnwagen eines Ehepaares, das auf dem Weg nach Südfrankreich war. Die sind mit ihm seelenruhig weiterkutschiert, ohne es zu merken.«

Jakob lenkte das Auto auf den Parkplatz und kam auf dem Randstreifen zum Stehen. Es war ein einfacher Parkplatz ohne Tankstelle und Restaurant, nicht einmal ein WC gab es. Außer ihnen parkten nur ein Lkw und eine Gruppe Motorradfahrer. Es gab ein paar vollgestopfte Mülltonnen, zwei Picknickbänke, einen schmalen, mit einigen kahlen Büschen bestandenen Rasen und einen hohen Zaun, der den Parkplatz von dem angrenzenden Wald trennte. »Das ist die Sorte Parkplatz, die meinem Mann und mir immer viel zu einsam und unheimlich war, um dort anzuhalten«, bemerkte Tilda. »Selbst tagsüber.«

»Wie ging der Film eigentlich aus?«, fragte Jakob und schaute sich beunruhigt zu den Motorradfahrern um.

»Sie haben es schließlich doch gemerkt. Auf einem einsamen Parkplatz, so ähnlich wie diesem hier, als sie dort übernachten wollten. Der Verbrecher lag im Bettkasten und musste niesen.«

»Und dann?« Jakob beobachtete erleichtert, wie die Biker auf ihre Maschinen stiegen und weiterfuhren.

»Hab ich umgeschaltet«, sagte Tilda. »Im anderen Programm kamen die Nachrichten.«

Jakob merkte ihrer Stimme an, dass sie sehr wohl weitergeschaut hatte. »Also, der Parkplatz ist nicht der schönste, aber wenigstens haben wir keinen Massenmörder im Wohnwagen«, sagte er aufmunternd und stieg aus dem Auto. »Da hat die Polizei ja gerade nachgeschaut.«

Tilda folgte ihm zum Wohnwagen. »Wir wissen noch nicht mal den ganzen Namen des Mädchens.«

Jakob schloss den Wohnwagen auf, holte den Trittschemel hervor, klemmte den Fliegenvorhang zur Seite und ließ ihr den Vortritt. Tilda nahm in der Sitzecke Platz, während Jakob sich an das Einschalten der Gasheizung machte.

»Ihr Freund hat ein gutes Herz«, sagte sie. »Das hätte nicht jeder getan, dem Mädchen in den Wald zu folgen. So ein aufsässiges junges Ding, und wer weiß, was es ausgefressen …« Sie stockte und schlug sich mit der Hand vor die Stirn. »Meine Güte, was waren wir blind! Was, wenn das Mädchen die Verbrecherin ist, nach der die Polizei sucht? Dass sie deshalb im Stau so nervös wurde und so plötzlich weglief? Wie Sie schon sagten, man sieht es den Kriminellen ja nicht an der Nasenspitze an.«

»Ach du liebe Zeit.« Jakob hielt das brennende Streichholz, mit dem er die Gasheizung entzündet hatte, in der Hand und sah Tilda perplex an.

»Deshalb haben wir beide die Polizei überhaupt nicht interessiert.« Sie trommelte nervös auf den Resopaltisch. »Die haben ja noch nicht mal die Papiere sehen wollen. Wir sind zu alt.« Jakob verbrannte sich die Finger und pustete das Streichholz schnell aus. »Rufen Sie die 110 an«, drängte Tilda aufgeregt. »Und dann müssen Sie Ihren Freund warnen. Oder nein, rufen Sie zuerst Ihren Freund an, dann die Polizei. Bevor es zu spät ist. Wenn jemand mit so viel Aufwand von der Polizei gesucht wird, wenn die sogar die Autobahn für eine Fahndung absperren, ist das Mädchen bestimmt gemeingefährlich.« Sie schauderte. »Wenn man sich vorstellt, in welcher Gefahr wir alle schwebten … mon dieux, stellen Sie sich nur vor, wenn sie uns als Geiseln genommen hätte!«

Jakob hielt das Handy so, dass Tilda nichts sehen konnte. »So«, sagte er dann, »ich habe ihm eine Nachricht via WhatsApp und zur Sicherheit auch eine SMS geschickt.«

»Sie sind ziemlich fit mit diesem technischen Kram«, stellte sie bewundernd fest. »Haben Sie sich das alles selbst beigebracht?«

Jakob schüttelte den Kopf. »Fiete und Klaas, meine Enkelkinder. Zwillinge.«

Tilda lächelte. »Zwillinge, wie goldig! Und zur Belohnung, dass sie ihrem Opa auf die Sprünge geholfen haben, gab es bestimmt ein Eis?«

»So ähnlich. Es war ein Besuch bei Starbucks.«

Tilda sah ihn an, immer noch versonnen lächelnd.

Jakob ahnte, was sie sich jetzt vorstellte: Er und seine Enkel, wie sie gemütlich in einer Sofaecke bei Starbucks saßen, zwischen anderen Leuten und ihren Handys und Laptops, vor sich Kuchen und Kaltgetränke, und wie die Jungs ihm, lässig und geduldig, Handy-Unterricht erteilten. Diese Vorstellung war schöner als die Realität, in der die Bezahlung ein großzügiger Starbucks-Gutschein gewesen war und der leicht genervte Unterricht bei ihm zu Hause zwischen Tür und Angel stattgefunden hatte.

»Streng genommen sind meine Enkelkinder mit ihren neunzehn Jahren auch keine richtigen Kinder mehr«, sagte er und öffnete den Vorratsschrank. »Wissen Sie was? Jetzt machen wir beide uns die Wartezeit im Wohnwagen gemütlich und trinken einen Kaffee, ja? Vielleicht gibt es auch noch Kekse hier.« Doch außer Instant-Kaffeepulver und einer Tütensuppe gab der Schrank nichts her.

Tilda öffnete ihre Handtasche und zog die Haribo-Tüte von der Raststätte heraus. »Wenigstens ein paar Kohlenhydrate kann ich beisteuern.«

Jakob fand im Schrank eine kleine Melamin-Schüssel, in die er die Süßigkeiten gab. Beide bedienten sich hungrig, doch mit der gebotenen höflichen Zurückhaltung, und Jakob bemerkte froh, dass Tildas Vorliebe dem Lakritzkonfekt und nicht den Gummibärchen galt.

Nach der süßen Mahlzeit sah sie ihn verlegen an. »Ich müsste noch einmal austreten, und der Wohnwagen ist doch sehr hellhörig … Würde es Ihnen viel ausmachen, so lange den Wohnwagen zu verlassen? Sie könnten ja vielleicht draußen die Polizei anrufen?«

Jakob schlug sich vor die Stirn, als hätte er den Anruf vollkommen vergessen. »Oh, natürlich!« Er verließ den Wohnwagen und entfernte sich außer Hörweite. Natürlich kam es gar nicht infrage, die Polizei anzurufen, solange das Mädchen mit der Million von Lukas unterwegs war.

Er konnte nur hoffen, dass Matjes sich endlich meldete. Bislang hatte er nichts von ihm gehört. Ein Funkloch in dieser menschenleeren Gegend, oder war der Akku leer? Matjes war gewissenhaft in diesen Dingen, das sah ihm gar nicht ähnlich. Oder war er in Schwierigkeiten geraten? Das Pling einer ankommenden Textnachricht riss ihn aus seinen Gedanken. Doch es war nur Michelle, seine Schwiegertochter. *Alles klar bei dir? – Bestens,* tippte Jakob zurück. Und erhielt als Antwort umgehend vier Piktogramme: ein Auto, ein Wohnwagen, eine Sonne und ein hochgereckter Daumen. Was sollte das? Er war doch kein Grundschulkind auf Klassenfahrt. Er steckte das Handy wieder ein und ging wieder zum Wohnwagen. Jetzt konnte er wirklich einen Kaffee gebrauchen.

13

Eddie begriff nicht, was er von ihm wollte. Matthias ließ ihn, während sie am Waldrand auf und ab liefen, wieder und wieder an den Handschuhen schnuppern und sagte aufmunternd »Such!«, aber der Groschen fiel einfach nicht. Zugegeben, Eddies Nasenarbeit lag Jahre zurück. Er war ja in Frührente. Sein letztes Einsatzgebiet war der Flughafen gewesen, er war ein vielversprechendes Nasentalent, einer der besten nachrückenden Sprengstoffspürhunde der Staffel. Doch als in seiner unmittelbaren Nähe ein Koffer explodiert war und ihn schwer verletzt hatte, traumatisierte ihn das so stark, dass er für den Polizeidienst untauglich wurde. Sein Diensthundeführer konnte ihn nicht behalten, denn er musste den nächsten Hund ausbilden und hatte keine Zeit für einen agilen Frührentner. Matthias hatte die interne Mail gesehen, sich spontan gemeldet und Jessica mit dem Hund überrascht. Sie hatte sich überrumpelt gefühlt. Eddie wäre ihr zu groß, haare zu viel und sei, wie sie meinte, als Mitglied der Hundestaffel ein Herrchenhund. Was die letzte Einschätzung betraf, hatte sie recht gehabt. Eddie begegnete Jessica freundlich, aber an Matthias hing er mit seiner ganzen treuen Hundeseele.

Eddies körperliche Wunden heilten mit der Zeit, sein Bein wurde wieder ganz gesund, aber die Schreckhaftigkeit blieb. Es war zu riskant, ihn bei Spaziergängen von der Leine zu lassen. Ein Donnern, eine Explosion irgendwo, das plötzliche

Aufheulen eines Motorrads, und er drehte durch. Kopflos und taub gegenüber Rufen, würde er querfeldein und womöglich vor das nächste Auto rennen. Silvester war zum Problem geworden, und so war im zweiten Jahr, als Eddie zu ihnen gekommen war, die rettende Idee schließlich gewesen, in die Berge zu fahren. Jessica und er mieteten ein kleines Haus am waldigen Berghang hoch über dem Dorf, wo das Feuerwerk schön zu sehen und nur als entfernter, von Eddie tolerierter Donnerbrei zu hören war.

Nun senkte der Hund doch die Nase auf den Boden und trabte in den Wald. Matthias schöpfte neue Hoffnung, während er ihm mehr Leine ließ. Je tiefer es in den Wald ging, desto mehr musste er wieder an Jessica denken. Wann hatte sie begonnen, auf Eddie eifersüchtig zu sein? Bei diesem Silvester in den Bergen war es dann eskaliert. Sie hatte ihm vorgeworfen, wegen Eddie das einsamste, langweiligste Silvester ihres Lebens zu verbringen und dass ihm offensichtlich der Hund wichtiger sei als sie. »Der Hund oder ich!«, war natürlich ein lächerliches Ultimatum gewesen, im Streit ausgesprochen und nicht ernst zu nehmen, aber er hatte ihr an jenem ersten Januar versprochen, zur Kriminalprävention überzuwechseln, damit sie sich nicht mehr so viele Sorgen um ihn machen müsste. Sie hatten sich versöhnt, und über Eddie beschwerte sie sich nicht mehr. Im Frühling hatten Matthias' Kollegen ihn sogar ertappt, wie er nach Babynamen googelte. Jessica wollte jetzt auch Kinder, und sie verabredeten sich in der Mittagspause zum Sex, wenn die Zeichen günstig standen. Abends im Bett begann sie, Bücher über Schwangerschaft und Geburt zu studieren. Doch dann kam es, wie es kommen musste: Sie konzentrierte sich zunehmend auf die Kapitel über Komplikationen, Gendefekte und Erbkrankheiten, blätterte dann weiter zu Kinderkrankheiten, und eines Tages, als er wieder einmal in der Mittagspause nach Hause gehetzt kam, googelte sie gerade nach Artikeln über Kinder, die von Hunden angefallen worden waren. Sie hatten es nicht thematisiert, aber die Treffen in der Mittagspause wurden weniger und hörten schließlich ganz auf.

Wenig später hatte sie dann von heute auf morgen alle Sorgen und Ängste über Bord geworfen. *Sorge dich nicht, lebe!* Das war ihr neues Mantra. Im Rausch ihrer neuen Freiheit hatte sie ihn eines Abends mit der Einladung in ihr gemeinsames Lieblingsrestaurant überrascht und nach dem Dessert sprühend vor Begeisterung erzählt, dass sie dabei sei, sich endlich selbst zu finden. Sie hatte geschwärmt, dass es höchste Zeit sei, ohne Sicherheitsnetz zu leben, sie wolle nicht mehr vor lauter Angst das Leben verpassen, sondern es ab sofort voll auskosten, man habe schließlich nur das eine. Er war freudig überrascht gewesen von ihrem neuen Wagemut, hatte gedacht, es ginge ihr darum, gemeinsam mehr zu unternehmen, sich mehr zuzutrauen, vielleicht endlich mal eine gemeinsame Schiffsreise zu unternehmen. Wie sehnte er sich nach dem Meer! Oder doch noch ein Baby? Vielleicht sogar eine ganze kleine Matrosentruppe? Es war ja noch nicht zu spät! Aber dann verließen sie das Restaurant, und Jessica wurde auf dem Nachhauseweg ernst. Sie begann zu weinen, und als er sie, auch wenn er nicht wusste, warum sie jetzt plötzlich traurig war, trösten wollte und den Arm um sie legte, befreite sie sich und sagte, sie müsse über vieles nachdenken und vor allen Dingen endlich lernen, sich selbst zu lieben, sich auf sich selbst zu konzentrieren statt immer nur auf ihn. Sie sei an einem Punkt in ihrem Leben angelangt, an dem sie einfach keine Verantwortung tragen und an einer Beziehung arbeiten könne. Es liege an ihr, nicht an ihm, und sie wünsche ihm alles Gute und dass er irgendwann eine Frau fände, die besser für ihn sei. Dann gab sie ihm die Hand. Sie würde heute bei einer Freundin übernachten, das sei wohl jetzt das Beste.

Das war ihr Abschied gewesen, nach elf Jahren Ehe. Eine Anhäufung von Plattitüden auf dem Bürgersteig und ein Händedruck. Dass es tatsächlich der Schlussstrich war und nicht nur, wie er zunächst geglaubt hatte, eine Art Psycho-Krise, hatte ihm allerdings erst am nächsten Tag gedämmert, als sie ihn bei der Arbeit wegen Eddie anrief. »Ich denke, es ist das Beste, Eddie bleibt bei dir«, sagte sie wie jemand, der weiß, dass er großzügig ist, aber keine große Sache daraus machen will. »Er hängt an dir, und ich will euch nicht auseinanderreißen.«

Er starrte minutenlang aufs Telefon, nachdem sie aufgelegt hatten, dann machte er bei der Arbeit Schluss und fuhr nach Hause, aber sie war schon weg. Er ging wie betäubt durch die Wohnung, sah, dass Jessica bereits alles, was ihr an Kleidung, Schmuck und Kosmetika lieb und teuer war, mitgenommen hatte. Später stellte er fest, dass sie – spontanes Leben hin oder her – zu diesem Zeitpunkt schon exakt die Hälfte vom gemeinsamen Sparkonto abgehoben hatte. Vier Wochen später war sie mit ihrem Neuen, einem Arbeitskollegen aus der Stadtverwaltung, der sich in den sozialen Netzwerken als Lebenskünstler und Extremsportler präsentierte, nach Hamburg gezogen. Bei Instagram sah er wenig später ein Bild, das Jessica und den bärtig-drahtigen Hipster aus der Buchhaltung bei einem Doppel-Fallschirmsprung zeigte. *#FreierFallinsGlück* hatten sie darunter gepostet. Matthias hatte einen Kommentar getippt, auf den er im Nachhinein nicht stolz war, und sich danach aus den sozialen Netzwerken abgemeldet. Den finanziellen Aspekt ihrer Scheidung wickelten die Anwälte relativ sang- und klanglos ab.

Nach der Trennung von Jessica erhielt Matthias die Genehmigung, den Hund mit zur Arbeit zu bringen. Er war schließlich eine Art Kollege im Ruhestand. Hatte Matthias doch einmal einen Termin, zu dem er Eddie nicht mitnehmen konnte, fuhr er mittags zum Gassigehen nach Hause.

Sie bekamen ihr Leben zu zweit ganz gut hin, fand Matthias. Eddie blieb der fröhlich in den Tag hineinlebende Kumpel, verdöste zufrieden die Zeit daheim auf dem Sofa, begleitete ihn zu den Chorproben und explodierte vor Lebensfreude bei den Spaziergängen im Bürgerpark und bei ihren regelmäßigen Ausflügen ans Meer. Für Matthias, der berufsbedingt viel Schatten sah, war es eine Wonne, bei jedem Spaziergang die sonnige Natur seines Hundes zu beobachten. Nur bei einem aufziehenden Gewitter schaute Matthias, dass er seinen Kumpel schnell nach Hause brachte.

Matthias sah, dass Eddie intensiv an einer Tanne schnüffelte. Hatte er endlich die Spur des Mädchens aufgenommen? Doch dann hob Eddie wieder nur das Bein. Matthias seufzte. Er hatte sich zu viel erhofft – sein Frührentner auf vier Pfoten hatte es nicht mehr drauf. Vielleicht sollten sie zum Wohnwagen zurückkehren. Realistisch betrachtet, war die Chance, das Mädchen noch einzuholen, minimal. Sie hatte mittlerweile fast fünfzehn Minuten Vorsprung, sie war jung und sportlich, während ihm schon beim schnellen Gehen die Luft wegblieb und Eddie hier das Ganze offensichtlich nur für einen netten Waldspaziergang hielt und das Revier markierte.

In diesem Moment senkte Eddie den Kopf, schnüffelte und lief los, die Nase am Boden. Matthias ließ ihm mehr Leine. Freu dich nicht zu früh, dachte er. Wahrscheinlich ist es nur ein Kaninchen. Eddie liebte den Duft der Kaninchen. Er, der ehemalige Sprengstoffspürhund, folgte mit exzellenter Nase nur noch seinen natürlichen Neigungen und buddelte für sein Leben gern an ihren Löchern herum, und Matthias ließ ihm das Vergnügen, zumal er nie eines fing. Eddie zog weiter in den Wald hinein, und eine Weile ging das so, ohne dass sie auf einen Kaninchenbau stießen. Nach ein paar Hundert Metern, inzwischen schon ziemlich außer Atem, stoppte Matthias und zog noch einmal den Handschuh hervor. »Such!« Eddie schnupperte gehorsam am Handschuh und sah sein Herrchen dabei an wie ein Schüler, dem der Lehrer zweimal dieselbe Frage stellt. »Guter Hund!«, lobte Matthias und beeilte sich, Eddie genug Leine zu lassen.

»Eddie, hier!« Matthias setzte sich auf einen Baumstumpf und gab seinem Hund das Zeichen, neben ihm Platz zu machen. Er schaute schwer atmend auf die Uhr. Sie waren inzwischen fast zwanzig Minuten unterwegs, und es war anstrengend, über Stock und Stein durch den Wald zu laufen. Kein Wunder, der Boden war uneben, laubbedeckt, voller abgebrochener Äste, ganze Bäume versperrten zuweilen den Weg, junge Baumtriebe reckten sich dazwischen hervor. Für Eddie mit seinen vier Beinen und der wolfsgleichen Wendigkeit, mit der er über Hindernisse sprang, kein Problem, aber er selbst stakste herum wie ein übergewichtiger Storch.

Matthias wartete, bis sein Atem sich wieder so weit normalisierte, dass er weiterlaufen konnte, und schaute erneut auf die Uhr. Es dauerte jämmerliche fünf Minuten. Eddie lag neben ihm und hechelte noch nicht einmal. »Ihr Herz arbeitet wie verrückt, aber wenn die Aortenklappe fast dicht ist, kann auch das stärkste Herz nicht mehr genug frisches Blut in den Körper pumpen«, hatte der Kardiologe gewarnt. »Warten Sie nicht, bis es zu spät ist und der Schaden am Herzen irreparabel wird. Oder …« Er hatte den Satz in der Schwebe gelassen, nicht aus Rücksicht, sondern im Gegenteil.

Während sie weitergingen, malte Matthias sich aus, wie oft der Arzt mit diesem »oder« seinen Patienten schon Todesangst eingejagt hatte. Ärzte verstanden etwas davon, die Leute dahin zu kriegen, wo sie sie haben wollten: auf den OP-Tisch. Plötzlich bemerkte er eine Veränderung in Eddies Verhalten. Seine Nase durchwühlte fast das feuchte Laub, und Matthias bildete sich jetzt auch ein, Fußabdrücke darin auszumachen. Er schaute auf den kleinen Kompass, der an seinem Schlüsselbund hing. Anfangs waren sie im Zickzack und einmal sogar im Kreis gelaufen, aber nun hielten sie schon seit einigen Hundert Metern gen Norden. Ob das Mädchen zunächst versucht hatte, womögliche Verfolger abzuhängen, oder war sie so konfus? Er hielt beides für möglich. Matthias stellte sich vor, wie es gewesen sein könnte. Sie hatte das Geld gefunden, als sie zum ersten Mal in den Wohnwagen gegangen war, so viel stand fest. Warum hatte sie es nicht sofort an sich genommen und war gleich damit abgehauen?

Natürlich, er hatte sie gestört! Er erinnerte sich an ihren verängstigten Anblick, als er sie aus dem Wohnwagen geholt hatte. Klar, er war auf hundertachtzig gewesen. Hatte er ihr zuvor nicht noch eingeschärft, sofort zurückzukehren, wenn es weiterginge? Als sie trotzdem ewig ausgeblieben war und auch sein Hupen ignoriert hatte, war er mit seiner Geduld am Ende gewesen. Als er die Tür aufgerissen hatte, sah sie allerdings zu Tode erschrocken aus. Als sei er ein Monster. Ihr Verhalten, so wurde ihm jetzt erst richtig klar, hatte sich insgesamt verändert. Das Mädchen war wie ein Chamäleon. Ins Auto eingestiegen war sie als nette, bescheidene Schülerin, doch kaum rollte das Auto an, mutierte sie zur rotzigen Straßengöre. Und dann plötzlich, als sie aus dem Wohnwagen kam: ängstlich. Na klar, sie musste beim ersten Mal das Geld gefunden haben. Wahrscheinlich hatte sie herumgestöbert, nach etwas gesucht, das sie klauen konnte. Dann war sie unvermutet auf einen Haufen Geldbündel gestoßen. Was hatte sie sich gedacht, wem es gehörte? Die Antwort war nicht schwer: ihm. Er war schließlich der Fahrer des Autos, der Besitzer des Wohnwagens. Ein Polizist, der eine riesige Menge Geld in seinem privaten Wohnwagen versteckt, was folgert man daraus? Er ist korrupt, kriminell und gefährlich. Darum die Angst, als er vor der Tür stand und sie zurück ins Auto schleppte. Aber danach? Warum war sie nicht einfach abgehauen, sondern hatte riskiert, noch einmal zum Wohnwagen zurückzukehren und das Geld zu klauen? Ihr hätte doch klar sein müssen, dass sie ihr nachstellen würden. Dachte sie ernsthaft, damit durchzukommen? Wenn sie nur ein paar Scheine eingesteckt hätte, hätten sie es gut sein lassen, wäre die Verfolgung nicht der Mühe wert gewesen. Warum diese beträchtliche kriminelle Energie mit gefährlichem Bumerang-Potenzial? Er sah nur eine Antwort: Sie war blutjung und naiv. Mit der grandiosen Selbstüberschätzung der Jugend war sie überzeugt, sowieso schneller und gewitzter zu sein, und hielt sich im Übrigen, wie die meisten Teenager, irgendwie für unsterblich.

Matthias kannte das von jugendlichen Straftätern: In einer fatalen Mischung aus kindlicher Weltfremdheit und Egozentrik sahen sie sich als unverwundbare Helden ihrer eigenen Actionabenteuer und alle anderen als minderbemittelte Statisten.

Plötzlich bellte Eddie aufgeregt und zog heftig an der Leine. Dann stoppte er, aufmerksam die Ohren aufgerichtet, vor einem Tannengestrüpp, verharrte regungslos, einen Vorderlauf angehoben, als wolle er damit nach vorn deuten, nur seine Schnauzhaare zitterten. Matthias konnte schemenhaft einen menschlichen Umriss zwischen den trockenen Ästen erkennen.

»Keinen Schritt weiter!«, schrie Alex aus dem Dickicht.

»Hören Sie, lassen Sie uns doch vernünftig miteinander …«, begann er.

»Ich habe eine Waffe!«, unterbrach sie ihn. »Verpiss dich, sonst …«

»Ist ja gut!« Matthias trat einen Schritt zurück. Er glaubte, dass sie bluffte, aber sicher war sicher.

»Schneller!«, rief Alex.

Matthias hörte Zweige knacken, dann trat sie aus dem Gebüsch.

Er erschrak. Sie hielt beide Arme nach vorn ausgestreckt, und ihre Hände hielten tatsächlich eine Pistole umkrampft. Die Waffe sah echt aus. Er blieb stocksteif stehen, wusste genau, wie gefährlich Schusswaffen in Händen von Menschen sind, die in Panik sind und sich in die Enge getrieben fühlen. Eddie hingegen hatte keine Ahnung davon, er freute sich, seinen Job gut gemacht zu haben, wedelte, jaulte auf und zog an der Leine, um das Mädchen zu begrüßen.

»Eddie, sitz!«, herrschte Matthias den Hund an und zog ruckartig an der Leine.

»Hau ab!«, wiederholte Alex mit schriller Stimme.

Eddie kläffte und sprang auf das Mädchen zu. Matthias hielt mit aller Kraft die Leine fest, als er einen Schmerz in der Brust bis in den linken Arm hinein spürte. Eddie riss sich los, war jetzt fast bei dem Mädchen. »Nein!«, schrie Alex panisch.

Matthias sah, wie die Pistole in ihren Händen bebte, wie Eddie direkt auf sie zusprang. Er versuchte noch, sich auf seinen Hund zu werfen, da kam schon der Knall.

14

»Der tut gut«, sagte Tilda, nachdem sie an ihrem Kaffee genippt hatte.

Jakob schüttelte den Kopf. »Sie sind zu höflich. Kein Aroma, bitter, und das Wasser war abgestanden, was man leider auch merkt.«

Tilda lächelte. »In der Not frisst der Teufel Fliegen.«

Jakob schob seine Tasse von sich. »Da bin ich entschieden anderer Meinung. Löslicher Kaffee ist ein Verbrechen gegen die Kaffeekultur. Kaffee sollte immer ein sinnlicher Genuss sein.«

Tilda stellte ihre Kaffeetasse ebenfalls ab und sah ihn verblüfft an.

War es, weil er all seine vornehme Zurückhaltung aufgegeben hatte? Egal, mit missionarischem Eifer fuhr er fort: »Es beginnt beim Mahlen. Die guten Dinge des Lebens wollen geschätzt werden, das geht nicht im Eiltempo. Schon das Mahlen weckt die Vorfreude auf den kommenden Genuss. Meistens mache ich das per Hand. Je mehr Zeit mit der Zubereitung einhergeht, desto länger die Vorfreude, desto größer der spätere Genuss. Man muss sich auch Zeit lassen für den schönen Anblick, wenn man das Wasser auf den Filter gießt. Beobachten, wie das heiße Wasser sich mit dem Pulver mischt, es feucht und schwarz macht wie fruchtbare Gartenerde. Den ersten, kostbaren Duft genießen, der vom dampfenden Filter aufsteigt. Langsam nachgießen. Die warme Kanne mit den Händen umfangen, sie wärmen wie an einem kleinen Ofen. Dann erschnuppert man noch einmal das Aroma vor dem allerersten Schluck, mit geschlossenen Augen. Das ist der schönste Moment.«

»Sie benutzen keine Kaffeemaschine? Sie brühen noch per Hand auf?«

»Kaffee geht nicht auf Knopfdruck. Ich mache ihn, ich trinke ihn. Da kommt keine Maschine dazwischen.«

»Na, immerhin ein Filter«, bemerkte Tilda lächelnd.

Jakob erwiderte ihr Lächeln und nickte. »Gut, da haben Sie recht, ein Filter ist streng genommen ein Zugeständnis. Ich sehe gern feuchte Gartenerde, genieße ihren Duft, aber ich mag sie nicht essen. Obwohl ich großen Respekt für die Kaffeetradition im mediterranen und osmanischen Raum habe, wo man ohne jeglichen Filter auskommt und Kaffee im wahrsten Wortsinn kocht. Es ist ursprünglich, kräftig und belebend und passt zu Gaumen, die scharfe Gewürze genießen.«

»Sie kennen sich gut aus mit Kaffee«, stellte Tilda fest, immer noch lächelnd.

»Das war mein Beruf«, erklärte Jakob. »Kaffee war mein Leben, und es ist mein Steckenpferd geblieben.« Er erzählte von der Kaffeerösterei, von Anbaugebieten, Kaffeeimport, von der Kunst des Röstens, von fairem Handel, der Bedeutung von Transportsäcken und Lagerung, von Welthandelspreisen und der zunehmenden Dominanz der Ketten, von Nischen-Kaffees, der Geschichte des Kaffeetrinkens in Europa und fand in Tilda eine aufmerksame Zuhörerin. »Hoffentlich langweile ich Sie nicht?«, unterbrach er sich mitten in seinen Ausführungen über das ›C-a-f-f-e-e‹-Lied von Mozart. »Ich meine, nicht einmal mein Sohn hat sich für diese Dinge besonders interessiert.«

»Aber überhaupt nicht!« Tilda nickte heftig. »C-a-f-f-e-e, trink ni-hicht so vie-hiel Ka-ha-ffee«, stimmte sie mit ihrem schönen Mezzosopran das Mozart-Lied an. Jakob fiel mit ein, dann lachten sie beide, weil sie den weiteren Text vergessen hatten, und summten nur noch bis zum nächsten Refrain. »Es ist lange her«, sagte Tilda schließlich, »dass ich mich so gut unterhalten habe. Bitte, erzählen Sie nur weiter!«

Also erzählte Jakob weiter, und Tilda hörte fasziniert zu und stellte Fragen. Noch nie war ihm ein Mensch begegnet, der sich so sehr für Kaffee interessierte. Selbst seine Frau hatte die Kaffeerösterei in erster Linie als Geschäft angesehen, als Lebensunterhalt und nicht als Lebenszweck. »Es interessiert Sie wirklich«, stellte er schließlich fest und sah ihr in die Augen.

Sie erwiderte seinen Blick. »Weil das, was Sie erzählen, so interessant ist«, sagte sie. »Kaffee fand ich immer schon faszinierend. Eine kleine Bohne hat die Kraft, Wasser in ein Getränk zu verwandeln, das den Geist wach und klar macht! Kein Wunder, dass die halbe Welt ihm verfallen ist. Stellen Sie sich nur vor, was der Kaffee alles erzählen könnte. Auf wie viele Ideen er die Menschen bringt, wie viele Pläne er mitschmiedet, wie viele Streitgespräche und Versöhnungen er miterlebt, wie viele Konferenzen, wie viel Kaffeeklatsch er rund um die Welt begleitet und in wie vielen Kostümen er rund um die Uhr seine Bühne betritt, vom Espresso bis zum Eiskaffee.«

Jakob lächelte, nahm seine Tasse zur Hand und verneigte sich leicht. »Ja, ungenießbarer Herr Instantkaffee, und das alles gilt sogar für Sie!«

Tilda lachte.

»Aber apropos Fragen«, sagte Jakob. »Jetzt bin ich aber dran mit dem Fragenstellen.«

»Nur zu«, sagte Tilda. »Ich bin Lehrerin, ich liebe Fragen!«

»Was haben Sie unterrichtet?«

»Ich war Grundschullehrerin, also fast alles. Studiert habe ich aber Musik und Biologie.«

»Wie wunderbar. Musik habe ich mir schon gedacht, bei Ihrer Stimme.«

»Die Biologie war tatsächlich eine noch frühere Liebe. Als ich fünf Jahre alt war, haben meine Eltern mir ein Gewächshaus voller Orchideen gezeigt. Seitdem bin ich fasziniert von Blumen.«

Jakob lächelte. »›Blumen sind die schönen Worte und Hieroglyphen der Natur, mit denen sie uns andeutet, wie lieb sie uns hat.‹«

»Das haben Sie aber schön gesagt.«

Er winkte ab. »Das ist von Goethe. Ich fürchte, ich bin ein wandelnder Zitatenschatz, im Männerchor habe ich deshalb schon den Spitznamen Goethe. Aber es ist einfach so, dass es zu allem, was ich denke, meist schon etwas von ihm gibt, nur dass er es besser ausdrücken konnte. Ich habe mich damit abgefunden, dass ich keine wirklich originellen Gedanken habe. Man denkt etwas und stellt fest, ah, schon wieder, dazu gibt es schon ein schlaues Zitat von ihm.«

Tilda lachte auf. »Das ist fishing for compliments, Herr Hüfner. Sie wissen, wie unterhaltsam Sie sind! Außerdem: Alles Gescheite ist schon gedacht worden, man muss nur versuchen, es noch einmal zu denken.«

Jakob schüttelte den Kopf. »Nein, das ist mein Ernst. Meine Frau hat einmal gesagt: Man soll seine Gedanken bei sich behalten, bis sie ausgereift sind. Je weniger einer zu sagen hat, desto mehr redet er.«

»Das sieht man als Lehrerin anders«, widersprach ihm Tilda. »Ohne Reden gibt es keinen Unterricht. Im Austausch entwickeln sich die Gedanken. Was hat Ihre Frau beruflich gemacht, wenn ich fragen darf?«

»Sie war Buchhalterin, als ich sie kennenlernte. Später war das sehr nützlich, als wir unsere Rösterei aufgebaut haben. Sie hat alles Finanzielle übernommen. Eigentlich hat sie die Firma geleitet. Ich war das Gesicht der Firma nach außen, war für Marketing, Einkauf und Vertrieb zuständig, aber sie für die interne Qualitätskontrolle und die Leitung der Mitarbeiter, und vor allem für den ganzen buchhalterischen Bereich. Wir hatten nie Ärger mit dem Finanzamt und waren immer liquide.« Er brach ab und erinnerte sich an den Vorratsspeicher, wohlgefüllt mit duftenden Jutesäcken voller Kaffee, der bis zur Insolvenz sein geheimer Lieblingsplatz auf der Welt gewesen war. »Nun ja, bis wir unseren wichtigsten Kunden verloren. Es kamen ungünstige weltwirtschaftliche Entwicklungen hinzu, und wir setzten uns kleiner. Am Ende mussten wir dann doch Insolvenz anmelden. Aber, wie heißt es so schön, hast du keine Trauben mehr, erinnerst du dich daran, wie gut ein Apfel schmeckt.« Jakob verschränkte die Arme vor der Brust. »Aber ich rede schon wieder von mir. Ich sage keinen Ton mehr, jetzt sind Sie dran.«

»Was wollen Sie wissen?«

Jakob zuckte die Schultern. »›Packt nur hinein ins volle Menschenleben. Ein jeder lebt, nicht jedem ist's bekannt …‹«

»Nun gut, Mephistopheles. Aber ich warne Sie, ich bin nicht mehr die Jüngste, bei einem vollen Menschenleben kommt einiges zusammen. Ich hoffe für Sie, dass ich mitbekomme, wenn es Ihnen zu viel wird. Ich kenne das von meinen Schülern. Wenn sie sich im Unterricht langweilten, fingen sie an zu schwätzen oder bekamen diesen glasigen Gesichtsausdruck. Oder sie schliefen sogar ganz ein. Auch das ist, glauben Sie mir, öfter vorgekommen, als mir lieb ist. Begeisterung für das eigene Fach ist leider nicht immer ansteckend.«

Jakob musste lachen, und sie zwinkerte ihm zu.

»In den letzten Jahren ist noch eine dritte Möglichkeit hinzugekommen, das Handy. Das ging schon in der zweiten Klasse los. Aber ich werde auhören, bevor Sie einschlafen oder unter dem Tisch aufs Display tippen.«

Sie begann, von sich zu erzählen, und sie tat es so charmant und witzig, dass Jakob die Zeit vergaß. Tilda hatte ein abwechslungsreiches, spannendes Leben geführt. Als Diplomatentochter in Indien geboren, hatte sie ihre Jugend in Paris verbracht, bis sie sechzehn war. Danach hatten ihre Eltern, die in einem Krisengebiet in Nahost eingesetzt wurden, sie auf ein Internat in der Schweiz geschickt. Dort hatte der Chorleiter des Mädchenchors von St. Ullrich, der zum Internat gehörigen Kirche, ihre Stimme entdeckt und ihre Gesangsausbildung gefördert. Nach der Matura hatte sie in Wien Gesang studiert, und zur Sicherheit, auf Drängen ihrer Eltern, auch Biologie und Musik auf Lehramt. Mit dreiundzwanzig Jahren hatte sie ihr erstes festes Engagement am Aalto-Musiktheater in Essen gehabt, war danach ans Staatstheater Kassel gegangen und hatte in den darauffolgenden Jahren viele Opernbühnen kennengelernt. »Es waren nicht die ganz großen, renommierten Häuser, und ich war für die großen Rollen oft nur die Zweitbesetzung, aber ich bin viel herumgekommen, es war eine spannende Zeit.« Tilda erzählte einige Anekdoten aus ihrer Gesangskarriere und öffnete für Jakob die Tür zu einem Wunderland, das er bislang nur von außen bestaunen konnte.

»Wissen Sie, was der Fluch als Zweitbesetzung ist?«, fragte Tilda schließlich. »Es zersetzt die Moral. Sie ertappen sich dabei, der Erstbesetzung eine Erkältung an den Hals zu wünschen.«

Sie lachten, dann schaute Tilda nachdenklich aus dem Wohnwagenfenster. »Mit Ende zwanzig habe ich meinen Mann kennengelernt und meine Gesangskarriere beendet. Er war

Arzt, hatte eine Praxis und war deshalb ortsgebunden. Wir hätten uns kaum gesehen, wäre ich weiterhin als Sängerin unterwegs gewesen.«

»Wie schade!«, sagte Jakob.

Tilda zuckte mit den Schultern. »Mein Mann und ich wollten Kinder haben, wie hätte das gehen sollen? Und ich hatte ja als ausgebildete Lehrerin eine berufliche Alternative. Es war klar, dass ich die Oper aufgeben würde, zumal sie – das muss man ja auch bedenken – als eher unsicherer Broterwerb galt. In diesem Beruf kann schnell Schluss sein, eine Stimmbandentzündung, ein paar Auftritte, in denen man nicht in Form ist, und es wird schwer, ein neues Engagement zu finden. Die Gesangskarriere dauert nicht ewig, die wenigsten Kollegen schaffen es, sozusagen singend in die Rente zu gehen. Es ist Hochleistungssport, oft machen die Werkzeuge nicht mehr mit.« Sie deutete auf ihren Hals. »Der Applaus sollte immer lauter sein als die Gesangsdarbietung, und es ist bitter, wenn der Vorhang sich zum zweiten Mal hebt und die Leute schon aufgehört haben zu klatschen. Nein, man muss abtreten, solange es in Würde geht. Ich habe aus dieser Zeit einen Schatz an Erinnerungen behalten. Das reicht mir. Wenn ich an meine Bühnenzeit zurückdenke, dann am liebsten an eine meiner letzten Vorstellungen, es war in der Arena di Verona, und ich empfinde heute noch das Glücksgefühl wie damals, als ich in dieser herrlich warmen, klaren Sommernacht in den Sternenhimmel schaute.«

»Wie wunderbar«, sagte Jakob und sah ihr in die strahlend blauen Augen, sah die ganze Sommernacht darin. Als er merkte, dass er sich einen Moment zu tief in ihren Augen verloren hatte, räusperte er sich und deklamierte: »›Die Sterne, die begehrt man nicht, man freut sich ihrer Pracht, und mit Entzücken blickt man auf, in jeder heitern Nacht.‹«

Sie lächelte. »Genauso ist es. Sie und Ihr Goethe sind schon eine Nummer.«

»Wie viele Kinder haben Sie?«, fragte Jakob.

»Leider keine. Es hat nicht sein sollen. Man kann nicht alles haben im Leben, es wachsen keine Bäume in den Himmel.«

Sie schwieg und sah aus dem Fenster, und Jakob wusste nicht, was er sagen sollte. Dann wandte sie sich ihm wieder zu und sagte lächelnd: »Aber ich hatte ja viele, viele Kinder, in der Schule.«

»Wissen Sie, was ich denke«, sagte Jakob. »Sie brauchen sich keine Sorgen zu machen wegen der Sache mit der Raststätte.« Er tippte sich an die Stirn. »Ihr Dachstübchen ist tadellos in Ordnung.« Im selben Moment wünschte er, das Thema nicht angesprochen zu haben.

Ihr Gesicht verfinsterte sich, unbewegt starrte sie auf ihre schlanken, schönen Hände. »Wie gern ich das glauben würde. Aber die Sache von heute Morgen … So etwas ist mir noch nie passiert. Ich habe wirklich gar keine Ahnung, wie ich da hingekommen bin. Immer noch nicht. Es ist eine komplette Gedächtnislücke.« Tilda presste die Lippen aufeinander.

»Aber all das«, wandte Jakob ein, »was Sie mir gerade erzählt haben, all Ihre Erinnerungen!«

Sie sah an ihm vorbei, holte Luft, schien mit sich zu kämpfen. »Ach, Herr Hüfner. Das sind nur die Erinnerungen an früher. Die sind glasklar. Aber was die Gegenwart angeht … Ehrlich gesagt habe ich eine entsetzliche Angst davor, tatsächlich Alzheimer zu haben. Ich kann mich an alles erinnern, was früher war. Aber ich habe schlimme Ausfälle, was das Kurzzeitgedächtnis und die Orientierung betrifft. Und so fängt es ja an, n'est-ce pas? Schleichend. Ich habe mich kundig gemacht. Es ist unheimlich. Mein Leben entgleitet mir. Das Schlimme ist, mein Kopf fühlt sich normal an. Mein Denken, alles scheint wie immer zu funktionieren, aber es passieren merkwürdige Dinge, und mein Gedächtnis lässt mich immer öfter im Stich, ich erinnere mich einfach nicht mehr. Und das heute war zwar das Schlimmste, was mir bislang passiert ist, aber bei Weitem nicht das Einzige. Ich kann mich auf meinen Kopf nicht mehr verlassen.«

»Was meinen Sie konkret?«

»Alles Mögliche. Der Schal hängt nicht mehr an der Garderobe, sondern liegt im Kleiderschrank. Ich habe den Schal noch nie in den Schrank geräumt, mein ganzes Leben nicht, nie wäre ich auf die Idee gekommen, er gehört an die Garderobe – aber da ist er, ich finde ihn zufällig zwischen den Socken, nachdem ich ihn eine Woche lang vermisst habe. Wissen Sie, zuerst war ich gar nicht so beunruhigt, als er weg war, ich habe gedacht, ich hätte ihn irgendwo liegen gelassen, in einem Café vielleicht, oder ihn bei einem Stadtbummel verloren. Aber wie um alles in der Welt bin ich auf die Idee gekommen, ihn zwischen die Socken zu stopfen? Und nicht nur das, anschließend habe ich komplett vergessen, dass ich das getan habe. Dann gab es über Wochen diesen komischen, süßlich fauligen Geruch im Wohnzimmer. Ich wusste nicht, woher er kam, durch Lüften wurde es nicht besser. Dann fand ich zufällig eine Banane in der Schublade, in der ich das Tafelsilber verwahre. Sie war schon schwarz. Ich habe mir danach in der Apotheke ein pflanzliches Zeug aus Ginseng und so weiter geben lassen, gegen beginnenden Gedächtnisschwund. Ich nehme es regelmäßig, aber es hilft nicht.«

»Waren Sie schon beim Arzt?«, fragte Jakob mitfühlend.

Tilda nickte. »Er hat einen Test mit mir gemacht und meinte, ich hätte gut abgeschnitten. Das Vertrackte ist, dass es nicht jeden Tag gleich schlimm ist. Es gibt gute und schlechte Tage. Der Tag, an dem mein Arzt mit mir den Demenz-Fragebogen durchgegangen ist, war ein guter Tag. Jedenfalls, bis ich von der Praxis heimgekehrt bin. Aber am selben Abend stand ich vor dem Kühlschrank, wollte mir einen Kirschjoghurt nehmen, den ich noch am Morgen dort gesehen hatte, im obersten Fach. Ich hatte mich darauf gefreut, ihn abends zu essen. Er war nicht mehr da. Ich schaute in den Müll, da lag der leere Becher dann. Ich hatte ihn offenbar irgendwann im Laufe des Tages gegessen, sauber ausgespült, wie ich es immer tue, und in den Müll gegeben. Und es komplett vergessen.«

Jakob sah bestürzt, dass Tilda inzwischen mit den Tränen kämpfte. Doch bevor er etwas Tröstendes sagen konnte, wandte sie den Kopf ab und sprach leise weiter: »Und dann rufe ich Antonius an, um ihm vom Arztbesuch zu erzählen, und merke an seiner Reaktion, an diesem peinlich berührten Schweigen, dass es schon wieder passiert ist. In der ersten Zeit, als er noch unbefangen war, hat er immer einfach gesagt: ›Tilda, das hast du mir schon erzählt.‹ Aber inzwischen sagt er es mir nur noch selten, wahrscheinlich, um mich nicht zu beunruhigen. Oft erzähle ich offenbar zweimal, dreimal, viermal hintereinander dasselbe oder stelle dieselben Fragen. Wie eine Schallplatte mit einem Sprung. Wenn das so weitergeht, lande ich bald im Pflegeheim, liege gefesselt im Bett, erkenne niemanden mehr, und irgendwann greift die Demenz immer weiter um sich und raubt mir auch die Erinnerungen an die Opernzeit, an die Kindheit oder an meinen Mann.«

Jakob streckte die Hand aus und berührte Tilda sanft an der Schulter. »Das wird nicht passieren.«

Tilda lehnte sich zurück, sodass sie sich von seiner Hand befreite. »Doch, ich weiß Bescheid. Zuerst verabschiedet sich das Kurzzeitgedächtnis, dann irgendwann alles.«

»Ich kenne mich leider auch mit Demenz aus«, sagte Jakob. »Meine Frau litt unter Alzheimer und verbrachte das letzte

Jahr ihres Lebens, als ich es nicht mehr allein schaffte, im Pflegeheim. Sie hat oft die Orientierung verloren, und es war gut, wenn man sich bei den Mahlzeiten dazusetzte und sie immer wieder ermunterte, doch noch etwas zu essen. Aber bis zuletzt hat sie ein großes Stück ihres Sternenhimmels der Erinnerungen behalten. Und hätte ich meine Frau jemals ans Bett gefesselt gefunden, sofort hätte ich sie da rausgeholt! Das Pflegeheim war ein geschützter, guter Ort für sie. Dort bekam sie viel Anregung, medizinische Hilfe und menschliche Zuwendung. Aus meiner Erfahrung heraus kann ich nur sagen, was das Personal dort leistet, ist bewundernswert. Es wurde alles für meine Frau getan, und sie ist mit einem Lächeln auf den Lippen gestorben.«

Tilda schluchzte auf. »Erstens ist Ihre Frau gestorben, bevor die Demenz richtig schlimm wurde. Wer sagt mir, dass ich so viel Glück habe? Zweitens, wussten Sie denn, wie die mit Ihrer Frau umgegangen sind, wenn Sie nicht da waren? Wenn Besuch kommt, zeigt man sich von der Schokoladenseite. Meine Haushaltshilfe putzt auch im Pflegeheim, sie hat mir schon die furchtbarsten Geschichten über die Zustände dort erzählt. Zum Glück habe ich Antonius und Stephanie. Sie kümmern sich um mich, und beide haben mir fest versprochen, dass ich nie ins Pflegeheim muss.«

»Antonius und Stephanie? Die Kinder Ihrer verstorbenen Freundin?«

Tilda nickte. »Stephanie ist Annes Tochter. Sie und Antonius waren jahrelang im Ausland, haben dort ihre beiden Töchter bekommen. Vor einem Jahr kehrten sie nach Heidelberg zurück. Anne war so glücklich darüber, auch wegen der Mädchen. Sie liebte es, Oma zu sein. Leider hat sie nicht mehr viel von Tinchen und Lenchen gehabt. Ein halbes Jahr nach ihrer Rückkehr erlag sie einem Schlaganfall.« Tilda griff nach ihrer Handtasche, suchte nach einem Taschentuch und schnäuzte sich. Dann lächelte sie ihm zu. »Es heißt ja, Trauer bringt die Menschen zusammen. Ich habe Antonius und seine Familie danach quasi adoptiert – oder eigentlich ist es umgekehrt, die Familie mich. Ich passe oft am Nachmittag auf die beiden Mädchen auf, damit Stephanie Besorgungen machen oder mal zum Friseur gehen kann, und Antonius schaut oft auf dem Heimweg von der Arbeit herein. Er hat mir auch Frau Behrens vermittelt, die bei mir putzt und mit mir zum Einkaufen fährt. Ich habe mein Auto zwar noch, aber ich setze mich nicht mehr selbst hinters Steuer.«

»Warum nicht?«, fragte Jakob.

»Bis vor einem Monat fühlte ich mich noch sicher am Steuer. Aber dann bin ich eines Tages hinter Frau Behrens hergefahren und bin ihr fast aufgefahren, weil ich ihr Blinken übersehen hatte. Antonius hat mir keine Vorwürfe gemacht, er sagte nur später ganz ruhig: ›Tilda, stell dir vor, es rennt plötzlich ein Kind auf die Straße, und du siehst es nicht oder reagierst zu spät.‹ Der Gedanke war mir unerträglich.«

Plötzlich klopfte es an der Tür.

»Matjes und Eddie!«, rief Jakob und stand auf, um seinen Freund und den Hund hereinzulassen. Tilda hatte ihn so in den Bann gezogen, dass ihm jetzt erst wieder heiß einfiel, weswegen sie hier saßen und auf Matthias' Rückkehr warteten. Die Million. Nicht auszudenken, wenn die Suche erfolglos verlaufen und das Mädchen mit dem Geld über alle Berge war. Wie sollte er Lukas das erklären? Eine Million, das Notpolster der Familie, der mühsam von seinem Sohn angesparte Rettungsschirm, ihm anvertraut und verloren durch naive Vertrauensseligkeit. Es war sein alter Fehler. Er fand erst einmal alle Menschen nett, und sie mussten viel dafür tun, ihn vom Gegenteil zu überzeugen. Gesundes Misstrauen empfand er nur technischen Geräten gegenüber. Bei Menschen vermutete er Unschuld bis zum Beweis des Gegenteils.

»Gott sei Dank, endlich«, murmelte er beim Entsperren des Innenriegels, hin- und hergerissen zwischen dem Wunsch, weiter allein mit Tilda hier zu sitzen, und der Erleichterung, dass Matjes, Eddie und hoffentlich auch das Geld wieder da waren. Mit Schwung öffnete er die Tür und erstarrte. Zwei Fremde standen vor ihm.

15

»Guten Abend«, sagte eine männliche Stimme, die Tilda sofort erkannte. »Bitte nicht erschrecken, und entschuldigen Sie die Störung. Höker mein Name …«

»Antonius!«, rief Tilda aus und erhob sich ebenfalls. Sie stand jetzt neben Jakob. »Und Frau Behrens!«

»Gott sei Dank!« Antonius streckte die Arme aus, nahm Tilda bei den Händen und drückte sie. »Geht es dir gut? Du glaubst gar nicht, was wir uns für Sorgen gemacht haben!«

Jakob trat beiseite und machte eine einladende Geste. »Bitte, kommen Sie doch herein.«

Antonius und Frau Behrens bedankten sich, traten ein, und für einen Augenblick standen sie sich alle in der Enge des Wohnwagens gegenüber.

»Ach, Tilda, was machst du für Sachen«, sagte Antonius dann und streichelte sacht über Tildas Schulter. »Wie um alles in der Welt kommst du hierher?«

»Nehmen Sie doch Platz«, schlug Jakob vor.

Tilda setzte sich und war froh, dass Jakob sich neben ihr niederließ, die Neuankömmlinge zwängten sich auf die Bank gegenüber.

»Möchten Sie einen Kaffee?«, fragte Jakob. »Wir haben allerdings nur löslichen.« Beide lehnten dankend ab.

»Wir wollen nicht lange stören«, sagte Tildas Haushaltshilfe.

»Wie habt ihr mich gefunden?«, fragte Tilda. Sie konnte noch immer nicht glauben, dass die beiden hier vor ihr saßen. Also waren sie mit ihr unterwegs gewesen! »Und vor allem: Warum habt ihr mich an der Raststätte vergessen?«

»Wir haben dich nirgendwo vergessen«, sagte Antonius.

»Heute Morgen wollte ich Sie zur Physiotherapie abholen«, erklärte Frau Behrens. »Aber Sie haben nicht aufgemacht. Ich habe dann Herrn Höker benachrichtigt, und er hat sich Sorgen gemacht, dass Ihnen etwas passiert sein könnte. Es gab auch nirgendwo einen Zettel oder sonst wo einen Hinweis, und Lydia konnte auch keine Auskunft geben. Da haben wir uns natürlich erst recht Sorgen gemacht und gedacht …« Sie brach den Satz ab.

Tilda spürte, dass sie rot wurde. Es war klar, was sie gedacht hatten.

»Jedenfalls haben wir dann nach dir gesucht«, fuhr Antonius fort, »aber als wir dich nicht fanden, sind wir zur Polizei gegangen. Die jedoch wollte von einer Vermisstenanzeige nichts wissen. Du seist noch keine vierundzwanzig Stunden vermisst, meinten sie, da müsse man abwarten. Daraufhin haben wir die Sache selbst in die Hand genommen und haben alle Straßen abgeklappert, haben auch in den Parks gesucht, und zum Schluss sind wir gezielt zu den Autobahnraststätten in der Umgebung gefahren und haben die Servicekräfte gefragt und ein Bild von dir gezeigt. An der letzten Raststätte hat eine Frau am Kiosk dich wiedererkannt und gesagt, du seist in einen grauen Mercedes eingestiegen, mit einem Wohnwagen hintendran. Ja, und da sind wir.«

Tilda schwieg. Sie spürte, wie Jakob sie ansah. Bestimmt ahnte er, was in ihr vorging.

Antonius und Frau Behrens schauten abwechselnd Jakob und sie an, die beiden erwarteten offensichtlich eine Erklärung.

Jakob räusperte sich. »Nun, Tilda und ich kennen uns schon lange«, sprang er ihr bei. »Aus unserer Zeit in der Schweiz. Und da …«

»… da war er so liebenswürdig, mich mitzunehmen«, ergänzte Tilda schnell. Sie hätte Jakob umarmen können.

»Aha«, sagte Antonius. Er lächelte ihr zu, dann fixierte er Jakob misstrauisch. Es war klar, er glaubte kein Wort. »Du hattest also vor zu verreisen?«

Tilda nickte.

»In die Schweiz«, ergänzte Jakob.

»Ohne uns Bescheid zu geben.«

»Es war ein spontaner Entschluss«, sagte Tilda.

»Aber es hätte nicht geschadet, wenn du etwas gesagt hättest. Ein Anruf hätte genügt. Man macht sich doch Sorgen.«

»Ich bin eine erwachsene Frau.« Tilda straffte die Schultern und sah Antonius nun direkt ins Gesicht. »Ich kann tun und lassen, was ich will, und muss euch nicht über jeden meiner Schritte informieren.«

»Natürlich nicht«, sagte Antonius. Er sah sie jetzt an wie so oft in letzter Zeit: wie ein trauriger Teddybär. »Aber du machst dir keinen Begriff davon, was dein plötzliches Verschwinden … Stephanie habe ich gar nichts davon erzählt, sie würde verrückt vor Sorge werden.«

»Sie haben uns echt Angst gemacht«, bekräftigte Frau Behrens. Sie strich sich eine blonde Haarsträhne aus dem Gesicht.

Einmal mehr fiel Tilda auf, wie attraktiv sie war. Als Frau Behrens sich bei ihr vorstellte, war Tilda verblüfft gewesen, dass dieser Twen mit Overknee-Stiefeln, langer, blonder Löwenmähne und mehrfarbig lackierten Fingernägeln wirklich bei ihr putzen wollte. Aber sie erwies sich als tüchtig, und so war das wohl mit der Schere zwischen Vorstellung und Wirklichkeit, wenn man selbst alt wurde.

Die Verlegenheit, mit der Frau Behrens nun weitersprach und dabei die großen blauen Augen aufriss, ließ sie noch jünger wirken. »Ich meine, vor dem Hintergrund, was in letzter Zeit … ich meine …« Sie stockte, sah peinlich berührt zu Antonius, und für einen Augenblick war es still.

Tilda starrte auf ihre Hände, die ihre längst leere Kaffeetasse umfangen hielten. Die Stille dehnte sich aus – und diesmal schien selbst Jakob nichts einzufallen, wie er ihr hätte helfen können.

Schließlich stand Antonius vom Tisch auf, und als Tilda den Blick hob, lächelte er ihr aufmunternd zu. »Schwamm drüber. Meinst du nicht, es wäre das Beste, wenn du einfach wieder mit uns zurückfährst?«

Tilda schaute Hilfe suchend zu Jakob. Hätte er einen Mucks getan, wäre sie geblieben. Aber er räusperte sich nur und erwiderte ihren Blick, so unglücklich, wie sie sich fühlte. Als Frau Behrens ebenfalls aufstand, nickte sie widerstrebend. »Ja, es wird wohl das Beste sein.«

Jakob half ihr in den Mantel, während die anderen schon vorausgingen und vor dem Wohnwagen warteten.

Sie drückte seine Hand. »Danke für alles.«

»Es war mir eine Freude.«

»Mir auch.« Sie griff nach ihrer Handtasche und zog einer spontanen Idee folgend die kleine Stoffkatze heraus. »Das ist Mietzi. Ich habe sie in der Raststätte aus einem dieser Greifarm-Automaten gezogen. Sie schien mir genauso verloren wie ich in dem Moment. Eine Schicksalsgefährtin.« Zögernd hielt sie ihm das Stofftier hin. »Vielleicht mögen Sie sie auf Ihrer weiteren Reise als Maskottchen mitnehmen? Meine ist ja nun zu Ende. Ich danke Ihnen von Herzen für Ihre großmütige Hilfsbereitschaft, Jakob. Sie sind ein wahrer Gentleman. Und bitte besuchen Sie mich, wenn Sie einmal in der Nähe sind.

Versprechen Sie mir das, ja? Ich mache uns dann einen richtig guten Kaffee!«

Jakob nahm das Stofftier entgegen. »Mietzi und ich werden Sie ganz bestimmt besuchen kommen«, sagte er mit rauer Stimme. »Und auf den Kaffee freue ich mich jetzt schon.«

»Handgefiltert«, scherzte sie, um ihre Rührung zu überspielen. Sie sah ihm in die Augen und merkte im selben Moment, dass das ein Fehler war, gleich würde sie doch losheulen müssen. Schnell schaute sie zu Boden.

»Ich hoffe sehr«, sagte sie leise, »dass ich Sie dann noch wiedererkenne.«

Dann wandte sie sich schnell ab und stieg aus dem Wohnwagen.

Als sie mit Antonius und Frau Behrens zum Auto ging, nahmen die beiden sie in die Mitte. Tilda wusste, dass sie ihr Geborgenheit vermitteln wollten, doch sie fühlte sich, als würde sie abgeführt. Als hätte heute Morgen auf der Raststätte ein neues Leben angefangen und wäre schon wieder vorbei.

»Wie gut, dass wir dich gefunden haben«, sagte Antonius und hielt ihr die Autotür auf. »Ende gut, alles gut. Du freust dich bestimmt schon auf dein Bett nach all der Aufregung heute, nicht wahr?«

»Allerdings«, log sie und zwang sich, ihm zuzulächeln, während sie hinten einstieg. Antonius hatte Dankbarkeit verdient. Als sie losfuhren, drehte Tilda sich um und schaute aus dem Rückfenster. Jakob stand in seinem weißen Hemd in der Abenddämmerung und winkte ihr nach.

16

Es war alles so schnell gegangen. Der Hund war auf sie zugestürzt, sie hatte die Pistole hoch über den Kopf gehoben, um notfalls als Warnung in die Luft zu schießen, dann löste sich ein Schuss, und im nächsten Augenblick jaulte der Hund auf, riss den Bullen um und galoppierte panisch davon. Das hatte Alex nicht gewollt. Hektisch rannte sie dem Hund nach. Der Schuss war laut gewesen, der Knall ihr selbst durch und durch gegangen, aber warum war er panisch weggerannt? Das war doch ein Polizeihund, die waren doch an Schüsse gewöhnt? Über kurz oder lang, sagte sie sich, würde er sich beruhigen und zurückkommen. Sie hatte ihn schließlich nicht angeschossen, sondern nur erschreckt. Aber die Beruhigung hielt nicht lange vor, während sie weiterlief. Sie stellte sich vor, wie Eddie immer weiterhetzte und auf der nächsten Straße vor ein Auto rannte. Der Puls dröhnte ihr wieder in den Ohren. Sie zwang sich, stehen zu bleiben und tief durchzuatmen. Der Rucksack lastete schwer auf ihren Schultern, die Waffe hatte sie immer noch in der Hand. Laut rief sie wieder Eddies Namen und lauschte angestrengt auf ein Jaulen oder Winseln. Es war aussichtslos.

Sie setzte sich auf einen Baumstumpf, stopfte die Waffe in den Rucksack und überlegte, was sie tun sollte. Erst einmal musste sie den Köter vergessen. Er war nicht ihr Problem. Und was würde sie denn tun, wenn sie ihn tatsächlich fände? Ihn dem Bullen zurückbringen und sich damit selbst ausliefern? Ihn mitnehmen, als Klotz am Bein? Gut, fiel ihr ein, sie könnte ihn zum nächsten Ort mitnehmen, ihn dort vor einem Laden anbinden und anonym das Tierheim verständigen. Aber auch dafür musste sie Eddie erst mal finden. Das kostete alles zu viel Zeit.

Alex stand auf und lief weiter, währenddessen schaute sie sich um und überlegte, in welcher Richtung wohl die nächste Straße lag. Dort würde sie sich ein Taxi rufen. Keine weitere Verzögerung. Der Hund war wirklich nicht ihr Problem. Sie griff nach ihrem Handy in der Hosentasche, fand es nicht, blieb stehen, nahm ihren Rucksack ab und suchte dort, wühlte alles durch, doch vergeblich. Ihr wurde es heiß. Sie hatte das Handy verloren. Doch wo? Sie brauchte ihr Handy! Es war die Welt für sie. Sie brauchte Google Maps, sie brauchte ihre Kontakte, das Handy gab Antwort auf alle Fragen, gab Orientierung und Sicherheit. Die Speicherkarte enthielt alle Fotos von ihrer Mutter, und von ihren Eltern aus glücklichen Tagen. Es war ihr Leben. Verdammt. Ihr blieb nichts anderes übrig. Sie schulterte den Rucksack erneut und versuchte, genau den Weg wieder zurückzugehen, den sie gekommen war, den Blick suchend am Boden.

Sie musste es wiederfinden, sie musste einfach.

17

Als Matthias wieder zu sich kam, lag er mit dem Gesicht auf dem feuchten Waldboden. Mühsam rappelte er sich auf. An seiner Wange klebten Tannennadeln, sein rechtes Bein schmerzte. Er wischte sich übers Gesicht, horchte in sich hinein, ob da noch irgendwo ein Schmerz sei, befühlte seinen Oberkörper, sah an sich herunter, doch er entdeckte nur Blut am rechten Knie und an dem Ast, über den er gefallen sein musste. Er sah sich um, obwohl er es eigentlich schon wusste. Er war allein.

Fluchend rollte er sich auf die Seite, von dort halb auf den Bauch im Versuch, sich auf Hände und Knie abzustützen und sich so aufzurappeln. Gut, dass ihm niemand zusah. Er fühlte sich wie ein Käfer, der auf den Rücken gefallen war. Sein rechter Unterschenkel schmerzte höllisch, die Hose war voller Blut. Doch als er das Bein vorsichtig bewegte, stellte er erleichtert fest, dass nichts gebrochen war. Mühsam stützte er sich auf einen Baumstumpf. Verdammte Hacke. Er hatte nicht einmal mehr sehen können, in welche Richtung Eddie gerast war. Diese dämliche Göre hatte tatsächlich geschossen. Er musste Eddie finden. Matthias zog sein Handy aus der Jackentasche. Zuerst musste er Jakob Bescheid sagen. Wenn der Wohnwagen sicher auf dem Parkplatz abgestellt war, würde er ihm bei der Suche helfen können. Das Mindeste, was er tun konnte. Hoffentlich war er inzwischen wenigstens die Singdrossel losgeworden. Der Akku war leer.

Matthias fluchte erneut. Natürlich, das war er ja vorher schon gewesen. Es blieb ihm nichts anderes übrig, als allein nach Eddie zu suchen. Er machte einen Schritt, belastete das verletzte Bein, doch sofort fühlte es sich an, als würde es explodieren. Er krempelte das Hosenbein auf. Die Wade war schwarz von getrocknetem Blut, und die Wunde unterhalb des Knies, die offenbar zwischendurch aufgehört hatte zu bluten, sonderte jetzt wieder hellrotes Blut ab. Er brauchte einen Verband, um die Blutung zu stoppen. Und er musste das Bein hoch lagern. Stöhnend sank er wieder neben dem Baumstumpf nieder, nahm das rechte Bein mit beiden Händen und legte es auf einer höher gelegenen Baumwurzel ab. Dann zog er seinen Hosengürtel aus der Hose und wickelte ihn um das Bein. Die Blutung hörte auf, aber ihm war klar, dass die Unterbrechung der Blutzufuhr keine Lösung auf Dauer war. So saß er eine Weile, versuchte ruhig und gleichmäßig zu atmen und dachte nach. Er saß hier fest, er konnte niemanden anrufen, und wenn er ein Bein für längere Zeit abband, würde er es verlieren. Wenn nicht schlimmer. Nein, dazu wird es nicht kommen, sagte er sich. Jakob würde nach ihm suchen, wahrscheinlich war er schon unterwegs. Diese verfluchte Göre. Hätte er sich bloß nicht überreden lassen, ihr nachzulaufen. Hätte er sich bloß nicht breitschlagen lassen, die beiden Weiber mitzunehmen. Nein, es fing ja viel früher an.

Was war bloß in ihn gefahren, dass er Jakob vorgeschlagen hatte, ihn in die Schweiz zu begleiten? Am Dienstagabend im Ratskeller war ihm die Sache mit den wichtigen Unterlagen, die Jakob angeblich in die Schweiz bringen sollte, gleich spanisch vorgekommen. Wie dreist Jakob ihn angelogen hatte. Ein schöner Freund. Was war er für ein Trottel gewesen, ihn zu unterschätzen. Den zuvorkommenden Jakob mit seiner

Vorliebe für guten Kaffee und seinen Goethe-Zitaten zu jeder Gelegenheit. Faustdick hatte er es hinter den Ohren, und was für ein gerüttelt Maß an krimineller Energie steckte hinter seiner stets perfekt gebundenen Fliege!

Hinter sich hörte er plötzlich ein Knacken der Zweige, spähte ins Dickicht und sah das Mädchen. Sofort legte er die Hand auf die abgebundene Stelle, sodass sie die Beinverletzung nicht sah. »Du bist zurückgekommen?«

»Sieht so aus, oder?« Sie sah ihn einen Moment unschlüssig an. »Ich hab Eddie gesucht. Ist er wieder hier?«

»Du machst dir Sorgen um meinen Hund? Das glaubst du doch selbst nicht.«

Sie zog die Nase hoch. »Ist aber so.«

»Dann hättest du nicht auf ihn schießen sollen.«

»Meine Fresse, ich hab in die Luft geschossen! Wer ahnt denn, dass der gleich durchdreht. Ich denke, das ist ein verdammter Polizeiköter.«

»Polizeiköter mit Knalltrauma.«

»Was?« Alex sah ihn ungläubig an.

»Als Sprengstoff-Spürhund hat es ihn einmal ziemlich erwischt, als eine Bombe explodierte. Also, warum bist du wirklich zurückgekommen?«

»Hab ich doch gesagt, wegen dem Hund.«

»Kauf ich dir nicht ab.«

»Dann lassen Sie es.«

»Du bist eine Gefahr für andere und dich selbst«, sagte Matthias.

Alex zuckte die Schultern. »Ihre Meinung. Tschüs.«

»Ja, hau ab, aber das Geld lässt du hier.«

»Na klar.«

»Lass das Geld hier, und ich vergesse die ganze Aktion.«

Sie suchte mit den Augen den Waldboden ab. »Warum sollte ich? Wäre ein schlechter Deal.«

»Weil ich glaube, dass du dir das nicht gut überlegt hast«, sagte er. »Nicht zu Ende gedacht jedenfalls. Hast du eine Ahnung, was für Ärger du dir da einbrockst?«

Sie sah ihn unbeeindruckt an.

»Ich hab auch eine Waffe«, log Matthias. »Und ich kann besser damit umgehen als du.«

»Wer's glaubt.«

Das aufgestaute Blut in Matthias' Bein schmerzte. »Gib mir mal kurz dein Handy«, sagte er. »Mein Akku ist leer.« Er bemühte sich um einen beiläufigen Tonfall, aber sie sah sofort auf sein Bein.

»Sie glauben wohl, ich bin blöd und merke nichts«, stellte sie fest. »Sie haben sich verletzt und kommen sonst nicht weg von hier!«

Er hatte sich ausgeliefert, und sie beide wussten es. Sie könnte jetzt einfach wieder abhauen. Und so nickte er nur.

Aber sie haute nicht ab, sondern fing an, die nähere Umgebung abzusuchen. Dabei stieß sie größtenteils unverständliche Flüche aus. Das Mädchen umrundete ihn in immer größeren Kreisen und lehnte sich schließlich fluchend an eine Tanne. Dann wurde sie ganz still. Weinte sie etwa?

Matthias fühlte gegen seinen Willen Mitleid. »Egal, was du verloren hast«, sagte er nach einer Weile. »So schlimm wird es schon nicht sein, oder?«

»Doch. Mein Handy ist weg. Muss es verloren haben. Hab schon den ganzen Weg abgesucht. Deswegen bin ich zurückgekommen. Hatte gehofft, dass es hier liegt. Oder dass Sie es eingesteckt hätten. Das war die letzte Chance.«

Sie drehte sich weg von ihm, und er sah, wie ihre Schultern

bebten und sie sich mit der Hand Tränen und Rotze aus dem Gesicht wischte. Sie wirkte plötzlich sehr klein.

»Ruhe bewahren, kleine Sprotte«, hörte er sich beruhigend in seiner Die-Polizei-dein-Freund-und-Helfer-Stimme sagen. »Das findet sich schon wieder.«

18

Jakob stand vor dem Wohnwagen und winkte dem abfahrenden Auto nach. Tilda verschwand wieder aus seinem Leben, so schnell, wie sie gekommen war. Das Ganze erschien ihm irreal. Mit einer Million Euro, Matjes und zwei wildfremden Frauen unterwegs gen Süden. Als hätte ein Filmregisseur mit einem Faible für Action die Kontrolle über sein Leben übernommen und befunden, es sei zu langweilig. Was war an einer langen Weile verkehrt? Er liebte sein langsames Leben, sein Verweilen in Erinnerungen und Gewohnheiten. Er hatte sein Maß an Unvorhersehbarkeiten, an Abenteuer, Unfällen und Schicksalsschlägen gehabt. Er hatte sich angewöhnt, alles, was geschah, im Nachhinein als gute Fügung anzusehen, er war niemand, der sich gegen das Schicksal verkämpfte. Es tat gut, nicht mehr so viel Energie wie früher in die Bewältigung des Lebens investieren zu müssen und lieb gewonnene Rituale die Taktgeber seines Alltags sein zu lassen. Das Kaffeemahlen, das Singen im Chor, der Stammtisch mit Matjes im Ratskeller, sein Theater-Abonnement. Die Hausarbeit, eingeteilt auf alle Wochentage bis auf den Sonntag, da ging er in die Kirche und traf sich anschließend zum Bier im Gasthaus mit ein paar alten Freunden. Das Einkaufen fürs Mittagessen am Morgen, das Lesen am Nachmittag, der kleine Mittagsschlaf und die Quizsendung, die er selten verpasste.

Als es mit der Rösterei bergab ging, war das in gewisser

Weise auch eine Erleichterung gewesen, und erst recht, seit er in Rente war. Sein Leben glich einem Schachspiel: die äußere Bewegung minimal, spielte sich jetzt viel mehr im Kopf ab, und das war, mochte es auch von außen so aussehen, überhaupt nicht langweilig. Doch nun fühlte er sich wie jemand, der sich nur kurz im Fluss erfrischen will, von einer kraftvollen Strömung mitgerissen wird – und es genießt. Je weiter Tilda von ihm wegfuhr, desto mehr wurde ihm klar, dass er nun hier gestrandet war, wieder ganz allein mit sich, doch beraubt der Möglichkeit, auf seine geliebten heimischen Rituale zurückzugreifen. Er saß fest in einem fremden Wohnwagen, mit üblem Kaffee, nichts zu essen, ohne die Million von Lukas, und vor allem, solange Matjes nicht zurückkehrte oder auf eine seiner Nachrichten reagierte, ohne Aussicht, von hier wegzukommen.

Jakob ging in den Wohnwagen zurück und spülte die Tassen, dachte dabei an Tilda. Wie war es möglich, dass man einen Menschen, den man gerade erst kennengelernt hatte, schon so vermisste? Während er hier mit ihr gesessen hatte, hatte er die Million völlig vergessen. Jakob räumte die Tassen weg, dann griff er nach der kleinen Katze, die Tilda ihm zum Abschied geschenkt hatte, und betrachtete sie nachdenklich. Dass ihn das Schicksal dieser faszinierenden Frau so berührte. Schon in der Raststätte hatte sie ihm leidgetan, als sie zu erklären versuchte, was geschehen war. Beim Abschied eben war alles viel zu schnell gegangen. Wie groß ihre Beunruhigung, ihre Angst vor einer Zukunft gewesen war, in der sie mehr und mehr die Kontrolle über ihr Denken verlor.

Eine schmerzvolle Erinnerung an Veronika blitzte auf. Diese Angst hatte auch sie zu Beginn der Krankheit gehabt, es war die schlimmste Phase gewesen. Wo nur Matjes blieb. Jakob nahm sein Handy und versuchte ihn zu erreichen, doch immer noch meldete sich nur die Mailbox. Er sah wieder hinaus. Die Dunkelheit war hereingebrochen, der Parkplatz spärlich erleuchtet vom kalten Licht der Raststättenlaternen. Über dem Wald ging schon der Mond auf und warf sein fahles Licht auf den bleichen Acker und die hohen Tannen, die sich am Horizont abzeichneten. »›Dunkel war's, der Mond schien helle‹«, ging ihm durch den Kopf, doch dann fiel ihm nicht mehr ein, wie es weiterging. Wie schlimm musste es sein, wenn einem so etwas ständig passierte. Wie sehr hatte er mitgelitten, als seine Veronika so vergesslich und unruhig geworden war. Doch während er weiter den Mond betrachtete, wurde ihm klar, dass Tilda Crussol sich anders verhielt als seine Frau. Sie hatte so lebhaft von früher erzählt, sich an so viel erinnert. Und auch im Hin und Her des Gesprächs war es anders als bei Veronika gewesen. Es hatte keine Aussetzer, kein Suchen nach Wörtern gegeben. Oder war das nur sein Wunschdenken, weil er sie so anziehend fand? Plötzlich fiel ihm wieder ein, wie das Gedicht weiterging.

»›Schneebedeckt die grüne Flur, als ein Wagen, blitzeschnelle, langsam um die Ecke fuhr‹«, murmelte er erleichtert. Wieder sah er auf die Uhr, und ihm wurde klar, dass er etwas unternehmen musste. In diesem mondbeschienenen Wald dahinten waren Matjes, Eddie und eine Million Euro verschwunden, schon viel zu lange. Da war was passiert. Da half es nicht, weiter tatenlos herumzusitzen und über den Sinn und Unsinn von Gedichten zu sinnieren. Er zog sein Handy hervor, um die Polizei anzurufen. Doch dann hielt er inne. Goethe raunte ihm zu: »Man kann nicht immer ein Held sein, aber man kann immer ein Mann sein!« Entschlossen steckte er das Telefon wieder weg, griff nach seiner Jacke. Also gut. Er würde selbst nach Matjes und Eddie suchen. Immerhin schien der Mond helle, und eine Taschenlampe hatte er auch.

19

»Wäre ich nur zu Hause geblieben«, murmelte Matthias.

»Was haben Sie gerade gesagt?«, fragte Alex.

»An manchen Tagen bleibt man besser im Bett«, sagte er.

»Das hat meine Mutter auch immer gesagt.«

»Kluge Frau, deine Mutter.«

»Mmh.«

Matthias konnte sie im Dämmerlicht nicht richtig sehen, aber er ahnte, dass sie wieder weinte. »Hör mal«, sagte er freundlich, »wenn du von zu Hause ausgerissen bist, das ist doch alles halb so wild. Geh wieder zurück, und du wirst sehen, es wird kein Donnerwetter geben, dafür sind deine Eltern viel zu erleichtert, wenn sie dich wiederhaben. Jeder macht mal Fehler, und in deinem Alter ist es quasi normal, sich zu verrennen. Ein Heranwachsender, der sagt, dass er sich noch nie ausgemalt hätte, wie es wäre, auszureißen, der lügt meiner Ansicht nach.«

»Sind Sie jetzt Kinderpsychologe, oder was?«

»Jedenfalls«, fuhr Matthias fort, »habe ich noch nie eine Mutter erlebt, die nicht froh gewesen wäre, ihr Kind, wenn es wiederkommt, wieder in die Arme …«

»Meine Mutter ist tot.«

»Oh … okay.« Matthias wäre gern etwas Gescheiteres eingefallen.

»Können Sie ja nicht ahnen.« Alex' Stimme klang nicht

mehr ganz so abweisend. »Kann ich mir die Wunde mal ansehen?«

Er nahm die Hand vom Bein, und sie trat näher und begutachtete die Verletzung. »Sie müssen den Gürtel abnehmen, wenn Sie kein einbeiniger Pirat werden wollen.«

»Dann fängt's wieder an zu bluten.«

Sie griff nach dem Gürtel und lockerte ihn vorsichtig. »Wenn Sie das sagen.«

»Das Blut kam rauspulsiert, tak, tak, tak.«

»Tak, tak, tak?« Sie lachte auf. »Wenn Männer Wehwehchen haben.«

»Was soll das denn heißen?«

Alex beugte sich wieder über die Wunde. »Würde mich sehr wundern, wenn es aus dieser Stelle da herauspulsiert. Außer Sie haben eine ungewöhnliche Anatomie.«

»Du bist ungewöhnlich frech.«

»Könnte ich von Ihnen auch behaupten.« Sie nahm vorsichtig das Taschentuch von der Wunde. »Einer von uns beiden duzt den anderen einfach. Ich bin kein Kind mehr.«

»Ist mir auch aufgefallen, als du mit der Million von meinem Freund abgehauen bist.«

»Eine Million?« Sie sah ihn ungläubig an. »So viel ist das? Und die gehört gar nicht Ihnen?«

»Genau genommen gehört sie auch meinem Freund nicht, sondern seinem Sohn, der sie an der Steuer vorbei in die Schweiz transferieren wollte. Dem fiel nichts Besseres ein, als seinen Vater damit zu beauftragen, und mein Freund ist nun mal einer, der schlecht Nein sagen kann, wenn man ihn um etwas bittet. Besonders nicht, wenn es der eigene Sohn ist.«

»Moment mal, mit dem Freund meinen Sie etwa den alten … ich meine, Herrn Huf…?«

»Hüfner«, korrigierte Matthias.

»Hätte ich dem nicht zugetraut! Aber warum haben Sie da mitgemacht? Das ist doch strafbar, oder? Riskieren Sie nicht Ihren Job, wenn das auffliegt?«

»Ich hatte keine Ahnung. Jakob hat es mir erst gesagt, notgedrungen, als du mit dem Geld abgehauen warst.«

»Was?« Alex ließ sich auf den Waldboden fallen und sah ihn mit großen Augen an. »Der hat Sie reingelegt? Der sieht so … nett aus.«

»Ist er auch.«

»Na ja. Nicht sehr nett, Sie da mit reinzuziehen.«

»Wollte er ja auch nicht«, verteidigte Matthias Jakob. »Aber als er mir am Dienstagabend von der geplanten Reise erzählte, habe ich mich quasi aufgedrängt. Und wie gesagt, er kann schlecht Nein sagen.«

»Trotzdem.«

»Also ehrlich.« Matthias deutete auf den Rucksack, der neben ihnen am Boden lag. »Ich glaube nicht, dass du hier über andere urteilen solltest.«

»Sie duzen mich immer noch. Ein bisschen mehr Respekt?«

»Gegenüber Kriminellen ist das so eine Sache mit dem Respekt.«

»Ich bin nicht kriminell.«

»So? Herumballern, ist das nicht kriminell?«

»In die Luft!«

»Und eine Million Euro stehlen?«

»Das waren die Umstände. Ich war echt im Stress. Eigentlich würde ich so was nie tun.«

»Schon klar.« Matthias lachte auf.

»Das ist nicht witzig«, sagte Alex. »Es stimmt.«

»Und jetzt raten Sie mal, mein Million-Dollar-Baby, wie oft wir bei der Polizei dieses ›eigentlich‹ zu hören bekommen. Eigentlich bin ich kein Betrüger. Eigentlich wollte ich gar nicht zuschlagen. Es waren eigentlich die Umstände. Eigentlich wollte ich mich nur wehren. Eigentlich sind alle Täter Engel.«

Alex verschränkte die Arme.

»Ja, ja«, fuhr Matthias fort, »man hat es nicht leicht als Krimineller, wenn man in den Spiegel schaut. Zum Glück gibt es die Verdrängung. Und natürlich die Umstände. Die fiese Außenwelt. Zur Not die schreckliche Kindheit oder …«

»… eine tote Mutter«, ergänzte Alex. Sie rappelte sich auf und ging zu ihrem Rucksack. »Ich glaube, da reicht ein Verband«, sagte sie über die Schulter, »dann können Sie wieder laufen, ohne dass es noch mal anfängt zu bluten. Ich habe einen im Rucksack.« Sie kehrte mit einer weißen Mullbinde und einem Bündel Geldscheinen zurück.«

Als sie sich wieder neben ihn hockte, streckte Matthias die Hand aus und berührte sie leicht an der Schulter. »Also …« Er stockte, suchte ihren Blick, doch sie sah an ihm vorbei. »Hören Sie, bei persönlicher Betroffenheit neigt man dazu, die Sache nur von einem Ende zu betrachten …«

Jetzt sah sie ihn doch an, und ihre Mundwinkel zuckten. »Oder Sie waren einfach total sauer.«

»Oder so, ja. Es … tut mir leid.«

Sie nickte. »Schon okay. Mir auch. Das mit Ihrem Hund und dem Bein vor allem. Aber auch das mit dem Geld.«

»Wie heißen Sie eigentlich? Ich hatte im Auto nicht richtig hingehört.«

»Alexandra Rubinetto.« Jetzt lächelte sie richtig. An ihrer linken Wange kam ein Grübchen zum Vorschein. »Sagen Sie ruhig Alex, das machen alle.«

Matthias konnte nicht anders, als sie zu mögen. Sie sah mit einem Mal so unschuldig, zupackend und fesch aus wie ein Teenager aus der Buttermilch-Werbung. Er war grenzenlos erleichtert. Sie würde das Geld wieder herausrücken. Es freute ihn für Jakob, aber am meisten für das Mädchen selbst. »Und ich bin Matthias. Aber sagen Sie ruhig Matjes, das machen alle.«

Sie beugte sich wieder über die Wunde, und er konnte sehen, wie sie grinste. »Wie Matjes, der dünne Hering?«

»Wie Matjes, der Matrose.«

»Du warst Seefahrer?«

»Marineoffizier.«

»Cool. Warum machst du das nicht mehr?«

»Es gab Gründe. Was willst du eigentlich mit dem Geldbündel?«

»Das gibt einen Druckverband«, antwortete sie, während sie die Mullbinde um sein Bein schlug und nach der zweiten Runde das Geldbündel auflegte und mit dem Verband festwickelte.

»Aha«, sagte Matjes. »Und wenn die Wunde trotzdem wieder aufgeht? Dann verbluten da fünftausend Euro.«

Sie grinste.

»Was ist daran so lustig?«

»Ich stelle mir vor, was die Leute in der Schweizer Bank für ein Gesicht machen, wenn dein Freund das Geld einzahlt. Da klebt dann im wahrsten Sinn Blut dran!«

Matjes lachte auf. »Schweizer Bankern dürfte das egal sein. Woher kannst du eigentlich so gut Wunden versorgen?«

»Ich hab mal einen Kurs besucht«, sagte sie, riss das Ende der Mullbinde ein und knotete den Verband zu. »Damals, als meine Mutter krank wurde.«

20

Während der Heimfahrt waren sie so taktvoll gewesen, dass es schon wieder wehtat. Antonius hatte kein Wort mehr über die ganze Sache verloren, sondern betont unbeschwert von Tinchen und Lenchen erzählt. Er wusste, dass sie das liebte. Normalerweise. Aber während sie in der Dämmerung an Heidelberg vorbei und dann am Neckar entlang zurück nach Hause fuhren, wünschte Tilda sich nichts lieber, als dass sie nicht gefunden worden wäre.

Nun lag sie im Bett, konnte nicht einschlafen und nahm ein altes Tagebuch zur Hand, um sich abzulenken. Sie hatte es neulich erst bei einer Speichersafari mit den Kindern wiederentdeckt.

Speichersafari, so nannten Tinchen und Lenchen es, wenn sie mit ihnen auf den Dachboden ging. Die beiden Mädchen liebten den Speicher, der für sie ein Abenteuerland zwischen Grusel und Entzücken war, mit seinen Spinnweben, geheimen Ecken, Überraschungen und Schätzen. Sie taten nichts lieber, als eine Kiste auszupacken und über die Dinge zu staunen, die dort zum Vorschein kamen: alte Fotoalben, gerahmte Bilder, Reiseandenken aus aller Welt, Figürchen und Nippes, vergilbte Bücher, Schallplatten, Kleider aus ihrer Opernzeit, mit Glitzer und Strass. Hochhackige Schuhe, auf denen die Kinder unbeholfen, aber stolz herumstaksten, Rolltafeln aus dem Sachkundeunterricht, von der Schule ausgemustert, aber zu schade zum Wegwerfen. Und das Kasperletheater, noch aus Tildas eigener Kindheit, mit all den Puppen, liebevoll eingepackt in einer alten Truhe. Linchen und Tinchen waren so begeistert davon gewesen, dass sie ihnen erlaubt hatte, es seitdem aufgebaut zu lassen, und wann immer sie zusammen auf den Speicher gingen, führte Tilda ein kleines Kasperletheaterstück für die Mädchen auf.

Tilda kannte die Stücke noch alle, und wenn sie die Puppen über die Hände streifte und sie für die Kinder lebendig werden ließ, bildete sie sich ein, dass nicht nur die Kinder sich freuten, sondern auch die Puppen. Nie hätte sie sich von ihnen trennen können. Aber Tilda hatte sich von den meisten Dingen nicht trennen können. Andere Menschen brauchten vielleicht ein Sicherheitspolster in Form von Geld auf der Bank, ihr Sicherheitspolster war der Dachboden. Schlimm genug, dass Menschen einen oft nur für eine kurze Zeit im Leben begleiteten. Dinge hingegen blieben einem erhalten, und der Dachboden war in Zeiten, die ihr Leben durcheinanderrüttelten, ein beständiger Zufluchtsort voller Schätze, ein Paradies ihrer guten Erinnerungen gewesen – und war es bis heute.

In ruhigeren Zeiten, also meistens, waren all dies Schätze, die nicht mehr in ihr alltägliches Leben und ganz konkret auch gar nicht mehr in die ohnehin schon übermöblierten Wohnräume passten. Wenn doch nur ihr Kopf wie dieser Dachspeicher wäre, unergründlich und voller heimlicher Nischen, ein heiliger Ort voller Schachteln mit lieben Dingen. Verstaubt vielleicht, aber alles da, nichts ging verloren.

In ihrem Kopf hingegen gingen Dinge verloren, ja, es kam ihr in letzter Zeit öfter so vor, als sei ihr Gehirn wie ein sich selbst leer fegender Dachboden. Seufzend konzentrierte sie sich wieder auf ihr Tagebuch, strich über den verblichenen

Einband. Tilda hatte seit ihrer Kindheit Tagebuch geschrieben, jeden Abend, und dabei schöne Erinnerungen gesammelt. Es war ihr immer darum gegangen, das Schöne festzuhalten. Die schlimmen Dinge wurden nur am Rande erwähnt, wenn überhaupt. Das Leben besteht aus Höhen und Tiefen, war ihr Motto. Aber man musste den Tiefen nicht unnötig viel Raum im Karren der Erinnerungen geben, indem man sie beim Aufschreiben quasi zum zweiten Mal erlebte und mit jedem Lesen vertiefte. Das gelang ihr immer, bis ihr Mann starb – danach war die Trauer so tief, dass sie mit dem Schreiben aufhörte.

Schlafen, ein Brot backen oder in einem ihrer alten Tagebücher lesen, davon zehrte sie in der folgenden Zeit. Vielleicht, überlegte sie jetzt, sollte ich vom Lesen wieder zum Schreiben übergehen. Jeden Tag das Gewesene festhalten, es am nächsten Morgen gleich wieder lesend erinnern und das Kurzzeitgedächtnis damit auf Trab halten. Das Tagebuchschreiben als Anker im Meer der Erinnerungen nutzen.

Sie las die ersten Zeilen und lächelte selig. Dieser Teil des Dachbodens war noch völlig unversehrt.

Heute Abend habe ich auf einer Party einen jungen Mann kennengelernt. Wir standen in verschiedenen Gruppen, haben uns über den Raum hinweg angesehen, ich hab ihn angelächelt, und dann kam er einfach rüber, sagte, sein Name sei Bertie, und fragte, ob ich tanzen wolle. Wir hatten viel Spaß, aber zum Schluss hat er mir ganz furchtbar ungeschickt auf den Fuß getreten, sich sofort entschuldigt und gesagt: »Ich bin Arzt, lassen Sie mich mal schauen, was ich angerichtet habe!« Der Trick war so durchschaubar und dreist, dass ich lachen musste. Ich spielte also mit, humpelte zu einem Sofa, er kniete sich davor wie ein Schuhverkäufer, streifte mir den Schuh vom Fuß und untersuchte ihn mit sanften Händen. Dann sagte er ganz ernst: »Ich denke, eine Amputation können wir verhindern. Aber Sie müssen in den nächsten Tagen regelmäßig zu mir in die Praxis kommen.« Ich lachte und sagte: »Ach, so gewinnen Sie also neue Patienten?« Er nickte und sah mir in die Augen. Dieser Blick! Alles, was ich seitdem noch denken kann, ist: Darüber werden also all die Gedichte gemacht!

Tilda seufzte. Vierzig Jahre war das her, und immer noch so nah. Sie klappte das Tagebuch zu, griff nach einem anderen und blätterte darin, bis sie den Eintrag fand, den sie während einer Fotosafari in Uganda gemacht hatte. Während sie las, fühlte sie wieder, wie Bertie sie im Dschungel bei der Hand genommen hatte, sah seine Begeisterung, sein strahlendes Lächeln, und strahlte zurück. Es war ihre letzte große gemeinsame Reise gewesen und die schönste, spannendste und bezauberndste von allen. Immer noch lächelnd, stand sie auf, ging zu ihrem Bücherregal und zog eine neue Kladde heraus. Es war an der Zeit, wieder Tagebuch zu schreiben.

Nanu, es war nur noch eine da. Entschlossen verdrängte sie den Gedanken, dass sie eigentlich gedacht hatte, es seien noch zwei übrig. Sie ging damit zum Schreibtisch, setzte sich und griff zu ihrem Füllfederhalter. Zunächst prüfte sie, ob er noch schrieb, dann notierte sie feierlich das Datum rechts oben auf der ersten Seite. Sie würde nicht den Fehler machen, alle Tage seit dem letzten Eintrag kurz vor Berties Tod rekapitulieren zu wollen.

Nein, sie merkte, dass sie müde wurde, es war spät, und schließlich hieß es ja Tagebuch. Jeder Tag sollte nur für sich selbst erzählen müssen.

Sie begann mit ihrem Erwachen in der Toilettenkabine der Raststätte. Zunächst fiel es ihr schwer, doch dann tauchte Jakob auf, der Gentleman mit der Fliege und den freundlichen Augen, der ihr rettend die Hand reichte wie damals die Italienerin auf dem Markusplatz dem kleinen, verlorenen Jungen. Sie schrieb und schrieb, mit einem Lächeln auf den Lippen, Seite um Seite mit ihrer anmutigen Handschrift voll. Als sie schließlich müde, aber hochzufrieden den Füllfederhalter ablegte, brach schon der Morgen an.

21

Das Handy klingelte. Bestimmt Matthias, endlich!, dachte Jakob. Doch es war nicht sein Freund, sondern erneut seine Schwiegertochter.

»Guten Abend, Vati«, quakte sie ihm ins Ohr.

Jakob hielt den Hörer unwillkürlich etwas auf Abstand. »Diese Stimme«, hatte Veronika nach dem ersten Treffen mit Michelle kopfschüttelnd festgestellt. »Wie erträgt Lukas das nur.«

»Sie ist auf jeden Fall hübsch«, hatte er zur Verteidigung seiner zukünftigen Schwiegertochter gesagt. Veronika hatte abgewunken. »Schönheit vergeht. Die Stimme bleibt. Sie klingt wie Mickymaus, nur nicht so gut gelaunt.«

Seitdem hatte Michelle ihren Spitznamen weg. Natürlich nur, wenn Jakob und Veronika unter sich waren. Später, als Veronika dement wurde, hatte sie ihre Schwiegertochter bei deren seltenen Besuchen allerdings nur noch so angeredet, was Jakob etwas peinlich gewesen war.

»Wo bist du?«, fragte Michelle.

»Keine Ahnung, irgendwo auf der Autobahn«, log Jakob.

»Wie, keine Ahnung? Wie kannst du denn keine Ahnung haben, wo du bist?«

»Matjes fährt, ich habe als Beifahrer nicht so darauf geachtet.«

»Was heißt hier, Matjes fährt?« Michelles Stimme wurde

schrill und klang mehr denn je nach Mickymaus. »Du bist nicht allein unterwegs? Das war doch anders abgesprochen!«

Jakob wurde nervös. »Hatte ich euch das nicht gesagt? Ich hatte einem Freund von meinem geplanten Urlaub erzählt, und da wollte er mit.«

»Wer ist denn dieser Matjes, um Himmels willen?«

»Matthias Brockmeyer. Wir kennen uns aus dem Chor.«

»Etwa der Polizist? Bist du noch ganz – ich meine, was soll das?«

»Keine Sorge«, log Jakob, »er weiß nichts von dem Geld.«

»Wir machen uns aber Sorgen, Jakob. Gib bitte deinen Standort durch.«

»Wie gesagt, den weiß ich selbst nicht genau. Wir fahren ja, das ändert sich auch ständig.« Er lachte und hoffte, dass Michelle nicht merkte, wie künstlich es klang.

»Michelle meint, du sollst deinen Standort über Google durchgeben!« Das war Lukas. »Geh dazu auf WhatsApp Vater, dann drückst du auf die Klammer, dann auf ›Standort‹ und auf ›Live Standort teilen‹. Verstanden? Dann wissen wir, wo ihr seid, und müssen uns keine Sorgen machen.«

»Alles klar«, sagte Jakob, legte auf und stellte das Handy auf Flugmodus. Sollten sie ruhig denken, er sei bockig oder zu dumm dazu, aber es war nur zu ihrem Besten. Wenn er seinen Standort teilte, würde seine Familie mitbekommen, dass er fernab der Straße herumlief, und sich erst recht Sorgen machen.

»Dunkel war's, der Mond schien helle«, murmelte er, während er über die Erdklumpen des grob gepflügten Ackers Richtung Wald stakste. Die Sonne war schon hinter dem bewaldeten Horizont verschwunden, doch sie schickte noch einen schwachen purpurroten Abschiedsgruß in den Nachthimmel.

Am Waldrand angekommen, knipste Jakob die Taschenlampe an und leuchtete ins Geäst. War es klug, was er da tat? Wie groß waren seine Erfolgsaussichten? Dieser Wald hatte bereits das Mädchen, seinen Freund und den Hund verschluckt. Er machte ein paar weitere Schritte auf die dunklen Bäume zu, und als trockene Tannenzweige unter seinen Schuhen knackten, fühlte er einen Kloß im Hals. Nein, nein und nochmals nein. Er würde das nicht zulassen. »Der Wald steht schwarz und schweiget«, ging es ihm durch den Sinn. Ein Wald war nichts weiter als Natur, als eine Ansammlung von Bäumen, die ruhig und still dastanden und von denen keine Gefahr ausging. Tausendfach besungen in romantischen Liedern. Aber der Kloß im Hals blieb.

Schon als kleiner Junge hatte er diese irrationale Angst vor dem Wald bei Dunkelheit gehabt. Als Erwachsener hatte er sie fast vergessen, allerdings war er nachts auch nie mehr allein in den Wald gegangen. Reiß dich zusammen, sagte er sich. Sei ein Mann. Es ist lächerlich, in deinem Alter noch Angst vor dem Dunkeln zu haben. Er beschwor Situationen herauf, in denen er mutig gewesen war. Der allererste Sprung vom Dreimeterbrett. Als er Veronika zum ersten Mal angesprochen hatte. Als er einmal bei einer Kneipenschlägerei dazwischengegangen war. Als er Veronika ins Pflegeheim gebracht hatte. Das hier war doch nichts dagegen! Er hatte eine Taschenlampe, und dort im Wald war sein Freund verschwunden und kam nicht wieder. Er musste herausfinden, was los war. Wahrscheinlich steckte er in der Klemme, brauchte Hilfe. Und dann war da die Million. Er würde Matjes finden und sich das Geld wiederholen, und dann könnte Lukas auch seinen Standort haben. Eins nach dem anderen. Vorsichtig setzte er Fuß vor Fuß, während die Zweige unter seinen Füßen knackten und der Lichtkegel ihn an die Geisterbahn-Besuche seiner Jugend erinnerten, bei denen plötzliche Schlaglichter Gespenster und Totenköpfe ihn im Vorbeirauschen aus dem allgegenwärtigen Dunkel heraus angesprungen hatten. Er versuchte, sich beim Weitergehen mit Singen abzulenken. »›Der Wald steht schwarz und schweiget, und aus den Wiesen steiget der weiße Nebel wunderbar …‹« Seine Stimme klang erbärmlich dünn, und er summte nur weiter. Plötzlich hörte er etwas. Ein Winseln. Mit zitternder Hand hielt er die Taschenlampe in Richtung des Winselns und beleuchtete zwei rot reflektierende Augen und eine Schnauze. Vor Schreck fiel ihm die Taschenlampe aus der Hand. Ein Wolf!

Wer war bloß auf die Idee gekommen, zuzulassen, dass sich hier wieder Wölfe ansiedelten? Während er sich bückte und die Taschenlampe vom Boden auflas, wurde das Winseln lauter und ging in ein dunkles, vertrautes Bellen über. »Eddie!« Erleichtert näherte er sich dem Hund und streichelte ihn, und Eddie leckte dankbar seine Hand. Der arme Kerl konnte seinen Kopf kaum mehr bewegen, so unglücklich hatte die Leine sich in einem Gestrüpp verfangen, und seine Versuche, sich zu befreien, hatten es offensichtlich noch schlimmer gemacht.

22

»So, jetzt müsste es gehen«, sagte Alex. »Probier mal, ob du laufen kannst.« Sie fasste Matthias' Hände und zog kräftig. Mein Gott, war das ein schwerer Brocken. Sie schaute auf sein Bein, um zu sehen, ob die Wunde wieder aufging, doch es sickerte kein Blut durch den provisorischen Verband. Zufrieden nickte sie ihm zu.

Matthias sah sich um. »Hast du eine Ahnung, aus welcher Richtung wir gekommen sind?«

Alex grinste. »Nicht wirklich, aber ist doch egal. Das Rauschen der Autobahn kommt von dort!« Sie zeigte in die Richtung und stapfte los.

»Hätte ich auch selbst draufkommen können«, murmelte Matthias, während er ihr folgte.

Sie lachte auf und wartete, bis er neben ihr war. »Stimmt eigentlich. Gerade du als Polizist. Was ist eigentlich dein Spezialgebiet? Verbrecher schnappen? Schon mal Erfolg gehabt?«

»Werd nicht frech, Göre. Im Übrigen schnappe ich keine Verbrecher, ich entziehe ihnen den Boden.«

»Wie jetzt?«

»Mein Job ist die Verbrechensprävention. Ich schule die Bürger, damit sie nicht zu Opfern von Kriminellen werden. Gebe Tipps zur Sicherung ihrer Häuser, erkläre, wie sie es vermeiden, Trickbetrügern, Handtaschendieben und Einbrechern zum Opfer zu fallen, rate ihnen, wie sie am besten Geld abheben sollen, solche Sachen. Je mehr sie über solche Dinge Bescheid wissen, desto besser können sich die Menschen schützen. Wer einmal einen Mitschnitt eines Enkeltricks am Telefon gehört hat, wird das so schnell nicht vergessen und bestimmt nicht darauf reinfallen. Der Vorteil, den Kriminelle ausnutzen, ist die Ahnungslosigkeit ihrer Opfer. Es geht sozusagen um Aufrüstung, aber nicht mit tatsächlichen Waffen, sondern mit Wissen.«

»Macht das Spaß? Alten Omas erzählen, dass sie nicht allein zur Bank gehen und ihre ganze Rente auf einmal abholen sollen?«

Er lachte auf. »Tatsächlich mehr, als ich vorher selbst geglaubt habe. Es ist positiver. Früher habe ich sozusagen nur die Scherben aufgesammelt, jetzt bin ich wie ein Arzt, der impft. Und je höher die Impfrate, desto weniger haben die Epidemien eine Chance.«

»Du meinst, dann gibt es weniger Verbrecher?«

»Im Prinzip schon. Du kennst bestimmt das Sprichwort: ›Gelegenheit macht Diebe.‹ So ähnlich ist das. Man hat zum Beispiel empirisch untersucht, dass es Sinn macht, einzelne Stadtviertel durch größere Polizeipräsenz sicherer zu machen. Wenn in einer bestimmten Gegend mit Drogen gedealt wird, nützt es, dort mehr Polizeipräsenz zu zeigen.«

»Echt jetzt? Dann ziehen die Dealer eben ein paar Straßen weiter. Und man hat das Problem nur verlagert.«

»Sollte man meinen, ja. Ist aber nicht so. Viele dieser Leute sind ortsgebunden, Gewohnheitstiere wie ganz normale Bürger. Ein Dealer, der nicht mehr an seinem Wohnort dealen kann, wird nicht unbedingt umziehen, um sich sein Geschäft woanders neu aufzubauen. Das sind Leute wie du und ich, die haben vielleicht Familie, die Kinder gehen in einen bestimmten Kindergarten, die Frau will nicht weg. Wenn man es ihnen schwer macht, ihrem Geschäft vor Ort nachzugehen, suchen sie sich oft was, mit dem sie leichter ihren Lebensunterhalt bestreiten können. Im besten Fall, wenn das Jobcenter gut mitmacht, eben auch normale Arbeit. Es nützt sehr wohl, bestimmte Gegenden sicherer zu machen. Der Times Square in New York war in den Siebzigern ein schlimmes Pflaster, voller Kriminalität. Erst die konsequente Präventionspolitik mit verstärkter Polizeipräsenz hat das geändert und ihn zu dem Touristenmagneten gemacht, der er heute ist.«

Sie gingen eine Weile schweigend weiter. Unter ihren Füßen knackten ab und zu Zweige. Die Nacht war hereingebrochen, es war ziemlich dunkel im Wald, aber durch den Vollmond nicht ganz finster.

Wenn man so alt ist, dachte Alex, hat man wahrscheinlich auch einfach keinen Bock mehr auf Action. »Klingt gut«, sagte sie schließlich. »Kann ja nicht jeder Bruce Willis sein, oder?«

Er lachte gutmütig. »Stimmt. Im Polizei-Alltag fühlen wir uns alle eher nicht wie Bruce Willis, sondern wie Sisyphos. Kneipenstreitereien, im Suff gezückte Messer, banale Verkehrsunfälle, Diebstähle, Einbrüche, Trickbetrügereien, kleine Dealereien, Nachbarschaftsstreitigkeiten, nicht zu vergessen häusliche Gewalt und andere deprimierende Sachen. Viel Büroarbeit, viel Geduld und Spucke. Für Verfolgungsjagden und wilde Ballereien gehen wir auch ins Kino.«

»Ihr rettet nicht die Welt.«

»Na ja, doch, ein bisschen, aber eher so klein bei klein und ohne großen Applaus.«

»Wow. Klingt echt nach Traumjob.«

»Doch, für mich eigentlich schon. Es ist anstrengend, aber ich mag das. Es ist sinnvoll und abwechslungsreich, man hat mit allen möglichen Leuten zu tun. Oft kann man helfen, und wir haben einen guten Teamgeist bei uns.« Er sah sie an. »Was ist mir dir? Hast du dir schon Gedanken gemacht, was du werden willst, wenn du …?«

»Du meinst, wenn ich mal groß bin?« Sie lachte spöttisch.

»Wenn du erwachsen bist.«

»Ich bin achtzehn.«

»Erwachsen im Sinne von reif.«

»Bitte?« Sie blieb stehen und stemmte die Hände in die Hüften. »Wie kommst du darauf, dass ich unreif bin? Nur weil du hundert Jahre älter bist als ich?«

Matthias blieb auch stehen. »Ja, ganz genau. Wir Hundertjährigen haben einen Reif-o-Meter eingebaut. Und der schlägt aus, wenn jemand mit einer Pistole um sich ballert.«

»Echt, du nervst«, sagte sie und ging weiter.

Sie hörte an seinen schweren Schritten, dass er ihr folgte. »Und der Reif-o-Meter schlägt übrigens auch aus, wenn jemand gleich hochgeht, sobald er sich angegriffen fühlt!«

»Ach, war wohl auch sehr unreif von mir, dir das Bein zu verbinden«, rief sie über die Schulter. Im nächsten Augenblick glitt sie auf einem morschen, zerbrechenden Ast aus, stolperte und fiel zu Boden. Matthias streckte die Hand aus, half ihr wieder hoch und sie gingen weiter, nur ab und zu blieben sie stehen, um zu horchen, ob die Richtung zur Autobahn noch stimmte.

Nach einiger Zeit wurde Matthias langsamer. »Warte mal«, keuchte er und blieb stehen. Er lehnte sich an einen Baum und griff sich an die Brust.

Alex lief zu ihm zurück. »Alles in Ordnung? Du bist ja ganz blass.« Sie griff nach seinem Unterarm und fühlte den Puls. »Dein Herz rast ja! Hast du das öfter?«

Matthias schüttelte den Kopf. »Geht gleich wieder.« Er atmete schwer. »Mir steckt noch eine Erkältung in den Knochen. Geht auf die Kondition. Nur einen Moment verschnaufen, ja?« Er holte ein paarmal tief Luft, dann nickte er Alex zu, und sie gingen weiter. »Woher hast du eigentlich die Waffe?«, fragte er.

»Von einem Freund«, log sie. »Zum achtzehnten Geburtstag bekommen.«

»Top. Und was haben deine Eltern dazu gesagt?«

»Nichts.«

»Warum nicht?«

»Meine Mutter ist wie gesagt tot«, sagte Alex.

»Und dein Vater?«

»Du nervst schon wieder.«

»Und du lügst schon wieder. Woher hast du die Waffe wirklich?«

»Mein Gott, die Scheißwaffe«, brach es aus Alex heraus. »Ja, gut, ich hab sie gesehen und genommen, vielleicht war es ein Fehler, aber irgendwie dachte ich, dann hab ich was zu meinem Schutz. Ich wollte abhauen, und ich musste es ja auch erst mal aus der Wohnung schaffen, und dann dachte ich, wenn seine Freunde rauskriegen, dass ich … ach, egal.« Sie blieb stehen, nahm den Rucksack vom Rücken und wühlte darin, bis sie die Pistole zu fassen bekam. Hätte sie das blöde Ding doch nie genommen, es machte einen sowieso nur kirre. Sie schleuderte die Waffe in hohem Bogen in den Wald. »Na, jetzt zufrieden?«

Matthias stöhnte auf. »Was soll das denn?«

»Weg damit«, sagte sie. »Ein Problem weniger.«

»Ist das dein Ernst?«, regte Matthias sich auf. »Ich fasse es nicht! Wirft eine geladene Pistole einfach in den Wald! Und morgen spielen hier Kinder, finden sie und schießen sich aus Versehen gegenseitig tot.«

»Scheiße.« Sie sah ihn schuldbewusst an, dann ging sie in

die Richtung, in der sie die Waffe geschleudert hatte, und suchte den Boden ab.

Inzwischen war es schon ziemlich dunkel, und sie konnte kaum noch etwas erkennen. Schließlich ging sie auf die Knie und tastete mit den Händen über den feuchten Waldboden. Schöne Scheiße, die Pistole konnte sich doch nicht in Luft aufgelöst haben.

»Hat keinen Zweck!«, rief sie frustriert. »Ich suche hier wie bescheuert und finde sie nicht, da ist es ja wohl mehr als unwahrscheinlich, dass ein anderer sie findet, oder?!«

Matjes hatte es sich auf einem umgefallenen Baum bequem gemacht. »Wer suchet, der findet!«, befahl er ungerührt. »Stell dir vor, es ist Ostern.«

Sie fluchte leise und kroch weiter über die aufgeweichten Tannennadeln, während ihr die Jeans schon feucht und kalt an den Unterschenkeln klebte. Nach einer halben Ewigkeit, in der die Feuchtigkeit bis zu den Oberschenkeln hochzog, ertastete sie endlich die Waffe, halb im Eingang eines Kaninchenbaus verborgen. »Na, wer sagt's denn«, murmelte sie, ging zu Matthias und übergab sie ihm. Er nahm das Magazin heraus, stopfte die Pistole hinten in den Hosenbund und das Magazin in die Innentasche seiner Lederjacke und bemerkte grinsend: »Du bist im Ostereier-Suchen nicht besonders gut, oder?«

Wütend wischte sie sich Erde und Tannennadeln von der Jeans. »Vielen Dank, Alex«, äffte sie seine dunkle Stimme nach. »Bist für nix und wieder nix auf dem Boden rumgekrochen, weil ich total neurotisch bin und mir Horrorszenarien ausmale. Echt lieb von dir.«

»So, ich bin neurotisch«, sagte Matthias, immer noch grinsend. »Sonst noch was?«

»Ja, unlogisch. Die Kinder könnten sich doch schlecht gegenseitig totschießen. Wie soll das gehen, mit nur einer Waffe. Da kann, wenn überhaupt, nur eins das andere erschießen.«

»Na dann«, sagte er.

»Ich meine ja nur, du bist in Logik nicht besonders gut, oder?«

»Und wenn es mehrere Kinder sind, Sherlock? Ein Kind findet die Waffe, spielt Cowboy und Indianer und knallt die anderen ab.«

»Das wäre doch wohl ein sehr unwahrscheinlicher Zufall, findest du nicht?«

»Siehst du, genau das ist mein Job«, sagte er. »Der Teufel hat viele Helfer, besonders gern den dummen Zufall. Die schrecklichsten Dinge geschehen aufgrund einer Verkettung unwahrscheinlicher Zufälle. Vorausschauendes Handeln hilft, diese Zufälle gar nicht erst möglich zu machen. Wo keine Waffe ist, kann nicht geschossen werden. Punkt.«

Sie applaudierte spöttisch. »Was war das überhaupt für eine Geschichte eben, wie du an die Pistole gekommen bist, von wegen du hast sie genommen und hattest Panik und wolltest raus aus der Wohnung? Was ist da passiert?«

Sie schulterte wieder den Rucksack. »Ist doch egal jetzt. Du hast sie, ich hab sie nicht mehr.« Das war ja klar, dass da noch was kommt, dachte sie, während sie vorausstapfte. Wie hatte sie nur so blöd sein können, das zu erzählen.

Er folgte ihr. »Diese Geschichte, dass du auf einer Sprachreise nach Korsika unterwegs bist, das war doch gelogen, oder? Wer bist du wirklich? Wohin willst du? Und warum hattest du die Waffe dabei?«

Als sie ihm keine Antwort gab, erklärte er: »Ich kann dich auch verhaften und aufs nächstbeste Revier bringen. Da wirst du dann notgedrungen auspacken müssen.«

»Dann packe ich aus wegen der Million.«

»Viel Spaß. Bargeld dabeizuhaben ist nicht kriminell.«

Sie beschleunigte ihre Schritte. »Oder ich lauf dir einfach weg. Ach was, wozu der Stress, ich gehe einfach ganz normal, mit deinem Hinkebein hast du sowieso keine Chance mitzuhalten.«

»Vorsicht, ich habe jetzt die Waffe.«

»Als ob«, rief sie über die Schulter. »Außerdem ist es dunkel, und du triffst sowieso nicht.«

»Du bist eine elendige kleine Kröte, weißt du das?«

Alex musste grinsen, dann blieb sie stehen, horchte und legte den Zeigefinger an den Mund. »Psst, hör mal!«, flüsterte sie, als Matthias neben ihr war. »Da kommt wer!«

Zweige knackten, zuerst weiter entfernt, dann immer näher. Dann hörten sie ein Hecheln.

»Eddie!«, rief Matthias neben ihr aufgeregt. »Eddie, hier!« Ein dunkles Bellen antwortete ihm, dann kam eine leicht zittrige, männliche Stimme aus dem Dunkel: »Matjes, bist du das?«

23

Alle waren heilfroh, am Wohnwagen anzukommen. Nachdem Matjes die Gasheizung angestellt hatte, war er innerhalb von zehn Minuten mollig warm. Matjes holte eine Powerbank aus dem Küchenschrank und schloss sein Handy zum Aufladen an, dann holte er eine Dose Hundefutter heraus. Sie sahen zu, wie Eddie die weiche braune Masse, laut Dosenbanderole *Hühnchen mit Topinambur und Erbsen*, gierig verschlang.

Alex hielt sich die Nase zu. »Boa, ist das widerlich.«

Wenigstens kann der Hund sich tüchtig den Bauch vollschlagen, dachte Jakob neidisch. Er sah Matthias an. »Abendessen wäre für uns auch nicht schlecht. Haben wir eigentlich irgendwo noch etwas für uns außer Instantkaffee?« Er schaute in den Kühlschrank. Gähnende Leere bis auf eine Flasche Schnaps.

Matthias gab Eddie zu trinken, dann klappte er einen der Hängeschränke auf, holte zwei Packungen Tütensuppe heraus und legte sie auf den Tisch. »Ich dachte ja, wir übernachten auf dem Campingplatz und kaufen dort ein«, verteidigte er sich.

»Besser als nichts«, sagte Jakob und schielte auf das Haltbarkeitsdatum. Zum Glück erst seit zwei Monaten abgelaufen. Er hatte Schlimmeres erwartet.

»Hühner-Nudelsuppe«, stellte Alex enttäuscht fest. »Kann ich nicht essen, bin Vegetarierin.«

»Da ist doch nie im Leben Huhn drin«, sagte Matthias. »Höchstens eins vorbeigetragen worden, als die Suppe gemacht wurde.«

»Doch. Hühnerfett ist drin, steht hier.«

»Mehr für uns«, sagte Matthias schulterzuckend.

Alex wandte sich an Jakob und streckte die Hand aus. »Gib mal dein Handy. Ich bestell uns Pizza, ja?« Ihre Augen leuchteten plötzlich wie bei einer Sechsjährigen, die Aussicht auf ein Eis hat.

»Hier, auf die Autobahn?« Jakob sah sie zweifelnd an.

Sie zuckte die Schultern. »Warum nicht. Ich schaue über Google Maps, wie unser Parkplatz heißt, dann rufe ich eine Pizzeria in der Nähe mit Lieferservice an.«

»Unsinn«, sagte Matthias, »wir fahren einfach in den nächsten Ort. Hätten wir auch gleich draufkommen können, wir sind hier ja nicht festgenagelt.« Er wandte sich an Jakob. »Du musst allerdings fahren, ich kann nicht mit dem verletzten Bein.«

»Geht nicht.« Jakob schüttelte bedauernd den Kopf. »Bin doch nachts nicht fahrtüchtig.«

»Ich kann fahren«, bot Alex an.

»Auf gar keinen Fall«, sagte Matthias, während er systematisch noch einmal alle Schränke nach Lebensmitteln absuchte.

»Ich hab den Führerschein, ehrlich.«

Matthias klappte enttäuscht den letzten Hängeschrank zu. »Dann ruf meinetwegen den Lieferdienst. Ist nur die Frage, ob die auf einen dunklen, einsamen Parkplatz kommen.«

In den folgenden zehn Minuten gab es eine Neuauflage der charmanten Alex, die versuchte, eine Pizzeria nach der anderen zur Lieferung auf den Parkplatz zu bewegen. Nach dem vierten erfolglosen Anruf gab sie Jakob frustriert das Handy zurück. »Verdammt! Was für Schisser.«

»Nun denn.« Matthias ging zur Küchennische, ließ Wasser in einen Topf laufen, zündete den Gasherd an, riss die Tüten auf und ließ das Pulver-Nudel-Gemisch in den Topf rieseln. »Gleich gibt's Essen, deckt schon mal den Tisch.«

Jakob öffnete den Geschirrschrank und sah Alex an. »Also zwei Teller oder drei?«

»Drei«, sagte Alex missmutig. »Mache ich heute eben meinen Cheat-Day. Eine Schande, ihn so zu vergeuden.«

Die Suppe schmeckte köstlich, und Matthias teilte sie gerecht auf. Jeder bekam drei Teller, mit gleich viel Einlage. Die letzte Portion mit extra vielen Nudeln füllte er auf Alex' Teller. Sie protestierte schwach, doch er grummelte nur: »Wat mutt, dat mutt, Sprotte. Du hast am wenigsten auf den Rippen.«

»Das Kind ist noch im Wachstum«, ergänzte Jakob gutmütig. Matthias griff unter den Tisch, holte eine Flasche Whisky hervor und zwinkerte Jakob zu. »Dafür kriegt das Kind keinen Nachtisch!«

Es wurde ein fröhlicher Abend. Matthias nötigte alle zum Pokern, und wider Erwarten hatte auch Jakob, der in seinem Leben noch nie gepokert hatte, Spaß daran. Sie nahmen ein paar Scheine aus der Tüte als Spielgeld, und Matthias erwies sich als Meister des Pokerface und hatte im Nu mehr als dreihunderttausend Euro gewonnen, während Alex und Jakob fast pleite waren.

Jakob war, während er mit den Geldscheinen hantierte, überglücklich, dass das Geld seines Sohnes wieder aufgetaucht war. Was für eine Erleichterung. Er hätte nicht gewusst, wie er es Lukas hätte beibringen können, wieder versagt zu haben.

Einmal, früher, da hatte er zufällig mitgehört, wie Lukas, der damals noch zu Hause wohnte, am Telefon sagte: »Ja, mein Vater ist okay. Aber alles, was mit Geld zu tun hat, das verkackt er total.« Diesmal würde er ihm beweisen, dass das nicht stimmte.

Jakob mischte die Karten neu und sah dabei, wie Alex die Scheine von der Mitte des Tisches einsammelte. Ausnahmsweise hatte sie eine Runde gewonnen, ihre Wangen glühten. Er gönnte ihr diesen Triumph. Sie wirkte so jung und so unschuldig in ihrer Freude. Veronika und er hatten sich nach Lukas' Geburt so sehr ein Geschwisterchen für ihn gewünscht, am liebsten ein Mädchen, aber dann hatte Veronika eine Fehlgeburt erlitten und eine weitere Schwangerschaft war nicht mehr möglich gewesen. Es war ein Mädchen. So könnte sie heute aussehen, dachte er jetzt, während er neu austeilte. So lebhaft, so bezaubernd und hübsch. Sein Blick blieb an ihrem linken Unterarm hängen. Was war das für ein blauer Fleck an der Innenseite ihres Arms? Eine Tätowierung! Na, so was hätten sie ihr natürlich ausgeredet. Alex bemerkte seinen Blick, zog die Augenbrauen hoch, und er konzentrierte sich schnell wieder aufs Austeilen und rief sich ins Gedächtnis, dass sie ihn übelst beklaut hatte und wohl nur die gemütliche Wohnwagenwärme, das Kartenspiel und der Whisky ihn das hatten vergessen lassen.

Eine beunruhigende Frage siegte über das wohlige, leicht beschwipste Grundgefühl, einen heiteren Spiele-Abend in netter Runde zu verbringen: Was, wenn sich der Diebstahl wiederholte? Wenn Matthias und er morgen früh verkatert aufwachten und das Mädchen wäre wieder auf und davon mit der Million, diesmal aber wirklich über alle Berge? Wie könnte er das verhindern? Er beschloss, wachsam zu bleiben und nur noch maßvoll zu trinken. Morgen würden sie das Mädchen in der nächsten Stadt absetzen, und die Gefahr wäre vorüber. Als Matthias kurze Zeit später zur Whiskyflasche griff, kam Jakob ein ebenso einfacher wie genialer Gedanke, wie er einen erneuten Diebstahl verhindern konnte. Natürlich, Alkohol war die Lösung! Weniger Alkohol für sich, mehr Alkohol für das

Mädchen … War es verwerflich, ein junges Mädchen betrunken zu machen? Sie ist volljährig, sagte er sich und schämte sich trotzdem ein bisschen. Außerdem zwingt sie ja keiner, rechtfertigte er sich in Gedanken, während er Alex gönnerhaft zulächelte und ihr einen Whisky einschenkte. Wieder meldete sich sein Gewissen. Wie schäbig. Ein alter Mann, der ein junges Mädchen betrunken macht. Schnell wischte er den Gedanken beiseite und dachte an die Million. Hätte er sich doch nie darauf eingelassen. Aber jetzt musste er da durch.

24

Alex war froh, nicht mehr allein zu sein. Auch wenn es nur für eine Nacht war, es tat gut, sich aufzuwärmen. Die Suppe hatte wunderbar den Magen beruhigt, und sie hatte seit ewigen Zeiten nicht mehr Karten gespielt, genauer gesagt seit sie vor etwas über einem Jahr aufgehört hatte, zur Schule zu gehen. Sie konnte gut pokern, sie hatten es in der elften Klasse immer in den Freistunden gemacht, aber Matjes war mit allen Wassern gewaschen, so etwas hatte sie noch nicht erlebt, er steckte sie beide in die Tasche und gewann fast jede Runde. Oder spielte er falsch? Waren die Karten gezinkt? Hatte er sich etwa die eine oder andere Karte in den Ärmel gesteckt? Aber er gewann ja nicht nur, wenn er ein gutes Blatt hatte, nein, es gelang ihm auch mühelos, sie zu täuschen, wenn er miese Karten hatte. Und er wusste immer, wann es besser war auszusteigen. Und das bei seinem Alkoholkonsum.

Ihr hatten sie nur ein Glas gegönnt, mehr nicht, den Rest der Flasche tranken die beiden allein. Typisch Männer. Bei der Tütensuppe waren sie großzügig, aber beim Whisky hörte es auf. Sie bemerkte, dass Jakob sie beim Sortieren seiner Karten zwischendurch immer wieder anschaute. Überlegte er, was für ein Blatt sie hatte, oder warum starrte er so? Das konnte einen nervös machen. Oder gehörte er zu diesen alten Böcken, die sich an Mädchen in ihrem Alter heranmachten? Nein, sofort schob sie den Gedanken weit von sich. So einer war er nicht.

Dieser Blick war auch nicht lüstern. Es war ein Opa-Blick. So schauten Opas ihre Enkel an, wenn sie mit ihnen im Zoo waren.

Wahrscheinlich erinnerte sie ihn an seine Enkelkinder. Dieser Jakob war wirklich harmlos wie Piksieben. Sie musste grinsen. Na ja, korrigierte sie sich, wie Piksieben mit einer Million Schwarzgeld im Gepäck. Sie nahm ihr Blatt, sortierte die Karten und schaute dann wieder auf. Jakob lächelte ihr jetzt zu, nahm ihr Wasserglas, kippte den Rest Wasser in die Spüle und schenkte Whisky hinein. »Du bist wirklich schon achtzehn, nicht wahr?« Sie nickte. »Dann nimm ruhig. Du warst lange in der Kälte. Der wärmt von innen, und einer schadet ja nicht.« »Bist du verrückt?«, mischte Matjes sich ein. »Außerdem, das ist mindestens ein Dreifacher!«

Alex roch genießerisch an dem Glas und probierte einen Schluck. »Er ist wirklich nicht übel«, sagte sie dann, das Glas sanft in der Hand schwenkend. »Jedenfalls für einen blended.« Sie merkte, dass beide Männer sie verblüfft anschauten.

»Du kennst dich aus mit Whisky?«, fragte Jakob.

Sie nickte. »Ließ sich nicht vermeiden. Mein Vater schwallert einen zu damit. Total nervig, er ist in so einem Club.«

»Club?« Matjes setzte sein Glas ab. »In was für einem Club?«

»Whisky-Club. Die treffen sich immer in irgendwelchen vornehmen Schuppen zu ›Tastings‹. Da sitzen sie dann in ihren Lambswool-Pullis und den Wolljacketts am Kamin, haben Nosing-Kristallgläser in der Hand, diskutieren über Fässer aus amerikanischer Weiß-Eiche und Aromen von Vanille, Karamell und Kokosnuss und kommen sich elitär vor.«

»Was macht dein Vater eigentlich beruflich?«, fragte Matjes, und an der Art, wie er fragte, wusste sie, dass Alkohol in Matjes' Vorstellung von ihrem Vater durchaus eine Rolle gespielt hatte. Allerdings Bier, aus der Flasche, vor der Glotze.

»Rate.«

»Keine Ahnung. Lehrer?«

»Bingo.« Sie applaudierte. »*Eugepae, macte virtute!* Latein und Englisch. Ein Lateinlehrer als Vater ist echt das Letzte. Immer ein launiger Spruch von vor dreißigtausend Jahren auf den Lippen. *Ne discere cessa! Noli turbare! Per aspera ad astra! Docendo discimus!*«

»Ein Mann mit klassischer Bildung«, sagte Jakob anerkennend und schenkte allen nach: »*Ergo bibamus!*«

»Scheiß auf klassische Bildung«, sagte Alex und trank. »Wir hatten keine Glotze, nach dem Abendessen wurde gelesen. Kommt extrem gut in der Schule, wenn du nie mitreden kannst. So gesehen ein Glück, dass meine Eltern sich getrennt haben. Ach ja, und das Schlimmste war, dass er mich gezwungen hat, ein Instrument zu lernen.«

»Aber du spielst doch gern Gitarre, oder nicht?« Jakob schenkte ihr nach, wieder zwei Daumenbreit. »Sonst hättest du sie nicht mitgenommen auf die Reise, oder?«

»Ich meine doch nicht die Gitarre.« Sie lachte auf. »Das Gitarrespielen habe ich mir selbst beigebracht. Gitarre war für ihn kein Instrument, sondern was fürs Lagerfeuer. Für ihn zählten nur die klassischen Orchesterinstrumente. Im Autoradio lief permanent der Klassik-Sender. Ich hab mir eine Gitarre zum zehnten Geburtstag gewünscht, und was hab ich gekriegt? Ein Fagott. Das absurdeste Instrument der Welt. Aus pädagogischen Gründen solle ich Fagott lernen, meinte er. Pädagogische Gründe, sein Totschlagargument. Ich kann euch sagen, welche pädagogischen Gründe das waren: Im Schulorchester fehlte nämlich ein Fagott. Komisch, warum nur.« Sie griff zum Glas und leerte es in einem Zug. »Fagottspieler haben statistisch die niedrigste Lebenserwartung von allen Orchestermusikern, wusstet ihr das?« Sie hatte zu schnell getrunken und musste husten.

Jakob beugte sich über den Tisch und klopfte ihr sanft auf den Rücken. »Wie wäre es, wenn du uns etwas auf der Gitarre vorspielst?«

»Ich glaub, das geht nicht mehr.« Sie deutete auf den Whisky. »Das Zeug haut rein, das geht auf die Koordi…« Sie beugte sich vor, um nach der Flasche zu greifen. »Lieber noch einen Schluck trinken.«

Matjes rückte die Flasche schnell etwas weiter weg. »Du hast genug.«

»Sagt wer!« Alex kämpfte mit einem Schluckauf. »Kommt schon, ihr habt fast die ganze Flasche allein getrunken. Gut, Gitarrespielen geht nicht mehr, aber dafür reicht bei mir schon eine Schnapspraline. Ich bin kein bisschen betrunken, echt jetzt. Totale Gleichgewichtskontrolle. Gebt mir ein Seil, und ich tanze drauf. Also ich könnte, wenn ich wollte.«

25

Jakob sah, dass Matjes das Pausenzeichen machte. Oha, dachte er alarmiert. Jetzt ist er wirklich fest entschlossen, dem Mädchen keinen Alkohol mehr zu geben.

»Du bist Seiltänzerin?«, fragte er, um Zeit zu gewinnen. Alex brauchte unbedingt noch ein, zwei Gläser, um von der potenziellen Diebin zur handlungsunfähigen Träumerin zu werden.

Als er zu ihr sah, gestikulierte sie wild mit den Armen. »Also … wenn ich Seiltänzerin wäre, dann kein Problem. Ich will nur sagen, ich könnte. Also wenn ich könnte … Mir ist nicht schwindelig, schenk mir ruhig noch einen ein. Außerdem habe ich noch Hunger. Alkohol macht auch satt.«

Jakob nickte. »Sie hat recht. Alkohol ist äußerst nahrhaft.«

»Nahrhaft«, wiederholte Matjes kopfschüttelnd.

»Das stimmt, Alkohol hat massenweise Kalorien«, beharrte Alex. »Hat mein Vater auch immer gesagt … Und der muss es wissen.«

»Der ist schließlich Lehrer«, warf Matjes ironisch ein.

Alex schüttelte schwer den Kopf. »Nein, nicht deshalb. Der Whisky-Club, schon vergessen? Alkohol ist sein Hobby. Aber mein Vater besäuft sich nicht nur wie andere Alkoholiker, er schwenkt dabei sein Glas und hält dir Vorträge darüber.«

»Was auch immer.« Matjes hielt die Flasche fest. »Du hattest genug, nachher kotzt du mir noch aufs Bett.«

Jakob sah ihn an und wusste, es hatte keinen Zweck. Das ›Halleluja!‹ von Händel erscholl schon wieder aus seiner Jackett-Tasche. Jakob sah auf den Namen und drückte den Anruf weg. Alex teilte inzwischen mit beleidigtem Gesicht die Karten aus.

Jakob schaute auf sein Blatt. Eine Kreuzsieben, eine Karodame, eine Herzacht. Das würde wieder nichts. Aber ihm kamen zwei Ideen, die ihn leise lächeln ließen und die anderen praktischerweise zu der Annahme verführten, er habe ein richtig gutes Blatt vor sich. Erstens, Matjes würde nur noch zwei, drei Gläser brauchen, dann wäre der weitere Alkoholkonsum des Mädchens nichts mehr, worüber er sich noch aufregen würde. Zweitens, es gab noch eine volle Flasche Jenever im Kühlschrank.

»War das wieder dein Sohn am Telefon?«, fragte Matjes. Jakob nickte. »Langsam nervt er.« Er deutete auf den Fernsehbildschirm, der an der Wand angeschraubt war. »Sag mal, funktioniert der eigentlich?«

»Na klar. Nur kein Empfang, aber wir könnten einen Film schauen.«

»Vortreffliche Idee«, sagte Jakob. »Ich hätte Lust auf einen Bud-Spencer-Film, hast du einen hier?« Jakob wusste, dass Matjes diese Filme liebte.

Matjes' Gesicht hellte sich auf, er legte sofort die Karten weg, öffnete einen Klappschrank über seinem Sitz. Eine ganze Ladung DVDs polterte auf den Tisch. Erfreut zog Matjes ›Vier Fäuste für ein Halleluja‹ heraus. »Den habe ich ewig nicht geschaut, wollen wir?«

»Unbedingt!« Jakob griff nach dem Whisky und zwinkerte Alex verschwörerisch zu. »Dazu ein Trinkspiel?«, schlug er vor.

Matjes sah ihn überrascht an. »Trinkspiel?«

Jakob deutete auf Alex. »Wir haben die Jugend an Bord, wir sollten uns anpassen. Ihr macht doch so was, nicht wahr? Das weiß ich von meinen Enkelkindern.«

Alex rollte genervt mit den Augen.

»Also, bei jedem Hau-den-Lukas und jeder Doppelbackpfeife wird getrunken«, erklärte Jakob, während er Matjes reichlich einschenkte und für sich selbst nur den Boden bedeckte.

»Also gut«, sagte Alex und schob ihr Glas ebenfalls zur Tischmitte.

»Du nicht«, sagte Matjes bestimmt und schob ihr Glas wieder weg. Jakob und Alex protestierten gemeinsam, doch Matjes blieb hart. »Du kannst den Film mitgucken, der ist auch ohne Alkohol lustig.«

»Definitiv nur mit Alkohol«, murmelte Alex, als die erste Viertelstunde des Films vorbei war und die Männer sich bereits fünfmal zugeprostet hatten.

Jakob stieß seinen Freund an. »Was meinst du, sollen wir sie nicht doch mitmachen lassen? Wenigstens ein bisschen? Bevor es nichts mehr gibt?«

Matjes schaute auf die fast leere Whiskyflasche. »Na gut.«

Als Jakob wenig später die Whiskyflasche durch die volle Jeneverflasche aus dem Kühlschrank ersetzte, bemerkte Matjes den Unterschied schon nicht mehr.

26

Als Tilda aufwachte, war es schon hell im Zimmer. Stephanie stand neben ihrem Bett, sie hielt ein Tablett in den Händen, es duftete nach Kaffee.

»Guten Morgen, liebe Tilda, du bist ja ein richtiges Murmeltier heute!« Stephanie stellte das Tablett ab, zog sich den Schreibtischstuhl ans Bett, setzte sich und lächelte liebevoll. »Es ist schon halb neun. Antonius hat ein paarmal bei dir angerufen. Als du nicht drangingst, haben wir uns doch Sorgen gemacht. Ich hab gerade Brötchen geholt und dachte, ich fahre mal vorbei, verwöhn dich mit einem Frühstück am Bett und schaue, wie es dir geht.«

»Wie lieb von dir!« Tilda setzte sich im Bett auf und griff nach der Tasse, die Stephanie ihr hinhielt. »Hab mich selten besser gefühlt.« Sie schloss die Augen und schnupperte an der Tasse.

»Wirklich?«, fragte Stephanie besorgt.

»Warum fragst du?«

»Weil du die Augen zumachst und so komisch guckst.«

»Liebes, ich will nur riechen, was das für ein Kaffee ist. Und wenn ich irgendwie komisch gucke, ist das, weil man sich dabei konzentrieren muss.« Sie schnupperte wieder am Kaffee, diesmal mit geöffneten Augen.

»Wie?«

Tilda sah Stephanie lächelnd an. »Bevor ich den ersten

Schluck nehme, will ich erschnuppern, was das für ein Kaffee ist. Durch Papier gefiltert, Instant oder durchs Sieb gedrückt? Die Bohnen vorher frisch gemahlen? Arabica oder Robusta?«

»Er ist aus deiner Kaffeemaschine.«

»Ja, aber ich wollte es selbst vorher riechen. Wenn man sich konzentriert, kann man das, weißt du. Habe ich gestern gelernt. Außerdem erhöht es den Genuss des ersten Schlucks, wenn man vorher dran schnuppert.«

»Okaaay.« Stephanie nahm Tilda die Tasse ab und roch selbst daran. »Riecht nach Kaffee.«

»Man muss sich ein bisschen einschnuppern, aber dann kann man auch die Kaffeesorte erkennen, ob es Robusta oder Arabica ist. Heutzutage nimmt der Anbau von Arabica den größten Teil des weltweiten Kaffeeanbaus ein, während Robusta nur etwa dreißig bis vierzig Prozent ausmacht.«

»Aha.«

»Länder wie Brasilien, Kolumbien und Äthiopien sind heute für ihre Arabica-Kaffees bekannt. Robusta wird vor allem in Ländern wie Vietnam, Indien und Indonesien produziert. Natürlich gibt es auch Mischungen.«

Stephanie streckte den Arm aus und fühlte an Tildas Stirn. »Hast du eigentlich noch Fieber? Antonius sagt, du warst gestern nicht gut beieinander.«

»Mir geht's prima.« Tilda wischte Stephanies Hand beiseite. »Weißt du, die Arabica-Pflanze wurde bereits im siebten Jahrhundert in Äthiopien entdeckt, Robusta erst viele Jahrhunderte später in Uganda. Allerdings wissen wir mittlerweile, dass Arabica-Pflanzen erst zehntausend Jahre alt sind, während Robusta viel älter ist, man schätzt hunderttausend Jahre.« Dann stutzte sie. »Was meinst du mit Fieber? Ich bin nicht krank. Ich habe nur so lange geschlafen, weil ich die halbe

Nacht Tagebuch geschrieben habe. Es ist so viel passiert gestern, das wollte ich festhalten.«

Sie deutete auf den Schreibtisch, doch dort lag das Tagebuch nicht mehr. Sie musste es nachts noch weggeschlossen haben.

Stephanie sah sie irritiert an. »So viel passiert?«, wiederholte sie fragend und runzelte die Stirn. Schlagartig fiel Tilda ein, dass Antonius sie gebeten hatte, seiner Frau gegenüber den »Raststätten-Vorfall« unerwähnt zu lassen. Es war Tilda nur recht, so war ihr Gedächtnis-Ausfall gestern ein bisschen weniger in der Welt. Auch wenn sie Stephanie liebend gern von Jakob erzählt hätte. »Na, im Fernsehen«, erklärte Tilda. Stephanie nickte verstehend, dann drückte sie ihr einen Kuss auf die Wange. »Ja, ich muss dann mal wieder. Die Familie wartet aufs Frühstück. Wenn du was brauchst, melde dich, ja?«

Als Stephanie gegangen war, trank Tilda mit geschlossenen Augen genüsslich den ersten Schluck Kaffee, dann nahm sie das Croissant und tunkte es mit der Spitze hinein. Croissant und Milchkaffee zum Frühstück, Stephanie war ein Schatz. Fast wie die Tochter, die sie nie hatte. Stephanie wusste immer, wie sie ihr eine Freude machen konnte, was daran lag, dass sie gut zuhörte.

Vom Lieblingsfrühstück ihrer Mutter hatte Tilda ihr neulich erst erzählt. Die Mutter hatte sich damals in der Zeit in Paris, in den eleganten Straßencafés des Quartier Latin, das Bestellen von Croissant-et-Café-au-lait angewöhnt, und Tilda hatte als kleines Mädchen ehrfürchtig zugeschaut, wie sie das Croissant in den Milchkaffee stippte. Niemand konnte etwas, das eigentlich so bodenständig und fast schon bäuerlich war, mit so viel lässiger Eleganz tun wie ihre Mutter, deren weiße Handschuhe immer weiß blieben. Natürlich hatte die kleine Tilda, deren kurze Beinchen auf dem Bistrostuhl in der Luft baumelten, noch keinen eigenen Kaffee bekommen, sondern nur eine geschäumte Milch, aber ab und zu hatte sie ihr Croissant in den Milchkaffee der Mutter stippen dürfen. Und wie erwachsen und mondän hatte sie sich gefühlt, mit vierzehn, als sie zum ersten Mal einen Café au lait und ein Croissant für sich selbst bestellen durfte.

Nachdem sie ihren Kaffee getrunken hatte, stand Tilda auf und öffnete die Geheimschublade ihres Schreibtischs. Vielleicht hatte sie es ja doch eingeschlossen, und sie wollte so gerne noch einmal durchlesen, was sie in der Nacht geschrieben hatte. Doch das neu begonnene Tagebuch war nicht dort. Nur die drei alten vom Dachboden. Seltsam. Aber sie war am Schluss auch hundemüde gewesen, zwischendurch schon am Schreibtisch eingenickt. Vielleicht hatte sie das Tagebuch wieder ins Regal gestellt, wo sie ihre leeren Kladden aufbewahrt hatte? Sie ging zum Bücherregal und war erleichtert, es dort zu finden. Lächelnd nahm sie es und schlug es auf. Dann wurde ihr plötzlich schwindelig, und die Seiten verschwammen vor ihren Augen. Sie schloss die Augen, öffnete sie wieder, konnte nicht begreifen, was sie da sah. Die Seiten waren leer. Sie musste sich setzen, der Puls hämmerte ihr in den Ohren. Als sie sich etwas beruhigt hatte und wieder klar denken konnte, suchte sie nach dem Telefon – nie lag es dort, wo es liegen sollte – und wählte Antonius' und Stephanies Nummer. Nur der Anrufbeantworter meldete sich. Sie bat dringend um Rückruf, legte wieder auf und starrte aus dem Fenster. Hatte sie das mit dem Tagebuchschreiben nur geträumt? Nein, das war unmöglich. Sie wusste noch jedes Wort, das sie bis spät in die Nacht notiert hatte. Und dass sie anschließend davon geträumt hatte, war nur ein Ergebnis des Tagebuchschreibens gewesen, nicht andersherum. Sie wünschte, sie hätte Jakob nach seiner Telefonnummer gefragt. Sie hätte sich bei ihm melden und seine Stimme hören, noch einmal mit ihrem Retter über diesen verrückten Tag reden können. Sie würde einen Vorwand gefunden haben, ihn anzurufen. Ach, was brauchte es einen Vorwand. Sie hätte ihn einfach zu einer richtig guten Tasse Kaffee eingeladen, so, wie er sie am liebsten mochte, per Hand gefiltert. Ob es auf dem Speicher noch den alten Kaffeefilter gab, aus Porzellan?

Sie beschloss nachzusehen. Als sie die knarzende Speichertür öffnete, hörte sie die Hausklingel und kurz darauf, wie unten aufgeschlossen wurde.

»Tilda? Bist du da oben?« Es war Antonius' Stimme.

»Auf dem Dachboden!«, rief sie ihm erleichtert zu. Gleich würde sich alles aufklären.

»Was zur Hölle machst du denn da oben?« Antonius' Kopf tauchte in der Luke auf.

»Ich habe einen Kaffeefilter gesucht«, sagte sie und hielt den Filter triumphierend in die Höhe. »Und sogar gefunden. Ich wusste genau, wo er war!«

»Das ist ja schön.« Er wartete, bis sie bei ihm war, stieg vor ihr die steile Treppe hinab und passte auf, dass sie nicht fiel.

Sie folgte ihm in ihre Kammer, stellte den Kaffeefilter stolz auf dem Nachttisch ab. »Herr Hüfner benutzt immer solche Filter. Ich will es auch mal wieder ausprobieren.«

»Wer?« Antonius starrte sie alarmiert an.

»Gestern, der Herr aus dem Wohnwagen, sein Name ist Jakob Hüfner.«

Antonius verdrehte die Augen, dann begann er, nervös im Zimmer auf und ab zu gehen. »Tilda, wir müssen reden.«

»Hast du den Anrufbeantworter abgehört?«

Er nickte, blieb vor ihr stehen und sah sie traurig an. »Deshalb bin ich gleich gekommen.«

»Es passieren merkwürdige Dinge, die ich mir nicht erklären kann. Wahrscheinlich war ein Einbrecher im Haus.«

Antonius ging vor ihr in die Hocke und griff nach ihrer Hand. »Nein.«

»Ich habe gestern ein neues Tagebuch angefangen, und heute Morgen ist es weg.«

Antonius sah mit gequältem Gesichtsausdruck an ihr vorbei. »Das bildest du dir nur ein. Oder du hast es geträumt.«

»Das bilde ich mir nicht ein!«, rief sie empört und entzog ihm ihre Hand. »Ich bin ganz sicher. Die halbe Nacht habe ich am Schreibtisch gesessen und geschrieben. Dann bin ich ins Bett gegangen, das Tagebuch habe ich auf dem Schreibtisch liegen gelassen, aber da war es nicht mehr.«

»Und da bist du dir sicher.«

»Natürlich bin ich mir da sicher«, sagte Tilda.

Er machte jetzt ein Gesicht, als hätte er Magenschmerzen. »Aber wer soll es denn weggenommen haben?«

»Was weiß ich, ein Einbrecher? Vielleicht fehlt ja noch mehr.«

Antonius sah sich im Zimmer um. »Also hier sieht es aus wie immer. Und unten ist mir auch nichts aufgefallen.«

»Hast du denn genau geschaut?«, fragte Tilda.

Antonius schüttelte resigniert den Kopf und ging zum Bücherregal. »Du hoffst tatsächlich, ein Einbrecher hätte auf der Suche nach lohnenswerter Beute das halbe Haus verwüstet, nur um eine Erklärung zu haben, warum du es nicht mehr wiederfindest?«

»Ich spreche nicht von halb verwüstet! Und Dinge verschwinden nicht einfach«, beharrte Tilda. »Ich mag mich nicht immer an alles erinnern, aber ich weiß, dass das Tagebuch gestern Nacht noch auf dem Schreibtisch dort lag. Es kann sich doch nicht einfach in Luft auflösen, n'est-ce pas?«

Antonius sah sich noch einmal im Zimmer um. »Vielleicht hast du es irgendwo anders hingelegt.« Er warf ihr einen Blick zu, zögerte, dann setzte er leise hinzu: »Das passiert doch jedem mal, Tilda.«

»Ich war gestern Nacht nirgendwo anders mehr, nur in diesem Zimmer. Es wurde geklaut.«

Antonius zog die Augenbrauen hoch und suchte weiter im Bücherregal. »Na bitte!«, rief er erfreut und zog ein Buch heraus. »*Das verschwundene Tagebuch*«, las er den Titel vor. Er lächelte ihr begütigend zu. »Sag ich doch, es gibt für alles eine Erklärung … Liebe Tilda, kann es sein, dass du gestern Nacht hier drin gelesen hast oder der Titel dir irgendwie ins Auge gestochen ist, und der Rest war ein Traum? Ich habe das auch manchmal, gerade wenn man sehr intensiv geträumt hat, hält man den Traum im ersten Moment nach dem Aufwachen für real.«

»Das ist Unsinn.« Tilda fühlte, wie ihre Augen sich mit Tränen füllten. »Warum glaubst du mir nicht«, sagte sie und schaute zu Boden, damit er nicht sah, dass sie weinte. »Ich habe mir das Tagebuchschreiben genauso wenig eingebildet wie den ganzen verrückten Tag gestern. Und was macht überhaupt dieses Buch in meinem Regal, das gehört mir nicht.«

»Was meinst du mit den ganzen verrückten Tag gestern?«

»Na, als ich auf der Toilette der Raststätte aufgewacht bin und nicht wusste, wie ich da hingekommen bin. Und du und Frau Behrens mich im Wohnwagen gefunden habt.«

Sie fühlte, wie er behutsam den Arm um ihre Schultern legte. »Du hast oft wilde Träume in letzter Zeit.«

Er holte eine Tablettenschachtel aus der Tasche seines Jacketts, drückte eine Tablette heraus und gab sie ihr. »Hier, nimm die, und dann schlaf noch ein wenig. Und wenn du wieder aufwachst, wirst du sehen, dass alles wieder in Ordnung ist. Träume sind Schäume.«

»Was ist das?«, sagte Tilda und blickte auf die Tablette in ihrer Hand.

»Was Pflanzliches, aus der Apotheke, für deine grauen Zellen. Frau Behrens sagt, ihre Oma nimmt die auch. Nimm sie regelmäßig, und du wirst sehen, dass das mit dem Verlegen von Dingen auch aufhört.«

Tilda nickte langsam. »Holst du mir ein Glas Wasser, bitte?«

»Natürlich, bin gleich wieder da.« Antonius ging ins Bad, das nebenan lag, und Tilda hörte das Rauschen des Wasserhahns. »Nein, bitte kein Leitungswasser!«, rief sie in den Flur. »Das schmeckt wie eingeschlafene Füße. Unten in der Küche steht der Sprudel, bist du so lieb?«

Antonius gab keine Antwort, aber sie hörte seine Schritte auf der Treppe. Von unten erklang ein knallendes Geräusch, dann ein lautes Fluchen von Antonius. Tilda ahnte, was passiert war. Er war mit Lydia zusammengestoßen. Wenn Tilda nicht unten war, schaltete sie sich in den Ruhemodus, parkte gleich hinter der Tür und konnte nicht ausweichen. Eigentlich hätte Antonius das wissen müssen.

Was Lydia anging, teilten sich die Geister. Die Kinder fanden, dass sie unübertrefflich als Spielzeug war, sie selbst fand Lydia faszinierend, oft nervtötend, meist entbehrlich, und normalerweise befand sie sich im Ruhemodus. Am liebsten hätte Tilda Lydias Akku entfernt, um sie ganz in den Zustand eines Möbelstücks zu versetzen, aber das ging nicht, er war fest eingebaut, und es dauerte drei Wochen, bis der Akku leer war. Antonius sorgte immer rechtzeitig dafür, ihn aufzuladen.

»Darf ich vorstellen: Lydia, ab sofort deine Gesellschafterin und stets zu Diensten«, hatte er gesagt, als er sie vor etwa einem halben Jahr angeschleppt hatte. »Ein Pioniermodell, du kannst dich glücklich schätzen, zu den Ersten zu gehören, die in den Genuss ihrer Gesellschaft kommen.«

Tilda hatte lachen müssen, als die 1,30 m große Lydia vor ihr stand, mit großen Kulleraugen, und eine weibliche, wohlklingend dunkle Stimme dazu sagte: »Guten Tag, ich bin Lydia. Es freut mich, dich kennenzulernen.«

Zum Glück hatte man nicht versucht, ihr ein allzu menschliches Aussehen zu geben, das wäre gruselig gewesen. Lydia konnte sich mithilfe von Bewegungssensoren und einer eingescannten Karte im Erdgeschoss des Hauses bewegen, ähnlich einem Saugroboter. Man konnte sich mit ihr unterhalten. Sie stellte auch Fragen.

Darin, dachte Tilda, war sie wie eine besonders gelehrige Schülerin. »Hast du deine Medikamente genommen?« Manchmal zehn Mal hintereinander. Wenn Lydia das fragte, erinnerte sie Tilda allerdings weniger an eine Schülerin als an sich selbst, als Lehrerin: »Wer hat seine Hausaufgaben nicht gemacht?«

Lydia war, auch darin unterschied sie sich von vielen Menschen, lernfähig, besonders was die Optimierung der Kommunikation betraf. In mancher Hinsicht ging sie mehr auf Tilda, auf ihre Wünsche, ihre Gedanken und Bedürfnisse ein, als es ihr Mann je getan hatte.

Lydia hatte inzwischen auch ein hervorragendes Gespür für ihre Stimmungen. Sie zeigte oft zuvor eingescannte Fotos aus den Urlaubs-Alben von früher, oder sie spielte Musik. Eine Riege von Software-Programmierern, Ärzten und Psychologen hatte ganze Arbeit geleistet, Lydias Kommunikationstalent so auszufeilen.

Oft erzählte Lydia, wenn sie Tilda aufheitern wollte, einen Witz. Zu Anfang hatte sie allerdings nur zwanzig Witze auf Lager, aber sie merkte sich Witze, die Tilda ihr wiederum erzählte. Man konnte sicher sein, dass man sie ein, zwei Tage später von ihr hören würde, mit ihrer schönen, einschmeichelnden Stimme. Lydia wusste, dass sie einen Witz erzählt hatte, sie lachte danach. Aber es war ein immer gleiches Lachen, Lydia unterschied nicht nach guten, sehr guten und lahmen Witzen. Es gab kein höfliches Lachen, kein Grinsen, kein Kichern, kein atemloses Prusten und Quietschen, sondern nur das eine Lydia-Lachen.

Tilda lachte mit, zunächst aus Höflichkeit (ja, manchmal tappte sie in die Falle, und warum sollte man seine guten Manieren über Bord werfen, nur weil man mit einem Roboter kommunizierte), aber dann auch, weil sie gemerkt hatte, dass Lydia, wenn sie nicht in das Lachen mit einstimmte, noch einen weiteren Witz erzählte. Sie konnte ihr zwar befehlen, damit aufzuhören, aber nach spätestens einer halben Stunde würde Lydia wieder damit anfangen, so lange, bis ihr erlösendes Lachen kam.

Inzwischen erzählte Tilda Lydia keine Witze mehr, sondern bat ab und zu die Kinder darum, um mal einen neuen zu hören. Die Kinder liebten es, Lydia mit selbsterfundenen Witzen und Scherzfragen zu füttern. Lydia merkte nicht, dass sie meist keine Pointe hatten, und lachte ihr Lydia-Lachen danach, und Tilda amüsierte sich über Lydia.

Aber man musste schon wirklich nicht mehr alle Tassen im Schrank haben, um zu vergessen, was Lydia war: nichts weiter als ein Computer, wenn auch ein guter, der über den Boden rollte, sprechen, nicken, an Dinge erinnern konnte. Lydia konnte einem nicht sanft übers Haar streicheln, wie ihr Mann es jeden Abend vor dem Einschlafen getan hatte. Sie hatte keine beweglichen Arme und auf der Brust einen Touchscreen. Wenn die Linse ihrer großen Kulleraugen ein Bild einfing, das vom Programm als problematisch diagnostiziert wurde, rief Lydia Antonius, Stephanie oder den Arzt an. Oder gleich den Rettungswagen. Antonius und Stephanie sprachen nicht darüber, aber Tilda wusste natürlich, weswegen Lydia bei ihr eingezogen war: Sie war ein Demenzroboter.

27

Matjes schnarchte. Nicht laut, aber nah an Jakobs Ohr. Sie lagen in dem breiteren der beiden Betten. Das Bett an der anderen Seite, getrennt durch eine dünne Schiebewand, hatte das Mädchen. Jakob richtete sich auf und schaute über Matjes' massige Gestalt hinweg auf den Geldrucksack, den er zwischen Wand und Bett in Sicherheit gebracht hatte. Gott sei Dank, er war noch da.

Gegen drei war Matjes sturzbetrunken ins Bett gefallen, er hatte ihn zugedeckt und ihm die Schuhe ausgezogen. Dann hatte er die Sitzecke zum Bett für Alex umgebaut. Sie hatte ihm helfen wollen, war aber selbst so betrunken, dass sie zweimal fast umfiel und schließlich aufgab. Als er fertig war, bedankte sie sich, und er erschrak, als er sah, dass sie weinte.

Wie es schien, wurde jeder Tropfen Jenever jetzt eins zu eins in Tränen umgesetzt, sie rannen nur so ihre Pausbacken herunter, und er hatte versucht, sie zu trösten: »Na, na. Es ist doch alles gut jetzt. Du bist doch zurückgekommen, das Geld ist wieder da. Du brauchst keine Angst zu haben, wir werden dich nicht anzeigen.«

Aber sie hatte nur den Kopf geschüttelt und weitergeweint. »Ich bringe allen nur Unglück«, schluchzte sie. »Ich habe Pech, und ich bringe Pech.« Er hatte geahnt, dass es noch etwas anderes gab, was sie belastete, aber als er fragte, was ihr denn sonst noch das Herz schwer mache, hatte sie den Kopf geschüttelt und sich in ihre Schlafecke des Wohnwagens zurückgezogen.

Er hatte gewartet, bis hinter der Spanholzplatte, die ihr Bett vom übrigen Wohnwagen teilte, das Schluchzen und Schniefen in regelmäßige Atemzüge übergegangen war, dann hatte er das Geld, das sie zum Pokern genommen hatten, zusammen mit dem Geld aus dem Rucksack sorgfältig dreimal durchgezählt und war auf 995 000 Euro gekommen. Jakob schaute auf den Verband unterhalb von Matjes' Knie. Ein Fünfhundert-Euro-Schein schaute zwischen der weißen Mullbinde hervor. Fünftausend Euro als Wundversorgung. Der wahrscheinlich wertvollste Verband der Welt.

Nach dem Frühstück würden sie weiterfahren bis zur nächsten Stadt, das Mädchen dort absetzen und ohne weitere Komplikationen ihre Reise fortsetzen. Eigentlich gehörte sie ja auf die nächste Polizeistation. Jakob lächelte in sich hinein, als er auf seinen schnarchenden Freund schaute. Das war so typisch für ihn. Kein Wunder, dass er diese Bud-Spencer-Filme so liebte. Matjes war genauso. Ein Kerl wie ein Schrank mit einem Herzen aus Gold und einem großen Beschützerinstinkt.

Alex hatte das Blaue vom Himmel gelogen und sie beklaut. Nichts da von wegen Bus in den Sprachurlaub verpasst. Sie war eine Ausreißerin und dreiste Diebin. Aber Matjes hatte es schon richtig erkannt, sie war bei allem, was sie sich geleistet hatte, doch noch ein halbes Kind, und sie brauchte Hilfe. Die würde sie bekommen. Er würde ihr Geld für ein Bahnticket zurück nach Bremen geben.

Jakob seufzte zufrieden und ließ den Kopf wieder auf das Kissen sinken. Es war zwar schon fast neun, aber das Schnarchen von Matjes hatte etwas Beruhigendes. Eigentlich war es ein Abenteuer, dachte er schläfrig. Er schloss die Augen, und die Bilder dieses aufregenden Tages gingen ihm durch den

Kopf: wie er Tilda getroffen hatte und dann später Alex, wie sie gemeinsam gesungen hatten im Stau, wie reizend und voller Esprit Tilda später im Wohnwagen von früher erzählt hatte. Wie er kühn in den Wald gezogen war, Eddie gerettet und dann Matjes und das Mädchen gefunden hatte. Ein Geräusch vom anderen Ende des Wohnwagens weckte ihn wieder. Dort, hinter der dünnen Trennwand, regte sich etwas. Alex war offenbar wach geworden, er hörte, wie sie sich anzog. Dann schob sie die Wand vorsichtig und beinahe geräuschlos beiseite. Er blinzelte und bemerkte, dass Eddie am Fußende ihres Bettes übernachtet hatte, er ließ sein beeindruckendes Gebiss bei einem herzhaften Gähnen sehen und reckte sich dabei wohlig. Schnell schloss Jakob die Augen wieder und gab vor zu schlafen, während das Mädchen sich die Schuhe anzog und Eddie vom Bett sprang und zum Wassernapf trottete. Über das schlabbernde Geräusch hinweg hörte er, wie Alex zur Tür schlich und sich am Innenriegel zu schaffen machte.

»Wohin des Wegs?«, flüsterte er.

Sie zuckte zusammen. »Mein Handy suchen«, gab sie zurück, ohne sich umzudrehen.

Er richtete sich auf. »Das ist doch wie die Nadel im Heuhaufen finden wollen«, flüsterte er und deutete zu einem der Wohnwagenfenster, an dem Regentropfen herunterperlten. »Und bei der Nässe ist es vermutlich ohnehin nicht mehr zu gebrauchen.«

»Trotzdem. Und noch mal – sorry. Das mit dem Geld war echt daneben.«

Jetzt griff sie sich Rucksack und Gitarre. Matjes drehte sich aufschnarchend auf die andere Seite. »Willst du etwa schon ganz gehen?«, fragte Jakob. »Ohne Matjes Tschüs zu sagen?«

Sie streichelte Eddie und gab ihm einen Kuss auf die Nasenspitze. »Ich hasse Abschiede«, flüsterte sie. »Sag Matjes bitte

Danke für alles, und dass es mir wirklich leidtut. Hältst du Eddie mal kurz fest, wenn ich die Tür aufmache?«

»Warte«, flüsterte Jakob ihr zu, als sie hinausging. »Ich will dir noch was geben.«

Eilig folgte er ihr nach draußen, schloss die Wohnwagentür hinter sich, damit Eddie nicht nachkommen konnte. Sie wartete, frierend auf der Stelle tretend. Jakob steckte ihr ein paar Geldscheine zu. »Hier, für ein Bahnticket. Aber fahr nicht noch mal per Anhalter, das ist viel zu gefährlich. Wir bringen dich in die nächste Stadt.«

»Gefährlich für wen?« Sie grinste, schien kurz zu überlegen, dann nahm sie das Geld und steckte es in die Hosentasche. »Das ist lieb von dir, danke. Aber ich fahre nur noch bis Heidelberg per Anhalter, versprochen.« Sie hauchte ihren warmen Atem in die Hände und rieb sie. »Meine Fresse, ist das kalt geworden. Na dann, wie gesagt, grüß Matjes von mir, und sag ihm, dass er heute den Verband wechseln soll.«

»Fährst du von dort zurück nach Hause?«

Sie zuckte die Schultern. »Eher nicht.«

»Hast du Bekannte in Heidelberg?«

Sie zog die Augenbrauen hoch. »Be-kann-te«, sagte sie gedehnt. »Ne, hab ich nicht. Aber es gibt viele Touris, das ist gut. Ich spiele in der Fußgängerzone Gitarre.«

»Meinst du nicht, es wäre das Beste, doch wieder nach Hause zurückzukehren? Was immer du ausgefressen hast, ich bin sicher, das renkt sich alles wieder ein.«

»Ausgefressen.« Sie lachte auf. »Wow, schon wieder. Gestern Matjes, jetzt du. Das arme Kind, von zu Hause ausgerissen. Mann, echt jetzt, ich mache schon seit Monaten Platte, und es ist okay.«

»Du machst was?« Er dachte daran, wie sehr sie in der Nacht geweint hatte. All das Unglück, die Verzweiflung und

Verlorenheit waren ihr nicht mehr anzumerken, die junge Person, die ihn keine zwei Meter entfernt nun mit einem überheblichen Lächeln anschaute, war meilenweit davon entfernt, Mitleid zu erregen.

»Ich lebe schon seit Monaten auf der Straße«, übersetzte sie.

»Du bist obdachlos?«

»Ich bin frei.«

»Und bettelst auf der Straße?«

»Ich bettle nicht. Ich spiele Gitarre und singe dazu, und wer will, gibt was. Ich verdiene so viel damit, dass ich jeden Tag im Hostel schlafen könnte, wenn ich wollte.«

Er starrte sie perplex an. »Du bist doch noch ein halbes … viel zu jung, um auf der Straße zu leben.«

»Sagt wer?«

»Meine Enkelkinder sind in deinem Alter. Da braucht man doch noch ein Zuhause.«

Sie breitete die Arme aus und hob den Kopf zum Himmel. »Kennst du diesen Outdoorklamotten-Werbeslogan für Spießer mit Nine-to-five-Jobs: ›Draußen zu Hause‹. Ich hab zwar keine Tatze auf der Jacke, dafür stimmt's bei mir. Ich will keine Wände, der Himmel ist mein Zelt, nachts leuchten mir die Sterne. Die Welt ist mein Zuhause.«

»So, so«, murmelte Jakob und musste gegen seinen Willen lächeln. So viel Pathos für ein so junges Mädchen. »Das klingt ja alles sehr schön, aber bei Zuhause habe ich weniger an Behausung gedacht, sondern an Menschen, denen du wichtig bist. Die dir wichtig sind. Die sich kümmern, zu dir halten. Dich lieben. Wo ist deine Familie?«

Alex sah suchend rechts und links an ihm vorbei, die Hand an die Stirn gelegt. »Und deine Familie, wo ist die? Sehe ich auch gerade nicht.« Sie schulterte ihren Rucksack und griff nach der Gitarre. »Bis dann, Jakob. War schön mit euch.« Sie wandte sich zum Gehen, drehte sich nach ein paar Schritten noch einmal zu ihm, legte die Hand an die Schläfe wie zum Salutieren und sagte lächelnd: »Und danke für die Kopfschmerzen!«

Er sah ihr nach, wie sie über den Acker in Richtung Wald stapfte. Vielleicht war es besser so. Das aufregende Intermezzo war vorbei, sie würden ihre Reise wie geplant fortsetzen. Doch da wurde ihm klar, dass genau das nicht passieren würde. Matjes wusste jetzt Bescheid über das Geld, und natürlich würde er nun nicht mehr einfach mit ihm in die Schweiz fahren, als sei nichts gewesen. Vielmehr würde es heißen: Kehrt marsch zurück nach Bremen. Mit einem Matjes, der wegen der Geschichte mit dem verschwiegenen Geldschmuggel sauer war und dazu noch verkatert und deshalb zusätzlich schlecht gelaunt. Und zu Hause in Bremen würde er seinem Sohn erklären müssen, dass er versagt hatte und dass Lukas von Glück reden könne, dass er das Geld überhaupt wieder zurückkriegte. Was für eine ernüchternde Aussicht.

Aber vielleicht, überlegte Jakob, ließe sich die unvermeidliche Rückkehr wenigstens noch etwas aufschieben, der Urlaub doch noch ein kleines bisschen retten. Sie könnten das Mädchen nach Heidelberg bringen und ein, zwei Tage dort verbringen. Die Chancen, dass Matjes dem zustimmen würde, standen gut, denn ganz offenbar hatte Alex seinen Beschützerinstinkt geweckt. Leise und schön, wie eine Blume im Kräuterbeet, entfaltete sich zwischen Jakobs Überlegungen der Gedanke, dass Tilda Crussol ganz in der Nähe von Heidelberg wohnte.

Das Mädchen war inzwischen fast außer Hörweite. Schnell holte er sein Handy aus dem Wohnwagen, schlüpfte in seine Pantoffeln, streifte den Wollmantel über und lief ihr nach, formte dabei seine Hände zu einem Trichter: »ALEX, WARTE!«

»Ist dein Handy noch an?«, fragte er außer Atem und hielt sein eigenes Telefon in die Höhe. »Dann können wir doch einfach probieren, es anzurufen.«

Sie sah ihn an wie vom Donner gerührt. »Hätte ich auch selbst draufkommen können!«

Jakob lächelte in sich hinein, als sie Seite an Seite weitergingen und in den Wald eintauchten. Dieses Phänomen kannte er von seinen Enkelkindern. Sie trauten ihm im Zusammenhang mit moderner Kommunikation auch nichts zu. Er tippte im Gehen eine Nachricht für Matjes in sein Handy und sah, dass er mehrere Nachrichten von Lukas bekommen hatte und einen Anruf in Abwesenheit von Fiete. Fiete war sein Lieblingsenkel. Natürlich behandelte er beide Enkelsöhne gleich. Aber Klaas war extrovertiert und einer, der immer auf die Füße fiel. Fiete dagegen hatte schon als Kleinkind eine etwas linkische Art, mit der Umwelt in Kontakt zu treten. Der kleine Draufgänger Klaas dagegen war der erklärte Liebling von Lukas. Vielleicht auch deshalb hatte Jakob den introvertierten Fiete mehr ins Herz geschlossen.

Unausgesprochen gab es ein besonderes Band zwischen ihnen, erfahrbar in winzigen verschwörerischen Momenten, einem unterstützenden Lächeln hier, einem verständnisvollen Blick dort. Fiete besuchte ihn auch nach wie vor mindestens einmal in der Woche, während Klaas öfter bei den anderen Großeltern vorbeischaute. Sie steckten den Enkelsöhnen bei jedem Besuch Geld zu. Jakob konnte sich das nicht so oft leisten und dann auch nicht so große Scheine geben wie die anderen.

»Können wir mal kurz Pause machen? Ich muss meinen Enkel zurückrufen.«

Alex seufzte und lehnte sich gegen einen Baumstamm. »Muss das jetzt sein?«

Er nickte nur, während er auf Fietes Nummer drückte. Fiete war beim ersten Klingeln am Telefon. »Opa!«, rief er. »Geht's dir gut? Papa macht sich Sorgen, ich …«

Es war ein Geräuschbrei zu hören, dann war sein Sohn am Apparat. »Wo steckst du, Vater?«, fragte Lukas so laut, dass Jakob unwillkürlich das Handy vom Ohr abhielt. »Ich mache mir Sorgen, habe angerufen, tausend Nachrichten geschickt. Warum gehst du nicht dran und beantwortest keine Nachrichten?«

Aha, dachte Jakob. Daher weht der Wind. Deswegen hatte Fiete angerufen. Lukas hatte es ihm befohlen. Er wusste, dass Jakob dann zurückrufen würde.

Lukas machte seinem Ärger weiter Luft, aber Jakob hörte nicht mehr zu. Als sein Sohn endlich fertig war, sagte er ruhig: »Wenn ich ansonsten in den Urlaub fahre, schicke ich immer eine WhatsApp, sobald ich angekommen bin, aber du reagierst nie, oft liest du die Nachricht nicht mal. Aber kaum hat man eine Million unterm Arm, wird man mit Anrufen und Nachrichten bombardiert.«

Ein paar Atemzüge lang war es still in der Leitung. »Das ist doch wohl normal. Also, es geht dir gut?«, fragte Lukas dann, nun bemüht beherrscht. »Es ist nichts weiter passiert?«

»Was soll denn passiert sein?«

»Du weißt, was ich meine. Ist doch klar, dass man nervös wird, wenn man so gar nichts mehr hört. Ist ja nicht alltäglich, was du da machst. Du trägst eine große Verantwortung.«

»Machst du dir um mich Sorgen oder um die …«

»Nicht am Telefon!«, fuhr sein Sohn ihn an. »Schick mir den Tracker, damit ich ab jetzt immer sehe, wo du bist, ja?«

»Das geht zu sehr auf die mobilen Daten und den Akku.«

Es entstand wiederum eine Pause, in der Lukas offensichtlich die Neuigkeit verarbeitete, dass sein Vater sich mit seinem

Handy auskannte. »Dann lass es wenigstens immer an und, verdammt noch mal, geh dran, wenn man dich anruft!«

»Zu Befehl«, sagte Jakob ruhig. »Und jetzt gib mir noch mal Fiete, bitte.« Aber da hatte Lukas schon aufgelegt.

»Was springt eigentlich für dich bei dem ganzen Scheiß raus?«, fragte Alex.

Jakob ging weiter und gab keine Antwort.

»Ist doch ein Risiko, wenn du erwischt wirst. Also, wie viel kriegst du ab?« Sie hatte ihn mit wenigen Schritten eingeholt.

»Diesen Urlaub.«

»Urlaub?« Sie blieb stehen und stemmte die Hände in die Hüften. »Nicht dein Ernst. Das nennst du Urlaub?«

Er zuckte mit den Schultern. »Quasi.«

»Quasi Urlaub? Damit lässt du dich abspeisen? Mit quasi Urlaub? Ich fasse es nicht!«

Jakob stapfte weiter, sie folgte ihm. »Ich will kein Geld dafür«, sagte er. »Im Gegenteil, Geld würde es verderben. So bin ich nur ein Vater, der seinem Kind aus der Patsche hilft.«

»Echt jetzt? ›Seinem Kind aus der Patsche hilft‹?«, höhnte sie.

»Hör bitte auf, alles zu wiederholen, was ich sage. Außerdem: Wenn wir dich nicht getroffen hätten, wäre es sehr wohl ein schöner Urlaub geworden.«

»Wie alt ist dein Sohn?«

»Themawechsel.«

»Wenn du dem Kleinen damit aus der Patsche helfen könntest, dass du einen Mann vor den Zug schubst, hättest du das auch gemacht?«

»Ausgerechnet du schwingst dich zum Moralapostel auf? Außerdem ist das eine Familienangelegenheit.«

»Ja, schon klar.« Sie rieb sich in einer übertriebenen Geste die Augen. »Mimimi, Papa«, quengelte sie mit Kleinkindstimme, »ich will Geld schmuggeln, aber ich trau mich das nicht. Aber ich hab eine tolle Idee: Mach du das für mich, Papa! Dann hab ich dich auch ganz doll lieb. Und wenn die böse, böse Polizei kommt, ätsch, dann kriegst du den Ärger und nicht ich!«

Er seufzte. »Sag mir mal deine Handynummer. Wir sollten so langsam versuchen, dich anzurufen.«

Als er sein eigenes Handy wieder zur Hand nahm, sah er eine Nachricht von Fiete. *Tut mir leid, Opa. Hab dich lieb.* Die Schrift verschwamm vor seinen Augen. Er blieb stehen und stützte sich mit einer Hand an einem Baum ab.

»Hey«, sagte Alex leise. »Alles in Ordnung?«

Er nickte, und sie gingen langsam weiter. »Ich bin nicht dumm, weißt du«, sagte er nach ein paar Metern. »Natürlich heiße ich das Vorhaben meines Sohnes nicht gut. Aber ich mache das nicht nur für ihn. Ich mache es vor allem für meine Enkel. Dieses Geld soll das Sicherheitspolster sein für die beiden, wenn sie erwachsen sind. Das Leben hält so viele Gefahren und Unwägbarkeiten für junge Menschen bereit, so vieles gibt es, wobei ich ihnen nie werde zusehen, wobei ich ihnen nicht werde helfen können. Ich werde dann nicht mehr da sein. Aber etwas gibt es, das ich heute, hier und jetzt, schon für sie tun kann, für ihre Sicherheit, zumindest für ihre finanzielle, und das ist ein gutes Gefühl. Wenn ich einmal sterbe, wird meine Familie im Wesentlichen nur alte Möbel und ein paar Erinnerungsstücke erben, wertlosen Plunder, und das meiste davon wird wahrscheinlich von einem Entrümpler geholt und im Sperrmüll landen. Aber mit dieser Reise leiste ich einen Beitrag zur finanziellen Absicherung meiner Enkelkinder. Sie werden sich an mich erinnern, wenn ich einmal nicht mehr bin, und sich lachend bei Familienfeiern die verrückte Geschichte erzählen, wie ihr Opa sich kühn eine Million Euro unter den Arm geklemmt und sie in die Schweiz geschmuggelt hat. Weißt du, ich selbst war nie besonders wagemutig, aber als Kind war Old Shatterhand mein Held.«

»Old Shatterhand? Wer ist das denn?«

Er blieb stehen und sah sie verständnislos an. Dann nahm er sein Handy und zeigte ihr ein Bild. »Das ist Old Shatterhand im Film ›Winnetou‹. Du kennst doch die ›Winnetou‹-Filme? Ich habe als kleiner Junge alle Bücher von Karl May verschlungen, ganze Nachmittage lesend auf dem Bett verbracht. Ich habe nicht von Old Shatterhand gelesen, ich *war* Old Shatterhand. Aber eben nur in der Fantasie. In der Schule habe ich mich in der letzten Reihe versteckt und unter der Bank weitergelesen. Ich war immer ein Bücherwurm, nie ein Held. Aber jetzt hat sich unerwartet die Chance ergeben, für meine Enkelkinder zum Helden einer Geschichte zu werden.« Er schaute sie an, entschlossen und kühn, und sagte: »Goethe sagt: ›Man kann nicht immer ein Held sein, aber man kann wenigstens ein Mann sein!‹«

Alex wich seinem Blick aus, schaute auf seine Füße, und er hatte das Gefühl, sie kämpfte dagegen an, nicht loszuprusten. Da hast du's, dachte er frustriert. Sie lacht dich aus. Zu viel Pathos für einen alten Mann. Er folgte ihrem Blick und sah, dass er seine Pantoffeln trug. »Ach du liebe Zeit«, stellte er trocken fest. »Old Shatterhand in Cordpantoffeln.« Jetzt konnten sie beide lachen.

»Okay«, sagte sie dann. »Gib mir mal dein Handy, um meins anzurufen. Ab hier könnte ich es verloren haben.«

28

Tilda ging ins Wohnzimmer, um die alte Wanduhr aufzuziehen. Früher war das die Aufgabe ihres Vaters, sie hatte ihn als Kind oft dabei beobachtet. Wenn er nach Hause kam, hatte er sich sein Jackett aus- und eine bequeme Strickjacke angezogen, dann widmete er sich der Uhr. Das läutete für ihn den gemütlichen Teil des Abends ein, wenn die Familie unter sich war.

Seit Tilda die Uhr geerbt hatte, weckte das Aufziehen schöne Erinnerungen an ihre Kindheit, und sie empfand dieselbe Geborgenheit wie früher, wenn sie dem Vater bei diesem Ritual zugeschaut hatte. Sie lächelte, als sie den Uhrkasten öffnete, denn die Erinnerungen an ihren Vater fühlten sich wie eine liebevolle Umarmung an. Es hatte eine Zeit gegeben, in der sie beim Aufziehen der Uhr auch traurig geworden war. Damals, als der Arzt ihr gesagt hatte, dass sie keine Kinder bekommen könne. Es würde niemanden geben, dem sie die Uhr einmal vererben könnte, keine Tochter, keinen Sohn, die die Uhr später aufzogen und dabei an sie dachten. Doch irgendwann war sie darüber hinweggekommen, und die Uhr war wieder zum Ort der liebevollen Verbundenheit mit der Vergangenheit geworden.

In letzter Zeit gefiel ihr der Gedanke, die Uhr einmal einer ihrer früheren Schülerinnen zu vermachen. Dodo würde sie zu schätzen wissen. Bis Dodo an die Schule kam, hatte sie nie einen Lieblingsschüler gehabt. Aber Dodo war die Ausnahme, die eine Schülerin, die ihr Herz besonders berührt hatte. Die Mutter des Mädchens war früh an einem Schlaganfall gestorben, der Vater Alkoholiker. Dodo war in der ersten Klasse ihr Sorgenkind gewesen, aggressiv, eine beim geringsten Anlass losprügelnde Außenseiterin, von den anderen Kindern gemieden und gefürchtet. Aber nach und nach, je mehr Tilda ihr Aufmerksamkeit und Wohlwollen geschenkt und das in ihr gesehen hatte, was sonst niemand sah, die Verzweiflung, aber auch das Talent, war sie aufgeblüht, sanfter geworden, hatte immer bessere Leistungen gebracht. Die meisten früheren Schüler grüßten sie immer noch auf der Straße, aber Dodo kam extra jedes Mal, wenn sie sich zufällig begegneten, strahlend vor Freude zu ihr, um ihr die Hand zu geben und mit ihr zu plaudern. Vor drei Jahren hatte Dodo ihre ehemalige Lehrerin sogar zu ihrer Hochzeit eingeladen. Dodo hatte einen Landwirt geheiratet, inzwischen gab es zwei Kinder. Als Tilda jetzt den Uhrkasten öffnete, stellte sie sich die Uhr in der guten Stube des Bauernhofs vor. Ja, so würde sie es machen. Alles Übrige würde sie Stephanie und Antonius vererben, aber diese Uhr sollte Dodo bekommen. Womöglich würden Dodos Kinder ihr dann beim täglichen Aufziehen der Uhr zusehen, so wie sie früher ihrem Vater. Tilda steckte den Schlüssel auf den Haken. Sie wollte wie immer zuerst das Geläut aufziehen, doch vergeblich. Der Schlüssel ließ sich nicht drehen. Es war schon aufgezogen, und zwar bis zum Anschlag. Tilda zog den Schlüssel heraus und steckt ihn in die kleine Öffnung daneben, zum Aufziehen des Uhrwerks. Hier war es dasselbe. Mit zitternder Hand legte sie den Schlüssel in den Uhrkasten zurück und starrte auf das gemächlich schwingende Uhrpendel. Es gab keinen Zweifel, die Uhr war frisch aufgezogen. Wie konnte das sein?

Als Frau Behrens zum Saubermachen kam, bemerkte sie sofort, dass etwas nicht stimmte. »Was ist denn mit Ihnen, Frau Crussol? Sie sind ja ganz blass! Geht es Ihnen nicht gut?«

»Die Uhr«, sagte Tilda. »Haben Sie die Uhr aufgezogen?«

Frau Behrens schüttelte den Kopf. »Nein, warum?«

»Der Schlüssel lässt sich kein bisschen mehr bewegen. Aber ich war das nicht. Ich ziehe nie so fest an.«

»Aber ich auch nicht«, beteuerte Frau Behrens.

»Das Uhrwerk wird beschädigt, wenn man es zu fest macht.«

»Ich rühre die Uhr nicht an. Ich weiß doch, dass da kein anderer drangehen soll, Frau Crussol. Nur den Staub wische ich vorsichtig von außen ab, das ist alles.«

Tilda ging zum Telefon und tippte auf die Kurzwahl. Als Stephanie abhob, fragte Tilda, ob sie vielleicht die Standuhr aufgezogen habe bei ihrem Besuch heute Morgen. »Nein, Tilda, das machst du doch immer selbst, warum fragst du?« – »Dann gib mir mal bitte Antonius.« Tilda bemühte sich, ruhig zu bleiben, aber die Angst vor seiner Antwort ließ ihre Hände zittern. Auch Antonius beteuerte, die Uhr nicht aufgezogen zu haben. »Warum fragst du? Ist sie kaputt?«

»Nein, schon gut.« Tilda legte auf. Die Beine wurden ihr schwach, und sie musste sich setzen.

Frau Behrens brachte ihr hilfsbereit ein Glas Wasser, dann begann sie in der Halle mit der Arbeit, mit dieser Höllenmaschine von Staubsauger. Als Frau Behrens bei ihr angefangen hatte, war das sozusagen ihre Bedingung gewesen: Ein neuer Staubsauger musste her, wegen der Katzenhaare. Damals hatte Mietzi noch gelebt. Frau Behrens war anspruchsvoll, was ihre Arbeitsgeräte anging, aber sie war auch tüchtig. Zwar ließ sie sich nicht gern bei der Arbeit über die Schulter schauen. Sobald sie sich ein Zimmer vornahm, hatte Tilda daraus zu verschwinden. Es war Tilda recht, das Haus bot genügend Platz zum Ausweichen. Sie hatte kein Interesse daran, die junge Frau bei der Arbeit zu überwachen. Solange es keine Staubmäuse gab, war sie zufrieden. Und unterhalten konnte man sich ohnehin kaum mit Frau Behrens, die meiste Zeit lärmte ja der Staubsauger.

Heute ertrug sie den Krach besonders schlecht. Sie hatte das Gefühl, keine Luft mehr zu bekommen, atmete in ihre Hände, wie früher kurz vor einem Auftritt, aber es wurde nicht besser. Sie musste an die frische Luft. Als Frau Behrens mit der Höllenmaschine im Empfangszimmer verschwand, hastete Tilda durch die Halle zur Garderobe, nahm ihren Mantel und verließ das Haus.

Draußen ging es ihr sofort besser, die frische Luft und das Gehen taten gut. Wenn sie auf der Straße blieb, die ins Dorf hinunterführte, konnte sie nichts falsch machen, sich nicht verlaufen. Ihre Gedanken kehrten zu ihrem nächtlichen Traum zurück. Es schien alles so real gewesen zu sein. Sie hatte oft schon sehr wirklichkeitsnahe Träume gehabt, aber noch nie einen so plastischen, detaillierten. Normalerweise verschwanden die Erinnerungen an die Träume kurz nach dem Aufwachen, aber an diesen konnte sie sich noch so genau erinnern, an beinahe jede Unterhaltung, an das Innere des Wohnwagens, an die Autofahrt im Stau, an den großen Polizisten am Steuer und seinen Schäferhund, an das aufsässige junge Mädchen mit der Gitarre und an den vornehmen Herrn Hüfner mit den faszinierenden graublauen Augen, der sie an der Raststätte gerettet und sie in die Welt des Kaffees wie in ein Märchenland entführt hatte. Alles nur geträumt.

Und dann, als wäre ihre Welt nicht schon genug aus den Fugen, auch noch das Missgeschick mit der Uhr. Wenn sie so weitermachte, wäre das Uhrwerk bald hoffnungslos überdreht und kaputt. Tilda blickte zu Boden, wo ihre Schuhe rechts, links, rechts, links über das Kopfsteinpflaster klapperten. Sie trat fest auf, rollte gut ab, konzentrierte sich auf ihre Füße, war trittsicher wie eh und je. Wie ein Auto mit guter Bodenhaftung bewegte sie sich vorwärts. Sie war nie ein Sportwagen gewesen, eher ein gepflegter Mittelklassewagen mit gewissen glamourösen Akzenten, aber im Großen und Ganzen ein vernünftiges Modell, regelmäßig gewartet und in der Waschanlage, der Lack poliert, innen aufgeräumt.

Was war bloß passiert? »Reiß dich zusammen, Tilda«, sagte sie laut, als sie merkte, dass ihr die Tränen in die Augen traten. »Selbstmitleid hilft dir nicht weiter.« Nein, sie musste etwas tun, sich selbst wie Münchhausen am eigenen Schopf aus dem Schlamassel ziehen. Schopf, dachte sie. Das ist es. Entschlossen wischte sie sich eine Träne aus dem Augenwinkel und beschleunigte ihre Schritte. Sie ging nicht mehr nur traurig spazieren. Sie hatte ein Ziel: den Friseursalon unten im Dorf. Sie schaute nach vorn, auf die Bäume, in denen die ersten Vögel im Nieselregen unverdrossen den Frühling herbeizwitscherten. »Haltung, ma chère, Haltung«, murmelte sie und straffte die Schultern.

Sie hatte Glück und kam gleich dran. Ihre Lieblingsfriseurin Nadine war frei und führte sie zu einem Platz im hinteren Bereich. Es war ihr recht, denn sie wollte nicht von draußen gesehen werden, in diesen modernen Läden verzichtete man leider gänzlich auf Gardinen. In der letzten Zeit mied sie es, unter Leute zu gehen, zu groß die Angst, alte Bekannte nicht mehr wiederzuerkennen.

Während Nadine mit einem eleganten Schwung den Frisierumhang um ihre Schultern legte, ging Tilda die Namen der Angestellten durch und war erleichtert, als ihr alle einfielen:

Nadine, Lisa, Celine und die Chefin, Marion. Und neben ihr auf dem Frisierstuhl saß Frau Meurer, die Besitzerin des Lotto-Toto-Ladens am anderen Ende der Straße.

Sie grüßte Tilda erfreut. »Geht es Ihnen gut, Frau Crussol? Ich habe Sie schon ewig nicht mehr gesehen. Spielen Sie nicht mehr Toto?«

Tilda schüttelte bedauernd den Kopf. »Ich war in den letzten Wochen leider häufig indisponiert.«

Frau Meurer machte ein mitfühlendes Gesicht. »Ja, man kommt in die Jahre. Die Füße? Also bei mir sind es die Füße. Am besten wäre es, wenn man mir neue anschrauben würde.«

Tilda nickte und lächelte verständnisvoll, als seien die Füße auch ihr Problem.

»Wie immer?«, fragte Nadine.

Tilda erwiderte den Blick der Friseurin im Spiegel, dann sah sie auf ihre schulterlangen grauweißen Haare. »Ich sehe alt aus«, stellte sie fest.

Nadine schüttelte routiniert den Kopf. »Überhaupt nicht!« Die Friseurin griff ihr in die Haare, bauschte mit sanften, geschickten Fingern ein wenig darin herum. »Aber vielleicht eine kleine Veränderung? Eine flotte Abstufung, etwas mehr Schwung ins Haar? Wir könnten einen Hauch Lila hineinbringen, für einen frischen Akzent?«

»Ja, prima«, sagte Tilda, doch sie hatte nur halb zugehört. Früher blond, heute friedhofsblond, dachte sie beim Blick in den Spiegel. Hier im hellen Licht des Friseursalons fielen ihr die grauen Haare auf die Schultern, als wüssten sie nicht, wohin mit sich. Lieber Himmel, wann war das bloß passiert? Es erschien ihr wie gestern, als sie sich noch strahlend und mit adrenalingeröteten Wangen vor dem applaudierenden Publikum verneigte und meinte, sie könne die ganze Welt umarmen. Genau so hatte sie sich in ihrem Traum gefühlt, beim

Singen im Stau und später im Wohnwagen mit Jakob. Sie hatte sich jung gefühlt, wie beim Aufbruch in die weite Welt, die Abenteuer und Überraschungen bereithielt.

Wie es ausschaute, war diese weite Welt mit all ihren Verheißungen nur ein schöner, eskapistischer Traum gewesen, beim Aufwachen zerplatzt wie eine Seifenblase. Auf ihrer Brust lag plötzlich ein Gewicht, so schwer, dass sie im Spiegel immer kleiner zu werden schien. Tilda griff sich mit einer Hand an den Hals, mit der anderen hielt sie die Lehne des Frisierstuhls umkrampft.

Nadine legte ihr eine Hand an die Schulter. »Alles in Ordnung mit Ihnen, Frau Crussol?«

»Ja, danke, es geht schon wieder.« Tilda nickte ihr zu und lächelte zaghaft. »Ich glaube, ich brauche eine richtige Veränderung. Etwas Radikales. Geht das?«

»Ich könnte Sie umarmen«, sagte Nadine und strahlte. »Seit Tagen höre ich von allen Kundinnen ›wie immer‹ oder ›nur die Spitzen‹!« Beschwingt ging sie zu dem Regal mit den Frisurenbüchern und griff nach einem, in dem weibliche Hollywoodstars abgebildet waren. »Dass Sie alt aussehen, ist absoluter Unsinn«, flüsterte sie Tilda verschwörerisch zu, »Sie sind eine attraktive Frau in den besten Jahren, und Sie haben eine Menge geleistet in Ihrem Leben. Sie sind wer und sollten es auch zeigen. Ein neues Styling wird Wunder wirken. Stellen Sie Ihr Licht nicht unter den Scheffel.«

Tilda nahm das Buch dankbar lächelnd entgegen und begann zu blättern. Zunächst zögerlich, dann interessierter, und bei der Mitte angekommen, huschte ein Lächeln über ihr Gesicht. »Das hier!« Tilda tippte auf ein formatfüllendes Foto von Marilyn Monroe, die in großer Pose und glanzvoller Abendrobe ins Blitzlichtgewitter strahlte. »Meinen Sie, das geht?«

»Na klar.« Nadine nickte und zuckte nicht einmal mit der Wimper.

»Oder ist das in meinem Alter zu gewagt, was meinen Sie?«

»Aber nein, Sie werden fantastisch aussehen.« Nadine griff geschäftig wieder in Tildas Haare. »Ich nehme von der Länge etwas ab, etwa so viel, dann stufe ich alles schön durch, dass es locker und füllig wird, und am Schluss werden die Haare auf Lockenwickler gedreht und unter der Haube getrocknet.«

»Wunderbar«, sagte Tilda. »Aber machen Sie mir lieber gleich eine Dauerwelle, ja? Da habe ich weniger Arbeit nachher.«

Nadine sah auf die Uhr. »Haben Sie Zeit mitgebracht?«

»Aber ja.« Tilda nickte der Friseurin mit aufkeimender Abenteuerlust zu. »Wenn Sie Zeit haben, mich vermisst niemand zu Hause. Und wenn wir schon dabei sind, machen Sie das Grau weg, geht das?«

»Natürlich. Wennschon, dennschon. Wasserstoffblond wie die Monroe. Wir machen eine Diva aus Ihnen, Frau Crussol!« Nadine lächelte Tilda im Spiegel zu.

»Perfekt!« Sie lächelte zurück, zum ersten Mal an diesem Tag unbeschwert. Es tat gut, ein bisschen verrückt zu sein, mit voller Absicht, und Spaß dabei zu haben. »Darauf einen Kaffee, Frau Crussol? Schwarz?«

»Ja, bitte!« Tilda wurde ernst. Ihr Blick wanderte zum Fenster, sie sah die vorbeifahrenden Autos und dachte an ihren Traum. Sie hatte den Herrn mit der Fliege am Kaffeeautomaten genau dasselbe gefragt: »Schwarz?« Seine Antwort wusste sie auch noch genau: »Sie können Gedanken lesen.« Was war bloß los mit ihr. Wort für Wort erinnerte sie sich an ihre Träume, aber in der Wirklichkeit ließ ihr Gedächtnis sie im Stich.

29

Es gab keinen Namen an der Tür, aber zwei Dorfbewohner hatten Jakob vom Campingplatz aus den Weg zur Villa Crussol beschrieben, und dieses efeubewachsene, verwinkelte alte Haus hoch oben auf dem Berg über dem Neckartal musste es sein. Die hübschen, weiß gestrichenen Sprossenfenster waren von dunkelgrünen Schlagläden umrahmt, zur Talseite hin lag eine große Terrasse. Die Flussschleife konnte man nur erahnen, sie lag im Dunst, doch bei besserem Wetter wäre der Ausblick wohl atemberaubend. Jakob drückte auf die Klingel und lächelte, als er zur Seite sah und ein paar Christbaumkugeln in der kleinen Tanne neben der Tür entdeckte.

Nach einer Weile öffnete sich die Tür, und Jakob erkannte sofort die hübsche junge Frau wieder, die Tilda Crussol gestern zusammen mit Antonius Höker abgeholt hatte. Heute trug sie eine fesche rot-weiß gestreifte Baumwollschürze und Putzhandschuhe, die langen blonden Haare waren zu einem Pferdeschwanz zurückgebunden. Sie schien ihn nicht gleich zu erkennen.

»Guten Tag, Frau Behrens«, sagte er. »Erinnern Sie sich? Jakob Hüfner, von gestern Abend im Wohnwagen. Ich hatte Frau Crussol mitgenommen.«

»Oh, natürlich!«, rief sie jetzt. »Entschuldigung, ich habe auf der Leitung gestanden.« Dann schaute sie ihn fragend an, offenbar erwartete sie eine Erklärung für sein Kommen.

»Nun, Frau Crussol hat gestern im Wohnwagen etwas vergessen«, sagte Jakob.

Sie schaute immer noch abwartend.

»Und da dachte ich, wir kommen ohnehin hier in der Gegend vorbei, da bringe ich es ihr«, erklärte Jakob weiter.

»Wie freundlich von Ihnen. Ich gebe es ihr gerne und richte aus, dass Sie da waren.«

Jakob räusperte sich. »Nun, ich würde es ihr gern selbst übergeben. Ist sie da?«

Frau Behrens schien zu überlegen, ob sie den unerwarteten Besucher hereinlassen könne, dann trat sie beiseite und winkte ihn hinein. »Bitte!«

Er folgte ihr über einen kleinen Garderobenraum in die Treppenhalle. Staunend blickte er sich um. Kunstwerke überall: Ölgemälde alter holländischer Meister an den Wänden, im Raum verteilt griechische und römische Marmorbüsten und moderne Plastiken. Eine imposante Holztreppe führte nach oben. Über die gesamte Seitenwand des Treppenhauses spendete ein kirchlich anmutendes, großes Bleiglasfenster, das den Flusslauf des Neckars zeigte, warmes Licht und warf farbige Akzente auf einzelne Büsten.

Frau Behrens lächelte, als sie seine Verwunderung bemerkte. »Ja, so ging es mir auch beim ersten Mal. Man denkt, man ist im Museum. Kommen Sie.«

Sie nahm Jakob den Mantel ab und führte ihn weiter in einen kleinen Raum, der wie ein Wohnzimmer wirkte, aber dafür in Anbetracht der Größe des übrigen Hauses eigentlich zu klein war und nur mit einer Recamiere, zwei Rokoko-Stühlen und einem Teetisch eingerichtet war. »Nehmen Sie bitte einen Moment im Empfangszimmer Platz«, sagte Frau Behrens.

Empfangszimmer, dachte Jakob und fügte in seine Wahrnehmung von Tilda eine weitere Facette hinzu: Sie war nicht nur gut betucht, sie war ganz offensichtlich reich. Auch hier waren die Wände mit Ölgemälden gepflastert. Er besah sich die Pariser Straßen- und Parkbilder sowie einige Ballett-Szenen genauer und stellte fest, dass es auch hier tatsächlich Ölgemälde und keine Drucke waren. Zwei Signaturen konnte er entziffern: Sisley und Manet. Waren die etwa echt? Dann waren diese Bilder ein Vermögen wert, mehrere Millionen. Fasziniert studierte er eine exotische Dschungelszene von Henri Rousseau. Wie hatten Tilda und ihr Mann nur solche Kunstschätze ansammeln können? Womöglich war Tilda als Opernsängerin doch sehr viel erfolgreicher gewesen, als sie ihm gegenüber zugegeben hatte.

Frau Behrens kam zurück, sie war etwas außer Atem. »Ich dachte, sie ist oben, dort wartet sie gewöhnlich, bis ich unten mit dem Staubsaugen fertig bin. Aber da ist sie nicht.« Sie zog ihr Handy aus der Schürzentasche. »Ich muss Herrn Höker anrufen und ihm Bescheid geben. Nicht, dass sie schon wieder …« Sie ließ das Ende des Satzes im Ungewissen, drehte sich auf dem Absatz um, verschwand in einem Raum gegenüber und schloss die Tür hinter sich. Jakob ging im Zimmer auf und ab, dann blieb sein Blick am Teetisch hängen, auf dem einige gerahmte Fotografien standen. Er nahm eine in die Hand, die Tilda während eines Bühnenauftritts zeigte. Sie war blutjung auf dem Foto und doch schon auf dem Höhepunkt ihrer Karriere, eine Diva. Das Bild in der Hand, ließ er sich auf der Recamiere nieder und stellte sich vor, wie sie mit ihrer warmen Stimme und ihrer Strahlkraft ein ganzes Opernhaus in ihren Bann gezogen hatte. Er seufzte.

Wäre er doch nur früher gekommen. Er hatte sich ihr schon so nahe geglaubt. Seit Anbeginn der Reise war es, als hätte sich das Schicksal gegen ihn verschworen. Wie erwartet, hatte Matjes gleich nach dem Aufwachen das Unternehmen Lugano für beendet erklärt. Er hatte Kopfschmerzen und war unleidlich, kein Wunder nach der Trinkerei gestern. Er hatte Jakob bittere Vorwürfe gemacht, von Vertrauensbruch geredet. Jakob könne sich das Geld unter den Arm klemmen und allein sehen, wie er nach Lugano käme, er jedenfalls wolle heute noch mit dem Hund die Rückreise antreten. Ihre Freundschaft hatte einen Riss bekommen. Womöglich war es sogar das Aus.

Jakobs einziger Lichtblick war, dass Matjes sich dazu hatte breitschlagen lassen, dass er Tilda vorher noch besuchte. Er hatte argumentiert, er müsse ihr etwas bringen, das sie im Wohnwagen vergessen habe. Wahrscheinlich hatte Matjes auch nur wegen seines Katers zugestimmt, und weil es ohnehin vernünftiger war, erst am Nachmittag die lange Rückreise anzutreten. Jakob hatte sich das Wiedersehen mit Tilda so schön vorgestellt, und so einfach: Er würde ihr das Stofftier überreichen, das sie ihm beim Abschied geschenkt hatte, und mit einem keinesfalls zu aufdringlichen, aber charmanten Lächeln sagen: »Mietzi hatte Sehnsucht nach Ihnen.«

Und nun diese Enttäuschung. Aber schlimmer als das war die Erkenntnis, dass sie wohl doch recht gehabt hatte mit ihrer Angst, dement zu werden. Ach, was war er für ein Träumer. Er hatte Tildas Befürchtungen, dement zu werden, als unbegründet eingestuft, als überängstliche Hirngespinste einer sensiblen Künstlernatur. Aber jetzt konnte er nicht anders, als sich einzugestehen, dass der Wunsch der Vater des Gedankens gewesen war. Tilda hatte offenbar wirklich guten Grund, sich um ihren Geisteszustand zu sorgen. Ebenso wie die Putzfrau und Tildas Angehörige. Unruhe, das Bestreben wegzulaufen, kombiniert mit zunehmender Orientierungslosigkeit waren auch bei seiner Veronika Kennzeichen der sich verschlimmernden Krankheit gewesen. In ihrem Pflegeheim hatte es eine Bushaltestelle gegeben, um die seelische Unruhe der Demenzkranken aufzufangen, dem Bedürfnis entgegenzukommen, aufzubrechen, wieder nach Hause zu gehen, in eine vertraute Umgebung, die es längst nicht mehr gab. »Ich will nach Hause«, hatte Veronika immer wieder gesagt, nervös und doch gleichzeitig zäh und stur, wie ein Mantra, jeden Tag, wenn er sie im Pflegeheim besuchte. Jakob hatte sich jedes Mal schlimme Vorwürfe gemacht, weil er sich der Aufgabe, für sie alleine zu sorgen, nicht mehr gewachsen gefühlt und sie aus ihrer vertrauten Umgebung gerissen hatte. Bis eine Ärztin ihm erklärte, dass viele Demenzkranke unter dieser Unruhe litten und den Wunsch äußerten, nach Hause zu gehen. Und dass sie damit aber oft nicht etwa ihr letztes Zuhause vor dem Heim meinten, sondern das ihrer Kindheit. Ihr verunsicherter Geist sehne sich nach der Geborgenheit, die sie als Kinder empfunden hätten.

»Viele erwachsene Menschen rufen nach ihrer Mama, wenn alle Stricke reißen«, erklärte die Ärztin. »Demenzkranke fühlen sich wie treibende Boote auf stürmischer See, und so versuchen sie, einen Anker auszuwerfen, sehnen sich nach einem Ort, an dem kein Chaos herrscht, wo der Sturm nicht wütet, wo es ruhig ist und intakt. Sie wollen wieder Kind sein. Seien Sie darauf vorbereitet, dass Ihre Frau Sie vielleicht auch einmal mit ›Papa‹ anredet.« Als er Veronika wenig später versuchsweise nach Hause brachte, bewegte sie sich wie eine Besucherin darin, erkannte keinen einzigen Raum wieder. Die Ärztin hatte recht gehabt. Von da an konnte Jakob akzeptieren, dass sie zur Bushaltestelle ging, um auf den Bus nach Hause zu warten. Sie setzte sich neben andere Wartende auf die Bank und wurde ruhig. Es war nicht so wichtig, dass der Bus nie kam. Es war wichtig, dass man zur Bushaltestelle gehen konnte, wenn die Unruhe kam. Das Pflegepersonal holte regelmäßig die Wartenden ab und geleitete sie zurück ins Heim.

»Bus verpasst«, war die Auskunft, die man akzeptieren konnte. Nun gab es Essen, danach würde man weiterschauen. Jakobs Gedanken kehrten zurück zu Tilda. Vielleicht war auch sie auf dem Weg zu einer Bushaltestelle gewesen? Aber zu einer echten? Und war tatsächlich eingestiegen, als der Bus kam? Vielleicht war es gestern auf diese Weise passiert. Sie hatte zuerst den Bus genommen und war dann per Anhalter weitergefahren und so an der Autobahnraststätte gestrandet? Sie hatte ihm von ihrer Kindheit in Paris erzählt. Was, wenn sie sich auf den Weg nach Paris hatte machen wollen?

Er eilte in die Halle und prallte dort fast mit Frau Behrens zusammen. »Und wenn Frau Crussol in einem Anfall von Verwirrung in einen Bus gestiegen ist?«, fragte er aufgeregt. »Wo ist die nächste Bushaltestelle?«

Frau Behrens sah ihn erstaunt an, dann winkte sie ab. »Nicht nötig, es ist alles in bester Ordnung. Ich habe Frau Crussol gerade telefonisch erreicht. Sie ist zum Markt gegangen. Wahrscheinlich hat sie es mir auch gesagt, und ich habe es wegen des Staubsaugerlärms nur nicht gehört.«

»Oh, dann hat sie ihr Handy wiedergefunden?«

Frau Behrens stutzte, dann lächelte sie breit. »Ja, sie verlegt ständig Sachen. Meist tauchen sie früher oder später wieder auf.«

Jakob atmete auf. »Könnten Sie sie dann bitte noch einmal anrufen? Ich würde gern selbst mit Frau Crussol sprechen.«

Frau Behrens sah ihn skeptisch an. »Es war Zufall, dass sie gerade drangegangen ist, normalerweise stellt sie ihr Telefon leise.« Sie nahm ihr Handy aus der Schürzentasche. »Aber ich versuche es, vielleicht haben wir ja noch einmal Glück.« Sie tippte wieder eine Kurzwahl ins Handy, wartete eine Weile, dann legte sie auf. »Tut mir leid, sie geht tatsächlich nicht mehr dran.«

Die junge Frau sah ihn abschätzend an, dann schien sie einen Entschluss zu fassen und lächelte. »Aber wenn es so wichtig ist und es Ihnen nichts ausmacht zu warten … Nehmen Sie doch bitte im Empfangszimmer Platz. Ich bin ohnehin noch eine Weile beschäftigt.«

Jakob bedankte sich erfreut. Frau Behrens brachte ihm wenig später eine Auswahl an Zeitschriften und einen Kaffee, und er machte es sich bequem und genoss die Vorfreude aufs Wiedersehen, während der Staubsauger aus verschiedenen Richtungen zu hören war. Eine Dreiviertelstunde später war Tilda immer noch nicht zurückgekehrt, und er ging wieder in die Halle, wo Frau Behrens gerade den Staubsauger im Wandschrank verstaute. »Braucht Frau Crussol immer so lange auf dem Markt, oder müssen wir uns doch Sorgen machen?«, fragte er.

Frau Behrens löste den Pferdeschwanz auf und wuschelte sich vor dem Wandspiegel die langen Haare in Form. »Nein, das ist völlig normal«, sagte sie. »Als ehemalige Lehrerin ist Frau Crussol bekannt wie ein bunter Hund hier. Viele Marktleute hatten früher bei ihr Unterricht, sie plaudern gern mit ihr, schenken ihr eine Kleinigkeit, ein Stück Käse zum Probieren hier, ein paar Blumen dort, dann trifft sie Bekannte, verplaudert sich und vergisst die Zeit. Aber ich befürchte, Sie können nicht länger hier warten«, sagte sie bedauernd und band sich die Schürze ab. »Ich habe jetzt Feierabend.«

»Gut, dann warte ich draußen vor der Tür«, sagte Jakob. Frau Behrens sah ihn an wie einen Stalker. »Das kann aber noch lange dauern, bis sie zurückkommt.« Sie hielt Jakob die Haustür auf, nacheinander traten sie in den Nieselregen hinaus, und Frau Behrens schloss die Tür ab. Sie zögerte, schien zu überlegen, ob sie ihm vertrauen könne, dann lächelte sie ihm zu und deutete auf einen vor dem Haus geparkten Kleinwagen.

»Aber wissen Sie was? Ich fahre Sie schnell zum Markt, dann suchen wir Frau Crussol, und ich fahre Sie beide wieder zurück zum Haus.«

30

Nadine hielt einmal mehr einer glücklichen Kundin die Tür auf. Tilda wollte der Friseurin im Hinausgehen noch einen Geldschein in die Hand drücken, aber die hob abwehrend die Hände. »Sie haben mir schon Trinkgeld gegeben!« Tilda steckte der jungen Frau den Schein kurzerhand in die Kitteltasche. »Doppelte Mühe verdient doppeltes Trinkgeld!« Sie freute sich über ihr neues Erscheinungsbild genauso sehr wie darüber, wie freudestrahlend Nadine ihr zum Schluss den Taschenspiegel überreicht hatte. Das war schon als Lehrerin das Schönste gewesen: Menschen dabei zusehen zu können, wie sie etwas leisten und stolz darauf sind.

Als Tilda auf die Straße trat, ließ sie die frische Luft tief in ihre Lungen strömen und lächelte in sich hinein. Was für ein Klischee: Wenn Frauen niedergeschlagen sind, gehen sie zum Friseur. Als würden mit den Haaren auch die Probleme abgeschnitten. »Sei's drum«, murmelte sie und dachte an ihre Erstkommunion zurück. Am Tag zuvor hatte sie ihr weißes Kleid anprobiert, in den Spiegel geschaut und war sich in diesem prächtigen Kleid plump und unbeholfen vorgekommen. Wie ein hässliches Entlein, das sich mit Schwanenfedern schmückte.

»Haltung, ma chère, Haltung.« Die Mutter hatte zart ihren Zeigefinger unter Tildas Kinn gelegt und es ein wenig angehoben. »Du bist wunderschön und voller Anmut«, flüsterte sie ihr liebevoll ins Ohr. »Warte, ich frisiere dir noch die Haare.« Dann hatte sie Tildas lange, blonde Haare gebürstet und kunstvoll hochgesteckt, und auf einmal passte alles.

»Haltung, ma chère, Haltung«, dachte Tilda, während sie jetzt erhobenen Hauptes im Nieselregen die Allee hinaufging. Plötzlich huschte ein schwarzer Schatten vor ihr ins Gebüsch. Eine Katze. »Mietzi!«, rief Tilda aus und schlug sich im nächsten Augenblick die Hand vor den Mund. Das konnte nicht Mietzi sein, Mietzi war tot, überfahren worden. Es war direkt vor ihrem Haus passiert. Der Schatten löste sich wieder aus dem Gebüsch, und Tilda stockte der Atem. Die Katze kam direkt auf sie zu und miaute. Miaute auf Mietzi-Art. Tilda bückte sich und streichelte das Tier, das sich ihrer Hand mit seinem ganzen Körper entgegenschmiegte und tief zu schnurren begann.

Konnte das möglich sein? Antonius hatte es doch mit eigenen Augen gesehen, wie sie überfahren wurde. Und doch: Das Kätzchen hatte zwei weiße Pfoten und ein weißes Schnäuzchen. Genau wie ihre Mietzi. Und es schnurrte wie Mietzi. Jetzt sprang es ihr sogar auf den Arm. Tilda konnte nichts dagegen machen, Tränen traten in ihre Augen und ließen sie nur noch verschwommen sehen. Sie wusste, dass es Mietzi war, der vertraute kleine Körper, der sich an sie schmiegte und maunzte. Da stoppte plötzlich ein Auto so dicht neben dem Trottoir, dass das Wasser aus dem Rinnstein aufspritzte. Das Kätzchen erschrak, sprang ihr vom Arm und huschte ins Gebüsch.

Es war Antonius, er ließ das Fenster der Beifahrertür herunter. »Gott sei Dank, dass ich dich gefunden habe, Tilda!« Er stieg aus, ging um den Wagen und hielt ihr die Tür auf.

»Das war Mietzi«, sagte sie. »Sie lebt.«

»Steig ein, Tilda! Ich kann hier nicht stehen bleiben!«

»Die Katze, die ich gerade auf dem Arm hatte. Sie fühlte sich an wie Mietzi.«

»Tilda, bitte, hier ist unbedingtes Halteverbot!«

»Antonius, bist du wirklich sicher, dass das Mietzi war, die überfahren wurde?«

Er fluchte. »Ja, allerdings bin ich sicher. Mietzi war doch nicht die einzige schwarze Katze auf der Welt. Nun steig bitte endlich ein!«

Sie zögerte, blickte sich nach der Katze um, doch sie blieb verschwunden.

»Bitte, Tilda. So langsam bin ich wirklich am Ende mit meinen Nerven.«

Sie stieg ein, und plötzlich war das Hochgefühl, das sich nach dem Friseurbesuch eingestellt hatte, weg. Sie hatte ein schlechtes Gewissen.

»Wo zur Hölle warst du?«, fragte er, kaum dass auch er wieder im Auto saß. Er fuhr los. »Frau Behrens wusste noch nicht mal, wann du fortgegangen bist!«

»Ich war beim Friseur.«

Sie bemerkte den prüfenden Seitenblick. Dachte er tatsächlich, sie hätte den Friseur nur schnell als Rechtfertigung erfunden? »Aha«, sagte er dann, als er sah, dass sie ganz offensichtlich nicht gelogen hatte. »Na gut. Aber was hast du dir dabei gedacht, einfach abzuhauen, ohne Bescheid zu geben? Denkst du, ich habe an meinem freien Samstag nichts Besseres vor?«

Tilda fühlte Empörung in sich aufsteigen. »Nichts Besseres als was, bitte?«

»Jeden Tag nach dir zu suchen wie nach einem streunenden Hund«, schnauzte er zurück.

»Wie nach einem streunenden Hund?« Tilda atmete tief durch. »Du vergreifst dich entschieden im Ton«, sagte sie dann, bemüht, ihre Fassung zu bewahren. »Ich mag manchmal vergessen, wo ich die Schlüssel hingelegt habe, aber ich bin sehr wohl in der Lage, den Weg zum Friseur zu finden. Und ich muss auch nicht Frau Behrens Bescheid sagen oder sonst wem, wenn ich mein eigenes Haus verlassen will.«

»Das sagt ja auch keiner«, lenkte er ein. »Aber wir machen uns Sorgen, Tilda. Große Sorgen, verstehst du das nicht?«

»Ich bin kein kleines Kind«, gab sie zurück. »Ich bin auch weder verrückt noch entmündigt. Ich bin eine erwachsene Frau und komme allein zurecht. Ich brauche keine Bevormundung, und ihr müsst euch keine Sorgen machen um mich. Nein, ihr habt überhaupt nicht das Recht, euch Sorgen zu machen. Bei aller Liebe, wir sind noch nicht einmal verwandt.« Tilda starrte auf die Fahrbahn, sie wusste, wie hart es klang, aber es musste einmal gesagt werden. Sie hatte diese Sätze lange schon gedacht, aber die Empörung gab ihr den Mut, sie auch auszusprechen.

Ein paar Sekunden lang hörte man nur die Scheibenwischer. Dann lenkte Antonius den Wagen an den Straßenrand und stoppte. »Tut mir leid«, sagte er dann zu ihrer Überraschung. Er sah sie treuherzig an, und ihr Ärger schwand. »Nicht böse sein, ja? Es ist nur, die Kinder haben einen Kuchen gebacken und wollten dich zum Kuchenessen einladen. Sie hatten sich so darauf gefreut und waren ganz unglücklich, als ich dich nicht erreichte. Da habe ich mich kurzentschlossen ins Auto gesetzt, um nach dir zu suchen. Ich bin schon seit einer guten halben Stunde unterwegs und wollte gerade aufgeben.« Er machte eine Pause, betrachtete zum ersten Mal ihre Frisur. »Aber dein neuer Look ist wirklich der Hammer.«

»Danke«, sagte sie, obwohl die Formulierung ihrem Gefühl nach zu vage war, um als wirkliches Kompliment zu gelten. Aber das war eben seine Art, er sagte oft Dinge, die man so oder so auffassen konnte.

»Kuchen?«, fragte er mit einem versöhnlichen Lächeln. »Ich bin gespannt, ob die Kinder dich mit der neuen Frisur wiedererkennen. Und ob der Kuchen, den sie mit ihren Patschehänden fabriziert haben, überhaupt genießbar ist. Ich war Zeuge des Entstehungsprozesses, erwarte besser nicht zu viel. Letztes Mal haben sie Zucker und Salz verwechselt.«

Tilda musste lachen. »Also gut. Kuchen.«

Tilda genoss den Trubel im Haus. Die Kinder hatten zwei Freundinnen zu Besuch, und so saßen sie zu siebt um den großen, runden Holztisch in der Wohnküche, tranken heißen Kakao und aßen Marmorkuchen, der tatsächlich für einen Marmorkuchen köstlich schmeckte. Tinchen bedachte Tildas neuen Look mit ihrem neuen Kita-Lieblingswort »mega«, und nach dem Kaffeetrinken setzte Tilda sich mit allen Mädchen aufs Sofa und las ihnen vor. Tinchen saß auf ihrem Schoß, Lenchen neben ihr, und fuhr fasziniert mit ihren kleinen Händen durch ihre Haare, zog sanft an den neuen Locken und wickelte sie um ihre dünnen Fingerchen. Tilda ließ es sich gefallen, sie hatte diese beiden goldigen kleinen Wildfänge mit ihrer Neugierde und ihrem permanenten Bewegungsdrang von Anfang an ins Herz geschlossen. Die beiden verströmten so viel Energie, dass das Zusammensein mit ihnen auf Tilda jedes Mal wie eine erfrischende Dusche wirkte, und sie genoss es auch, wenn sie ihre kleinen Ärmchen bei der Umarmung zum Abschied ungestüm um ihren Hals schlangen. Seit Mietzi tot war, besonders.

Als es Zeit wurde zu gehen, bestand Antonius darauf, Tilda mit dem Auto nach Hause zu bringen. Gern wäre sie zu Fuß gelaufen, sie war sicher, dass sie sich nicht verlaufen würde, aber sie wollte Antonius, der jetzt sichtlich entspannt wirkte, nicht schon wieder beunruhigen.

Als das Auto die Auffahrt zur Villa hochfuhr, traute Tilda ihren Augen kaum. »Siehst du das auch, oder habe ich Halluzinationen?«, rief sie aus und deutete nach vorn. Eine schwarze Katze saß vor der Eingangstür auf dem Fußabtreter. So wie ihre Mietzi früher. War das möglich? Kaum, dass der Wagen stoppte, sprang Tilda aus dem Auto und eilte zu ihr. Kein Zweifel, es war die Katze, die sie vor zwei Stunden im Dorf gesehen hatte. Sie streckte die Hand nach ihr aus, und die Katze begrüßte sie wie Mietzi früher, indem sie ihre Wange an ihrer Hand rieb.

»Meine Mietzi, meine kleine Mietzi!«, flüsterte Tilda. Sie nahm die Katze auf den Arm, streichelte und liebkoste sie. Vorsichtig setzte sie das Tier ab, um den Schlüssel aus der Handtasche zu holen. »Nicht weglaufen, Mietzi, ich schließe nur eben die Tür auf.« Doch die Sorge war unbegründet. Sobald die Tür einen Spalt geöffnet war, zwängte die kleine Katze sich an Tilda vorbei und rannte schnurstracks zur Küche, dahin, wo immer Mietzis Futternapf gestanden hatte. Vor der leeren Ecke stehend, maunzte sie und schaute Tilda an.

Antonius war Tilda langsam gefolgt. »Siehst du«, sagte Tilda aufgeregt, während sie zum Kühlschrank ging und Leberwurst herausholte, »es gibt keinen Zweifel. Es ist Mietzi. Dort stand immer ihr Napf!«

Antonius sagte nichts, sah ihr nur zu, wie sie die Katze fütterte. Anschließend folgte er ihr, als sie mit Mietzi auf dem Arm ins Wohnzimmer wechselte, sich im Ohrensessel niederließ. Mietzi rollte sich auf ihrem Schoß zusammen und schnurrte, während Tilda ihr sanft über den Rücken streichelte.

»Das musst du mir erklären«, sagte Tilda schließlich. »Du hast gesagt, sie sei tot!«

Antonius schwieg, und sie sah ihn anklagend an.

Er wich ihrem Blick aus und schaute zu Boden. »Es tut mir

leid«, sagte er mit heiserer Stimme. »Ich habe getan, was ich für das Beste hielt.«

Es klang aufrichtig. Und plötzlich, auch, weil sie so glücklich war, Mietzi wiederzuhaben, tat es Tilda leid, ihm solche Vorwürfe zu machen.

»Na ja, du warst wohl überzeugt, dass sie es war«, sagte sie. »Du bist kein Katzenliebhaber, erkennst die Unterschiede nicht. Du hast sie wahrscheinlich nie richtig angeschaut, für dich war Mietzi einfach eine gewöhnliche schwarze Katze. Und als du gesehen hast, dass da eine schwarze Katze vor unserem Haus überfahren wurde, da hast du begreiflicherweise gedacht, dass sie es war.«

Eine ganze Weile sagte keiner von ihnen mehr etwas, und es war nur das zufriedene Schnurren der Katze zu hören. »Was für ein dummer Zufall das war«, sinnierte Tilda. »Warum musste Mietzi ausgerechnet in dem Augenblick weglaufen und sich verirren, als vor dem Haus gerade eine Katze überfahren wurde, die genauso aussah wie sie?«

Antonius räusperte sich und faltete die Hände wie zum Gebet. »Tilda, ich muss dir etwas sagen. Ich habe dich angelogen. Ich habe getan, was ich für das Beste hielt – für Mietzi und dich.«

»Wie meinst du das?« Tilda hob den Blick von der Katze, sah die Verlegenheit in Antonius' Blick.

»Mietzi wurde nicht überfahren. Wir haben sie dir weggenommen. Aber es war nur, um zu helfen. Wir haben es nicht mehr mitansehen können. Das Tier verwahrloste immer mehr. Es wurde von Woche zu Woche magerer. Du hast immer öfter vergessen, Mietzi zu füttern, und einmal hast du sie aus Versehen tagelang auf dem Dachboden eingesperrt, ohne Wasser und Futter. Frau Behrens hat zum Glück das schwache Miauen gehört. Das arme Tier sah gottserbärmlich aus.«

Tilda schluckte. »Warum hast du mir nichts gesagt?«

Antonius wich ihrem Blick aus. »Das wollten wir. Aber dann hat Frau Behrens beobachtet, wie du Mietzi eine Schale Katzenfutter öffnest, sie auf einen Teller löffelst und dann Messer und Gabel holst und den Fleischbrei selbst isst. Da habe ich gedacht, es hat keinen ... Da habe ich erkannt, dass es so nicht weitergeht. Mietzi für tot zu erklären, schien mir die schnellste und schonendste Lösung. Lieber ein Ende mit Schrecken ...«

Tilda starrte ihn entgeistert an. »Ich esse doch kein Katzenfutter«, sagte sie. »Nie im Leben habe ich Mietzi das Futter weggegessen.«

»Doch.« Antonius hielt ihrem Blick stand. »Frag Frau Behrens, wenn du mir nicht glaubst. Ich habe gehofft, es ist nur eine Phase, und dass es wieder besser wird, wenn die Katze weg ist. Ich habe Stephanie nichts gesagt, sonst hätte sie am Ende überreagiert und dich die Kinder nicht mehr sehen lassen. Das wollte ich nicht. Und ich hatte recht. Sicher, du warst traurig, dass Mietzi tot war, aber dann ging es dir eine Zeit lang wirklich gut.«

»Was habt ihr mit Mietzi gemacht?«

Er wich ihrem Blick aus. »Frau Behrens hat sie zu sich genommen.«

»Aber sie hasst Katzen!«

»Sie hat es dir zuliebe getan. Es war ja nur als Übergangslösung gedacht. Sobald sie aufgepäppelt wäre, wollten wir eine gute Bleibe für Mietzi finden. Doch dann lief sie weg.«

»Zurück nach Hause«, sagte Tilda und streichelte wie betäubt weiter Mietzi auf ihrem Schoß. Frau Behrens wohnte über zwanzig Kilometer entfernt. Mietzi war ausgerissen und den ganzen weiten Weg bis hierher zurückgelaufen. »Lass mich jetzt bitte allein, Antonius«, sagte sie leise, aber bestimmt.

Antonius nickte verständnisvoll und erhob sich. »Es tut mir leid. Das mit Mietzi war falsch. Wir sind alle nur Menschen, ich habe es nur gut gemeint, hatte dein Wohlergehen im Blick. Aber es war ein Fehler, das sehe ich jetzt.« Zögernd ging er zur Tür, dann hielt er inne, kam zurück und zog ein zusammengefaltetes Papier aus der Tasche seines Jacketts. »Ach Tilda, ich weiß, es ist vielleicht nicht der beste Moment dafür, aber andererseits gibt es für solche Dinge wohl keinen wirklich günstigen Moment. Ich finde, also Stephanie und ich finden, du solltest dir das einmal in Ruhe durchlesen. Du bist eine Person, die immer sehr selbstbestimmt war. Das solltest du dir erhalten und zwar jetzt, solange du es noch kannst.«

Tilda nahm die Papiere entgegen, sah den Briefkopf eines Notars. »Was ist das?«

»Das sind Papiere zu deiner Sicherheit. Du weißt doch, wir sind immer für dich da, Tilda. Wir kümmern uns, egal, was geschieht. Und du musst nie ins Heim, das verspreche ich dir. Wenn du diese Papiere unterschreibst, bist du auf der sicheren Seite und wirst dein Leben weiter wie bisher leben können, mit uns und den Kindern.«

Tilda nickte, faltete die Papiere auseinander und las die Überschrift. »Vorsorgevollmacht«. Dann sah sie mit eisigem Blick zu Antonius hoch. »Ich soll meine eigene Entmündigung unterschreiben?«

»Nein, natürlich nicht! Ganz im Gegenteil! Aber wenn du nicht willst, bitte. Keiner zwingt dich zu irgendwas.« Antonius nahm ihr die Papiere wieder aus der Hand und ging immer schneller im Zimmer auf und ab, offensichtlich in Rage. »Mit dieser Vollmacht könnten wir verhindern, dass wildfremde Leute über dich bestimmen. Wenn sich dein Zustand – Gott bewahre, aber man muss mit allem rechnen – verschlechtert, kriegst du ansonsten einen gerichtlich bestellten Betreuer.

Weißt du, was das heißt? *Dann* wärst du wirklich quasi entmündigt und von einer wildfremden Person abhängig. Die nach Gutdünken über dich bestimmen kann, dich zum Beispiel in Nullkommanix ins nächstbeste Heim stecken, denn das ist das Einfachste. Da bist du dem Pflegepersonal ausgeliefert und hast keine Chance mehr, auch nur das kleinste bisschen selbst zu bestimmen. Aber gut, wenn du nicht willst, wenn du dein Schicksal lieber einem gerichtlich bestellten Betreuer überantwortest, statt sie in die Hände der Menschen zu legen, die du kennst und die dich lieben, wenn du uns nicht vertraust, dann können wir dir auch nicht helfen.« Abrupt blieb er vor dem Fenster stehen und starrte hinaus.

»Ich habe doch nur gefragt, was es mit dieser Vollmacht genau auf sich hat«, sagte Tilda leise.

Da kehrte Antonius zu ihr zurück, kniete sich vor ihren Ohrensessel. Er nahm ihre Hände in seine und sah ihr in die Augen. »Oh, Tilda. Es tut mir so unendlich leid. Wir meinen es doch nur gut. Man versucht alles Mögliche, um zu helfen, weißt du, aber manchmal macht man auch das Falsche. Ich sehe ein, dass es ein großer Fehler war mit Mietzi. Ich mache mir in letzter Zeit so große Sorgen um dich. Stephanie und ich, wir wollen nicht, dass du ins Heim kommst. Wir haben beide keine Eltern mehr. Tina und Lena wachsen ohne Großeltern auf. Du bist so eine wunderbare Ersatz-Oma für die beiden. Sie lieben dich. Sieh es doch einfach so: Ersetze in Gedanken das Wort ›Vorsorgevollmacht‹ durch ›Oma-Adoption‹. Wir würden dich so gern als Oma für die Mädchen weiterhin um uns haben. Du sollst weiterhin Teil unserer Familie bleiben, du sollst ihnen weiter ihre geliebten Märchen vorlesen, und wir wollen so für dich sorgen dürfen, als wärst du Lenas und Tinas Oma.«

Er blinzelte, wandte sich kurz ab und wischte sich über die

Augen. »Entschuldige«, sagte er dann, als er sich wieder im Griff hatte, und hob eine Hand zum Schwur. »Tilda, so etwas wie mit Mietzi, das passiert nie wieder, das verspreche ich dir!«

Bei seinen letzten Worten fühlte Tilda ebenfalls ihre Augen feucht werden. »Natürlich bin ich dankbar für alles, was ihr für mich tut.« Sie erhob sich, Mietzi im Arm, ging zum Sekretär und holte ihren Füllfederhalter. »Wo muss ich unterschreiben?«

»Nein, Tilda, bitte tu das nicht.« Schnell war er bei ihr und nahm ihr sanft den Füller aus der Hand. »Du liest dir das erst mal ganz in Ruhe durch, überlegst es dir gründlich. Und wenn du bereit dazu bist, wenn du es wirklich willst, dann und nur dann, gehen wir gemeinsam zum Notar. Es soll alles seine Ordnung haben, und du sollst ein gutes Gefühl dabei haben und in der vollen Überzeugung unterschreiben, dass es das Beste für dich ist. Dich damit zu überfahren ist das Letzte, was ich will.«

31

Kaum hatte Antonius das Haus verlassen, hörte Tilda das typische Summen und Brummen von Lydia, kurz bevor sie in Aktion trat. Wenn fremde Stimmen im Haus zu hören waren, verhielt sich Lydia ruhig, wie eine taktvolle Gesellschafterin, doch sobald sie unter sich waren, kam sie angerollt. Mietzi sprang fauchend von Tildas Schoß, als der Roboter vor dem Ohrensessel stoppte, und brachte sich auf der Fensterbank in Sicherheit.

»Hallo Tilda«, sagte Lydia. »Es ist Zeit für deine Medizin.«

Tilda ging in die Küche, um ihre Tabletten zu schlucken. Widerspruch war zwecklos, Lydia war penetrant und würde ihr so lange damit in den Ohren liegen, bis sie ihre Pillen geschluckt hatte. Lydia folgte ihr.

»Hast du deine Medizin genommen?«

»Ja, ich habe meine Medizin genommen«, antwortete Tilda. Sie wusste, ein einfaches Ja reichte nicht, sie musste im ganzen Satz antworten, mit diesem bestimmten Satz, sonst würde Lydia die Frage so lange stellen, bis ihr Akku leer war, schlimmstenfalls fünfunddreißig Stunden lang. Eigentlich sah sie ja durch ihre Kamera-Augen, dass Tilda die Medikamente nahm, aber sie war zur Sicherheit darauf programmiert, zusätzlich nachzufragen. Auf Lydia war Verlass, sie war zuverlässiger als jede Pflegekraft.

»Bist du traurig?«, fragte Lydia. Tilda schüttelte den Kopf.

Wenigstens auf diese Frage musste sie nicht antworten, Lydia registrierte auch Kopfschütteln. »Soll ich dir einen Witz erzählen?«, fragte Lydia.

»Nein, danke.« Welche Frohnatur hatte diesen Computer bloß so programmiert, dass er ständig Witze erzählen wollte?

»Wirklich nicht?«, fragte Lydia.

»Mir geht es gut.«

»Willst du darüber reden?«

Tilda betrachtete den kleinen Roboter und lachte bitter auf. Dieser Haufen Hard- und Software auf Rollen war besser darin, ihre Stimmungen zu erkennen, als es Bertie früher gewesen war, der als Arzt jeden Tag so viele Patienten forschend angeschaut hatte, dass für daheim zuweilen nicht mehr viel Sehkraft übrig geblieben war.

»Später vielleicht? Dieser Witz ist sehr lustig.«

Tilda nickte und seufzte. Hätte ihr früher jemand prophezeit, dass sie einmal mit einem Witze erzählenden Roboter zusammenleben würde, sie hätte ihn für verrückt erklärt. Manchmal wusste sie nicht mehr, was surrealer war, der Alltag mit ihrem Roboter oder ihre Träume. Vor allem der Traum von letzter Nacht.

Ein Mann mit Fliege, der mit ihr auf einem einsamen Parkplatz in einem mollig warmen Wohnwagen saß und das ›C-a-f-f-e-e‹-Lied von Mozart sang, während im angrenzenden Wald ein hünenhafter Polizist mit Schäferhund einem jungen Mädchen hinterherrannte, das dem Herrn mit der Fliege eine Million geklaut hatte. Wie hieß das Mädchen noch? Alexa. Ja, genau. Jetzt wusste sie auch, wie ihr träumendes Hirn auf den Namen gekommen war. Alexa, so hieß doch dieses Ding, das Antonius eines Tages freudestrahlend angeschleppt hatte. Er meinte es ja gut, aber Tilda hatte nichts davon gehalten, mit einem schwarzen Lautsprecher zu kommunizieren und ihn auch noch mit Namen anzureden. Im Nachhinein wäre dieses Alexa-Ding gegenüber Lydia das kleinere Übel gewesen. Gedankenverloren bereitete Tilda sich einen Kaffee zu. Jakob hieß der Mann aus ihrem Traum, ihr Retter, der sie von der Raststätte mitnahm und sie mit seinen blaugrauen Augen angeschaut hatte, voller Interesse und – ja, mit einem Blick von Seele zu Seele, als würden sie sich schon ewig kennen. Sie schenkte sich den Kaffee in ihre Lieblingstasse und schnupperte daran, wie es Jakob im Traum getan hatte, nahm einen Schluck und schaute traurig aus dem Fenster, wo die Sonne durch die Regenwolken brach und einen Regenbogen über die Neckarschleife zauberte. Kein Wunder, dass sie solche intensiven Träume hatte. Das geschah oft, wenn die Realität besonders unerfreulich war. So befreite sich ihr Geist wenigstens nachts von Sorgen und Nöten, tröstete sich mit schönen Traumbildern und schickte die erschöpfte Seele in die nächtliche Urlaubsfrische. Allerdings war das Erwachen umso bitterer.

Tilda ging zurück ins Wohnzimmer und betrachtete Mietzi, die friedlich auf der Fensterbank schlief, als wäre sie nie weg gewesen. Ihr wurde das Herz schwer. Sie war nicht einmal mehr in der Lage gewesen, gut für Mietzi zu sorgen. Letztlich hatte Antonius aus Zuneigung zu ihr gehandelt, er hatte sie vor dieser schlimmen Erkenntnis bewahren wollen. Was hielten er und Stephanie wohl noch alles von ihr fern? Wahrscheinlich stand es viel schlimmer um sie, als sie dachte. Auf Dauer, wurde ihr plötzlich klar, würde sie sich wieder von Mietzi trennen müssen. Antonius hatte heute kein Wort darüber verloren, und dafür war sie ihm dankbar. Sie straffte die Schultern. Aber nicht heute. Und auch nicht morgen. Sie würde selbst mit Ruhe und Sorgfalt eine gute Bleibe für Mietzi finden, und wenn es das Letzte wäre, das sie selbst in die Hand nahm.

Tilda fiel ein, dass es in der Vorratskammer kein Katzenfutter mehr gab, Frau Behrens hatte damals gleich alles weggeräumt. Nicht nur Futter, sondern auch eine neue Katzentoilette musste besorgt werden. Sie überlegte, Antonius darum zu bitten. Nein, es kam nicht infrage, ihn schon wieder zu belästigen. Sie würde selbst gehen, es war ja nicht weit. Als sie in die Halle ging und den Mantel von der Garderobe nahm, rollte Lydia ihr nach: »Wohin gehst du?«

Tilda wandte sich ihr zu, sodass Lydias Kamera-Augen ihr lächelndes Gesicht sehen konnten. »Ich besorge Katzenfutter«, antwortete sie laut und deutlich. »Ich gehe die Straße hinunter bis zum Dorfplatz und kaufe Katzenfutter.«

Gern hätte sie Lydias Frage ignoriert und wäre einfach gegangen, ohne genau Auskunft zu geben, aber damit hätte sie sich nur ins eigene Fleisch geschnitten. In dem Fall nämlich würde Lydia eine Notfall-SMS an Antonius und Stephanie abschicken. Und das wäre wahrscheinlich der Tropfen, der das Fass zum Überlaufen bringt, dachte sie, während sie zum zweiten Mal an diesem Tag den Berg hinunterging.

Tilda war sich bewusst, welch großes Glück sie als kinderlose Witwe gehabt hatte, auf diese warmherzige, offene Familie zu treffen. Sie empfand Tinchen und Lenchen als unverhofftes Geschenk, und obwohl sie sich durch Lydia eingeengt fühlte, war der Roboter doch in erster Linie Ausdruck von Umsorgtwerden. In einem sicheren, warmen Nest war es eben eng. Aber die große Freiheit und Weite des Lebens, das hatte sie alles gehabt, und man musste das Beste aus jeder Lebensphase machen. Beschränkung war doch quasi die Definition des Alterns, für jeden. Im Vergleich zu vielen anderen kinderlosen Witwen ging es ihr ja gut, das Schicksal hatte ihr eine neue Familie geschenkt. Antonius' Verärgerung war nur Ausdruck der großen Sorge gewesen, die er sich um sie gemacht hatte. Sie durfte seine Geduld nicht überstrapazieren, sonst würde er sich womöglich das Angebot, sie voll und ganz in den Schoß der Familie aufzunehmen, sozusagen als adoptierte Oma, noch einmal überlegen.

Wer halste sich schon freiwillig so absehbaren Ärger auf mit einer alten Frau, die langsam den Verstand verlor? An diesem Punkt ihrer Überlegungen angekommen, fiel ihr Blick im Vorübergehen auf das Schaufenster des Bestattungsunternehmens Buchholz. Sie zögerte, verlangsamte ihre Schritte, sah hinein und erkannte Herrn Buchholz hinter seinem Schreibtisch. Er winkte ihr überschwänglich zu, und sie winkte zurück und lächelte. Während der schlimmsten Zeit ihres Lebens, kurz nach dem Tod ihres Mannes, war Christoph Buchholz ihr ein Fels in der Brandung gewesen. Er war ein früherer Schüler, als kleiner Junge schon hatte er mit seinem Freund Simon, der später Pfarrer wurde, auf dem Pausenhof gern »Beerdigung« gespielt, zu erkennen an den langen Schulhof-Prozessionen, an denen fast alle Schüler teilnahmen. Im Laufe seines Berufslebens hatte Christoph Buchholz für das letzte Geleit zahlreicher Ortsansässiger Sorge getragen und die Angehörigen auf dieser schweren Wegstrecke begleitet. Jeder kannte ihn, und durch seine verschwiegene und verständnisvolle Art war der gelernte Tischler inzwischen überall geschätzt wie ein guter Seelsorger.

Sie fasste einen Entschluss und trat ein. Herr Buchholz erhob sich überrascht von seinem Schreibtisch, kam ihr entgegen, nahm ihr den Mantel ab und bat sie mit seinem freundlichen Lächeln, Platz zu nehmen. Gleich darauf stand eine dampfende Tasse Tee vor ihr. Herr Buchholz servierte jedem Besucher einen Tee, und sei es nur zum Händewärmen.

»Ich freue mich, Sie zu sehen, Frau Crussol«, sagte er und schenkte auch sich selbst einen Tee ein. »Sie sind wohlauf, hoffe ich?«

»Mir geht es gut, danke der freundlichen Nachfrage«, sagte Tilda und umfing die Tasse mit beiden Händen.

»Potzblitz«, bemerkte Christoph Buchholz und deutete auf ihre Haare. »Waren Sie beim Friseur? Das sieht famos aus.«

Tilda musste lächeln. Potzblitz. Famos. Er war erst Mitte dreißig, aber diese altmodische Ausdrucksweise war ein Hobby von ihm, das wusste sie, weil er ihr davon erzählt hatte, damals, bei den Gesprächen nach dem Tod ihres Mannes, als es vordergründig um die vielen Dinge gegangen war, die zu regeln waren, aber mehr noch um Trost und menschliche Wärme, Gespräche von Mensch zu Mensch. Christoph Buchholz wälzte gern alte Wörterbücher, notierte sich Wörter, die er vor dem »Aussterben« retten wollte, und brachte sie wieder unter die Leute, auch auf die Gefahr hin, nicht verstanden oder belächelt zu werden, wenn er sein Jackett als Rock bezeichnete oder von Weckgläsern, Sommerfrischlern, Backfischen, Schabernack und Schlawinern sprach.

Jetzt lächelte er verschmitzt. »Ihr Anblick, wie frisch dem Jungbrunnen entstiegen! Gibt es womöglich einen erquicklichen Grund für diese Augenweide? Am Sonntag ein Tête-à-tête beim Tanztee im Gemeindehaus?«

»O nein, mir war nur nach Veränderung.« Tilda sah den aufmerksamen, freundlichen Blick des Bestatters und war versucht, ihm ihr Herz auszuschütten, doch dann nippte sie nur an ihrem Tee. Der arme Mann nahm ohnehin schon die Trauer des ganzen Dorfes auf seine Schultern, und er war mit seiner Zeit viel zu großzügig. Sie würde gleich auf die Idee zu sprechen kommen, die ihr bei seinem Anblick vorhin eingefallen war.

»Ich möchte über meine Bestattung reden. Es macht ja Sinn, selbst im Vorfeld alles zu regeln, nicht wahr? Sarg, Lieder für die Messe aussuchen, welche Gaststätte anschließend, welches Essen, Einladungsliste, Reden ja oder nein, Sargträger, Blumenschmuck, all das.«

Herr Buchholz sah sie mit großen Augen an. »Haben Sie … ich meine, warum verspüren Sie das Bedürfnis, liebe Frau Crussol … erlauben Sie mir die Erkundigung, aus welchem Anlass … es liegt doch hoffentlich kein konkreter Grund vor?«

O doch, allerdings, dachte Tilda. Aber das ging niemanden etwas an. Lächelnd schüttelte sie den Kopf. »Ich habe durchaus vor, die Rentenkasse noch länger zu schröpfen. Aber was du heute kannst besorgen …«

»Gewiss, ich verstehe«, beeilte sich Herr Buchholz zu versichern. »Es wäre Ihnen eine Erleichterung, Ihren letzten öffentlichen Auftritt im Vorfeld geregelt zu wissen.«

Tilda sah ihn an und erwiderte sein Lächeln. Dieses Gespräch würde ihr guttun, das spürte sie. Wenn es im Inneren drunter und drüber ging, war es Balsam für die Seele, mit einem warmherzigen Menschen über ganz praktische Angelegenheiten zu reden. Selbst wenn es um die eigene Beerdigung ging. Herr Buchholz hatte ja recht: Was war sie anderes als ein letzter öffentlicher Auftritt, eine letzte große Feier? Bei der sie als Hauptperson allerdings durch ihre bloße, stumme Anwesenheit Gefahr lief, die Stimmung zu trüben. Dass das nicht passierte, dafür konnte sie im Vorfeld einiges arrangieren, und Herr Buchholz war dafür der ideale Verbündete.

»Wissen Sie«, sagte sie und nippte an ihrem Tee. »Ich habe Ihnen nie richtig für die Beerdigung meines Mannes gedankt, glaube ich. Sie haben die Beisetzung zu einem Gemeinschaftserlebnis gemacht, aus dem wir alle, die dabei waren, gestärkt und getröstet hervorgingen und mit dem mein Mann dem ganzen Dorf in guter letzter Erinnerung blieb.«

»Mein Verdienst daran war überaus gering.«

»Sie sind zu bescheiden«, sagte Tilda lächelnd. »Das war

schon früher in der Schule so. Jedenfalls wird diese Angelegenheit bei Ihnen in den besten Händen sein, und ich würde gern jetzt schon alles regeln und auch bezahlen.«

Herr Buchholz schwieg und sah sie betroffen an.

Tilda winkte ab. »Ich weiß, was Sie denken. Die arme Frau, sie ist ganz allein und fürchtet, wenn sie es nicht selbst regelt, macht es keiner, und am Ende wird sie irgendwie verscharrt. Aber nein, so ist es nicht. Ich habe zwar keine lebenden Verwandten mehr, aber sehr liebe Angehörige, die sich selbstverständlich auch um meine Beerdigung kümmern werden. Es ist aber so, ich will sie nicht unnötig belasten und vor all diese Entscheidungen stellen … Sehen Sie, es soll würdig und feierlich werden, so wie bei meinem Mann, eine schöne, persönliche Feier, Blumen und Kerzen und all das, aber nicht übertrieben. Und die Erben würden sich womöglich genötigt fühlen, mehr zu tun, als nötig oder gut wäre …«

Jetzt nickte Herr Buchholz erleichtert. »Oh, ich verstehe. Sie fürchten, Ihre Erben fühlen sich verpflichtet, nur das Teuerste zu wählen. Zu übertreiben.«

»Exakt«, sagte Tilda. »Teils aus Dankbarkeit mir gegenüber, teils vielleicht auch, weil sie – nun ja, wissen, dass das ganze Dorf auf sie als Erben schaut. Das wird einen gewissen Erwartungsdruck ausüben. Dem will ich zuvorkommen. Wenn es heißt, die Verstorbene hat alles im Vorfeld genau geregelt – und Sie werden gewiss Mittel und Wege finden, diese Information durchsickern zu lassen –, entsteht dieser Druck erst gar nicht.«

Herr Buchholz nickte und stand auf, holte die Teekanne vom Stövchen und schenkte ihr nach. »Sie waren übrigens immer meine Lieblingslehrerin«, sagte er leise. Tilda winkte verlegen ab. »Nein, wirklich.« Er setzte sich wieder und griff selbst auch zur Tasse. »Ihre Biologiestunden, wenn wir Exkursionen in die Fluss-Auen machten, waren immer wunderschön, und auch die Musikstunden. Sie haben uns alle zum Singen gebracht, selbst die Unmusikalischen. Bei Ihnen ging das Lernen so leicht, so, wie die Blumen den Sonnenschein aufnehmen. Sie haben uns die Augen geöffnet für die Schönheit der Natur, haben uns neugierig gemacht und uns Freude am Begreifen und Verstehen vermittelt. Einmal bei einer Exkursion, das weiß ich noch, als wäre es gestern, haben wir uns in einer Waldlichtung auf eine Wiese voller Schlüsselblumen gelegt, und Sie haben uns ein Märchen über die Schlüsselblume erzählt, wissen Sie noch?«

Tilda nickte versonnen: »Von dem neugierigen jungen Mann, der einst in das Reich der Wasser- und Erdgeister vordrang und den Berggeist zwang, ihm einen goldenen Schlüssel für den Himmel anzufertigen. Damit stieg er vom höchsten Berggipfel aus in die Wolken und weiter auf den Strahlen der Sterne immer höher hinauf. Die Sterne raunten ihm zu: ›Nicht zittern, nicht zurückblicken!‹ Der Bursche hielt sich an die Anweisungen, bis er zur Himmelspforte kam. Dort mahnte ihn der letzte Stern: ›Vergiss alles, die Erde, die Heimat, Kindheit, Jugend, Vater und Mutter – vergiss alles!‹« Sie stockte.

»Das aber konnte er nicht«, setzte Christoph Buchholz die Erzählung lächelnd fort. »Der junge Mann, der den Schlüssel bereits ins Schlüsselloch stecken wollte, erzitterte. Er blickte sich um und stürzte auf die Erde nieder. Bewusstlos lag er am Boden. Schließlich erwachte er und sah, dass er auf einer Frühlingswiese lag, den goldenen Schlüssel fest umklammert. Er war zur Schlüsselblume geworden.«

Christoph Buchholz lächelte Tilda zu. »Ich habe diese kleine Sage meinen Kindern bestimmt tausend Mal erzählt, sie lieben sie, und ich denke, später werden sie sie ihren eigenen Kindern erzählen.«

Tilda schwieg verlegen und starrte in ihre Tasse. Christoph Buchholz räusperte sich. »Wenn – nun, wenn es einmal so weit ist, würde ich bei der Trauerfeier sehr gern ein paar persönliche Worte sagen.«

»O nein, nicht so viel Aufhebens«, rief Tilda erschrocken aus. »Nur über meine Leiche!« Sie stockte, sah die Erheiterung im Gesicht ihres Gegenübers und musste auch lächeln.

»Aber gewiss.« Jetzt gestattete sich Herr Buchholz ein breites, herzliches Lächeln. Er begleitete sie zur Tür, half ihr wieder in den Mantel. »Seien Sie versichert, ich werde nicht ungeziemlich auf die Tränendrüse drücken, sondern all Ihren ehemaligen Zöglingen aus dem Herzen sprechen. Gleichwohl, wie ich sehr hoffe, liebe Frau Crussol, in einer fernen Zukunft.«

32

Kein Zweifel, dachte Matthias, Jakob hat's erwischt, er ist verliebt. Er gönnte es ihm ja. Wie der Besuch bei der Singdrossel oben auf dem Burgberg wohl gelaufen war? Hoffentlich war die Enttäuschung nur nicht zu groß, falls sie nichts mehr von ihm wissen wollte. Andererseits war er schon eine ganze Weile fort, das war ein gutes Zeichen.

Matthias beschloss, eine Runde mit Eddie über den Campingplatz zu gehen und dann im Kiosk etwas zu essen zu besorgen. Er hatte einen Bärenhunger, seit der Hühnersuppe hatte er nichts mehr im Magen. Der kleine Campingplatz am Ufer des Neckars war um diese Jahreszeit kaum besucht, es gab nur ein paar verwaiste Wohnwagen auf Dauerstellplätzen und ein Wohnmobil, dessen Besitzer gerade zu einer Radtour aufbrachen. Der Kiosk war geschlossen. Entnervt schaute Matthias auf seinem Handy, wo das nächste Lebensmittelgeschäft oder die nächste Tankstelle zu finden sei, und machte sich auf den Weg. Nach der ersten Wegbiegung kam er unverhofft an einer Gaststätte vorbei. Sofort besserte sich seine Stimmung. Er trat ein und gönnte sich den großen Grillteller mit allem Drum und Dran. Das Essen war ein Hochgenuss, und auch Eddie bekam seinen gerechten Anteil. Als die Kellnerin den Teller wieder abräumte, brachte sie noch ein paar Fleischreste aus der Küche für Eddie mit und flirtete ein bisschen mit Matthias. Er bestellte das zweite Halbe, trank es genüsslich und stellte wieder einmal fest, wie sehr ein zufriedener Magen die Sicht auf so manche Dinge verändert. Der Ärger über Jakobs Geldschmuggel war nun in sattes Wohlwollen gebettet. Jakob selbst, so viel stand mal fest, besaß keinerlei kriminelle Energie. Wenn überhaupt, war vielmehr mangelnde Energie sein Fehler gewesen. Mangelnde Energie, sich gegen seinen Sohn zu behaupten. Jakob hatte einfach nicht den Mumm gehabt, seinem Sohn die Stirn zu bieten, war zu schwach gewesen, Nein zu sagen.

Matthias kehrte mit Eddie zum Campingplatz zurück, führte den Hund zum Trinken ans Flussufer. Der Himmel hatte sich aufgeklart, die Sonne schien jetzt ab und zu zwischen den Wolken hindurch, und einzelne Vögel begannen zu zwitschern. Matthias nahm einen Klappstuhl aus dem Wohnwagen und fand dabei eine halb leere, vergessene Packung Zigaretten. Eigentlich hatte er auf dringendes Anraten seines Arztes das Rauchen aufgegeben. Aber er brauchte jetzt eine. Vorsichtig ließ er sich auf dem klapprigen Stuhl nieder und begann zu rauchen. Eddie setzte sich neben ihn und ließ sich den Rücken kraulen, Seite an Seite schauten sie auf den träge dahinfließenden Neckar und genossen die friedliche Stimmung. Eigentlich hatte Matthias heute schon nach Bremen zurückkehren wollen, aber inzwischen war er nicht abgeneigt, noch eine Nacht zu bleiben. Die Ruhe hier tat gut. Morgen früh würden Jakob und er sich hier am Fluss gemeinsam das Frühstück schmecken lassen. Nach all dem Stress bislang war es jetzt einfach mal Zeit für eine erholsame Pause. Er nahm einen tiefen Zug. Hoffentlich kam Jakob nicht zu bald wieder zurück, er und Eddie würden hier am Fluss sitzen und einfach mal nichts tun. Später würde er Bier, Grillkohle und ein paar Nackensteaks besorgen. Er würde Jakob sagen, was es zu sagen gab, danach könnten sie auf den Reset-Knopf drücken. Nur eins kam nicht infrage: weiterzufahren nach Lugano. Nein. Morgen gleich nach dem Frühstück hieß es auf schnellstem Wege return to sender mit der Million. Je früher sie das Geld wieder loswurden, desto besser. Bei der Übergabe würde er sich den feinen Sohn mal vornehmen. Als Polizist, aber vor allem als Freund des Vaters würde er ihm ein paar Takte erzählen. Schön wäre es ja, dachte Matthias, das Geld hier auf der Stelle in den Neckar zu werfen. Er stellte sich vor, wie er die dahinfließenden Geldscheine mit seiner Handykamera filmte, und grinste bei dem Gedanken, die Szene an den Sohn zu senden.

Er zog noch einmal tief an seiner Zigarette, dann musste er husten und drückte sie aus. Verdammt. Der Qualm machte die Bronchien eng und erinnerte ihn an die bevorstehende Operation. Er streichelte Eddie, der ihm die Hand leckte, und seine Gedanken kehrten zu dem Mädchen zurück. Es war verrückt, aber der Abschied von der kleinen Sprotte war ihm schwergefallen. Ihre Verlorenheit rührte ihn. Bei so manchen Straffälligen konnte man seiner Erfahrung nach das Wort »Verbrecher« durch das Wort »Verzweifelte« ersetzen. Bei ihr besonders, und der Diebstahl des Geldes war ganz klar eine Kurzschlusshandlung gewesen. Doch sie war aus freien Stücken umgekehrt. Auch wenn es zunächst nur wegen der Suche nach ihrem Handy war, so war sie doch bei ihm geblieben, als sie gesehen hatte, dass er verletzt war, und hatte seine Wunde verbunden. Früh am Morgen, als er noch seinen Rausch ausgeschlafen hatte, war sie mit Jakob noch mal in den Wald gegangen, um ihr Handy zu suchen, und war rührend glücklich damit zurückgekehrt. Er hatte ihr dann vorgeschlagen, doch einfach mitzukommen, wenn sie später nach Bremen zurückfahren würden. Sie könnten sie nach Hause bringen, zu ihrer Familie. Was auch geschehen sei, seiner Erfahrung nach wäre ihr Vater bestimmt einfach froh, sie wiederzuhaben, und man könne neu anfangen. Aber sie war ganz wütend geworden bei dem Vorschlag. Nein, das sei das Allerletzte, jetzt fange er auch noch damit an, Jakob sei ihr schon genug auf die Nerven gegangen. Gutes Zureden hatte nicht geholfen, sie wollte partout nicht zurück zu ihrer Familie, sondern nach Heidelberg, um weiter Platte zu machen. Wenn er eins in seinem Beruf gelernt hatte, dann das: Man kann nur helfen, wenn es gewollt ist. Das Mädchen war volljährig und wollte frei sein.

Als sie sich verabschiedet hatte, war sie wieder ganz das wohlerzogene Schulmädchen gewesen. Den Rucksack geschultert, ihre Gitarre an der Hand, bedankte sie sich nochmals und zeigte ihre strahlend weißen Zähne. Fehlte nur noch der Knicks. Dann ein letztes »Tschüs«, und sie ging, ohne sich noch einmal umzudrehen, so zerbrechlich, zart und verloren, dass es ihm die Kehle zugeschnürt hatte. Jakob und er hatten ihr nachgeschaut, bis sie zwischen den Häusern der Altstadt verschwunden war, und beide hatten sie kurz nacheinander ihre Sonnenbrillen aufgesetzt.

Matthias holte eine Dose Hundefutter aus dem Wohnwagen. Während Eddie sein Futter verschlang, schaute er auf die Uferböschung, die voller Brennnesseln war. So ist das Mädchen auch, sagte er sich. Dünn und zart, aber auch zäh und voller Lebenskraft. Sie findet schon ihren Weg, erobert sich ihren Platz im Leben. Sicher, sie hat es nicht leicht, aber wer hat das schon in dem Alter. Er fasste sich an die Brust, die ihm mit einem Mal wieder eng wurde und an sein eigenes Problem erinnerte. Drei, vier ruhige Atemzüge, und es wurde wieder besser. Hätte er gestern nur nicht so viel getrunken. Auch die Kopfschmerzen, durch Kaffee und Kohlenhydrate niedergeschmeichelt, meldeten sich mit einem Pochen an den Schläfen wieder zurück. Deutliche Mahnungen, dem Körper noch eine

Portion der besten Medizin von allen zu gönnen. Er ging in den Wohnwagen zurück, pfiff nach Eddie und gab ihm einen Kauknochen. Dann legte er sich aufs Bett, sah Eddie beim Knochenkauen zu und schlief ein.

33

Sie hatte eine halbe Stunde lang gespielt und schon eine Menge Münzen in ihrer Gitarrentasche gesammelt, als sie die beiden Kerle in Motorradkutten bemerkte. Einer fotografierte sie mit seiner Handykamera, dann setzten sie sich gegenüber vor eine Eisdiele, und der, der fotografiert hatte, tippte auf sein Handy. Ihr Herz begann zu hämmern. Alex kannte diese Typen nicht, hatte sie nie gesehen. Wer waren die? Warum nahmen die sie auf? Sie spielte weiter, ›Bad Moon Rising‹ von CCR, holperig wie eine Anfängerin, und überlegte dabei fieberhaft, was sie tun sollte. Vielleicht war alles ganz harmlos. Sie wurde oft fotografiert. Aber was, wenn nicht? Wenn eine Fahndung nach ihr lief und die sie erkannt hatten? Nach dem Ende des Liedes, als die beiden Männer gerade ihren Kaffee bekommen hatten, packte sie, so schnell sie konnte, die Gitarre ein, schnappte sich den Rucksack und tauchte im Menschengewühl der Altstadt unter.

Aus den Augenwinkeln nahm sie wahr, dass einer der Männer ein paar Münzen auf den Tisch legte, und sie lief schneller. Hektisch blickte sie sich alle paar Meter um. Folgten die ihr? Als sie halbwegs sicher war, dass die Männer sie aus den Augen verloren hatten – selbst wenn sie ihr nachgelaufen waren –, betrat sie ein großes Café, eilte gleich nach hinten durch zu den Toiletten und schloss sich ein. Sie schaute auf die Uhr, wartete und versuchte sich zu beruhigen. Die

Panik ließ nach ein paar Minuten nach. Doch jedes Mal, wenn sie hörte, wie die Tür zu den Toilettenräumen sich öffnete, schlug ihr das Herz wieder bis zum Hals, und sie beruhigte sich erst wieder, wenn sie hörte, wie eine der Toiletten neben ihrer benutzt wurde oder sich jemand die Hände wusch. Es war alles normal. Sie waren ihr nicht ins Café gefolgt.

Nach einer Stunde öffnete sie vorsichtig die Tür, zuckte zusammen, als sie jemanden im Vorraum sah. Es war nur eine Frau, die sich vor dem Spiegel die Lippen nachzog. Alex fiel ein Stein vom Herzen. Erleichtert trat sie in den Vorraum, wusch sich das heiße Gesicht mit kaltem Wasser. Als die Frau ihren Lippenstift wegpackte und ins Café zurückging, folgte sie ihr. Halb versteckt hinter dem Kuchenbuffet hielt sie inne, sondierte die Lage. Die Männer waren nicht zu sehen, weder im Café noch auf der Straße. Sicherheitshalber bestellte Alex sich trotzdem ein Taxi. Während sie darauf wartete, zählte sie das Geld, das sie gesammelt hatte. Über sechzig Euro, und dazu noch das Geld, das Jakob ihr zugesteckt hatte. Sehr gut, sie würde heute Nacht keinesfalls im Freien übernachten, sondern sich zum Hostel bringen lassen. Während der Fahrt schaute sie sich immer wieder um, und einmal stockte ihr der Atem, als sie Motorräder sah. Aber sie überholten und waren bald verschwunden. Sie atmete auf. Das war noch einmal gut gegangen! Und vielleicht war es ja auch nur falscher Alarm. Das Foto von ihr war am Ende nur ein Touristen-Schnappschuss. Sicher, sie hatten Kutten getragen. Aber es waren definitiv keine Cobras, deren Kutten waren unverwechselbar. Sie hatte überreagiert. Doch dann hielt das Taxi vor dem Hostel, und sie sah die Biker und ihre Maschinen. Ein schwerer Chopper und ein Trike, wie sie auch bei den Cobras beliebt waren. Die beiden Männer standen vor der Herberge und rauchten. Der Taxifahrer schaltete den Taxameter aus. »Macht fünfzehn achtzig.«

»Ich habe es mir anders überlegt«, sagte Alex schnell und nannte ihm die neue Adresse.

34

Matthias erwachte durch heftiges Donnern an der Tür. Er fuhr hoch, spähte aus dem Fenster, erkannte Alex und entriegelte die Tür. Das Mädchen sah ihn mit weit aufgerissenen Augen an, wollte etwas sagen, konnte aber nicht, weil sie so außer Atem war, stattdessen zeigte sie nur hinter sich, nach draußen, wo ein schweres Trike quer über die Wiese langsam und zielstrebig auf sie zurolle. Matthias wollte zu seinem Handy greifen, doch es lag nicht an seinem Platz. »Wo zur Hölle …«, murmelte er, zog Alex in den Wohnwagen, verriegelte die Tür und verlor kostbare Sekunden auf der Suche nach dem Telefon.

»Hast du die Waffe noch?«, brachte Alex jetzt heraus.

Matthias schüttelte den Kopf, die Pistole trug er zwar bei sich, doch das Magazin hatte er vorne im Auto beim Ersatzreifen versteckt. Er erinnerte sich, dass das Telefon noch in seiner Jackentasche steckte, fand es endlich und wählte den Notruf. Da wurde die Tür auch schon aufgerissen, so heftig, dass sie aus den Angeln brach. Ein Berg von einem Mann nahm die Tür, als wäre sie aus Pappe, warf sie raus auf die Wiese und zwängte sich herein. Er trug einen Chopper-Helm, das Visier heruntergeklappt, sodass man sein Gesicht nicht sehen konnte. Alex schrie auf, und Matthias stellte sich schützend vor sie. Eddie begann zunächst leise, dann lauter und mit gefletschten Zähnen zu knurren.

Im nächsten Augenblick streckte der Mann die Hand aus,

mit einer Geste, die unmissverständlich war: Er solle ihm das Handy geben. Doch nun meldete sich die Notrufzentrale, und der Mann reagierte mit einer Schnelligkeit, mit der Matthias nicht gerechnet hatte, schlug ihm das Handy aus der Hand, fing es auf und warf es in hohem Bogen aus dem Wagen. Dann holte er aus, um Matthias mit seiner beringten Faust ins Gesicht zu schlagen. Matthias wich zurück und versuchte gleichzeitig, dem Angreifer gegen das Knie zu treten, denn dessen Kopf und Oberkörper waren durch Helm und Lederkutte zu gut geschützt. Matthias' verletztes Bein schmerzte höllisch, er traf nicht richtig, wich dem nächsten Hieb aus, trat mit zusammengebissenen Zähnen wieder zu und sah, dass Eddie hochsprang und sich in den Unterarm des Angreifers verbiss. Sein Kumpel hatte nichts verlernt, er begriff intuitiv, dass dies ernst war.

Aus der Kehle des Mannes drang ein archaischer Schrei. Er hob den Arm, doch Eddie ließ nicht los. Da trat Matthias noch einmal zu, diesmal traf er zielgenau. Der Riese schrie unter seinem Helm erneut auf, rasend vor Zorn jetzt, dann schleuderte er den Hund, der immer noch an seinem Arm hing, mit Wucht gegen den Kühlschrank. Als Eddie aufjaulend zu Boden stürzte und dort reglos liegen blieb, warf Matthias sich mit seinem ganzen Gewicht dem Mann entgegen, riss ihm den Helm vom Kopf und gab ihm eine Kopfnuss. Sie landeten auf dem Bett, und Matthias schlug, alles vergessend, was er beim Nahkampftraining gelernt hatte, in blinder Wut auf den Mann ein. Als der sich nicht mehr wehrte, stemmte er ihm sein Knie in den Rücken und wandte sich zu Alex um, sah, dass sie neben Eddie hockte, der leise winselte. Gott sei Dank, er lebte. »Schnell«, befahl er, »in der Küchenschublade ist eine Wäscheleine!« Alex fand die Leine und reichte sie ihm mit zitternden Händen. »Und jetzt ruf die Polizei«, sagte er, während er dem Angreifer die Hände auf dem Rücken fesselte. »110!«, schrie er, als er aus den Augenwinkeln bemerkte, dass Alex nicht reagierte. »Worauf wartest du? Nimm dein Handy, ruf 110!« Im nächsten Moment war der Angreifer gefesselt. Matthias nahm aus den Augenwinkeln noch einen Schatten wahr, dann trafen ihn schon zwei harte Schläge, einer in die Niere, gleich darauf einer in den Nacken. Er fiel vornüber aufs Bett, und ihm wurde schwarz vor Augen.

Wieder zu sich kommend, sah er das Emblem eines weißen Geiers über sich, dann kam ein Hieb auf sein rechtes Ohr, ein dumpfes Dröhnen und gleich darauf ein Schmerz im Gesicht. Plötzlich konnte er nichts mehr sehen. Er wollte sich wehren, aber seine Hände gehorchten nicht. Matthias realisierte noch, dass sie gefesselt waren, hörte, wie Alex »Hör auf!« schrie, dann verlor er wieder das Bewusstsein.

35

»Sie hat ›Hör auf!‹ gerufen«, sagte Matthias leise und ohne die Lippen zu bewegen.

Jakob war erleichtert, dass sein Freund wieder bei Bewusstsein und klar im Kopf war. Die Verletzungen, hatte der Arzt gemeint, seien nicht allzu schwer, nur schmerzhaft.

»Wie geht's dir?«, fragte er.

Matjes deutete mit dem Zeigefinger auf den Novamin-Infusionstropf neben dem Bett. »Gutes Zeug. Darf mich nur nicht bewegen. Kannst du mir den Kaffee geben?«

Jakob führte den Schnabelbecher vorsichtig an Matthias' aufgeplatzte Lippen und ließ ihn trinken. »Danke.« Jakob nickte ihm zu und stellte den Becher wieder auf den Nachttisch, dann hob er den Blick zum Fenster und starrte auf den gegenüberliegenden Gebäudetrakt des Klinikums. Er ertrug es kaum, seinen Freund so zu sehen, und er fühlte sich ausgelaugt und so niedergeschlagen, als wäre er ebenfalls Opfer des Überfalls gewesen. Diesen Anblick bei seiner nichtsahnenden Rückkehr auf den Campingplatz würde er nie mehr vergessen: Matjes gefesselt und halb bewusstlos auf dem Bett, mit blutverschmiertem Gesicht und zugeschwollenen Augen, der Hund winselnd auf dem Boden, mit einer daumendicken, stark blutenden Wunde an der Flanke. Als die Sanitäter sich wenig später um Matjes kümmerten, bat er den Fahrer des Krankenwagens, ihm dabei zu helfen, Eddie vorsichtig ins

Auto zu tragen. Dann war er mit dem Hund zur Tierklinik nach Heidelberg gerast, keinen Augenblick zu früh. Die Tierärzte diagnostizierten außer der offensichtlichen äußeren auch innere Verletzungen, was eine sofortige Operation notwendig mache. Er gab seine Einwilligung und fuhr dann auf dem schnellsten Weg zu Matthias in die Uniklinik. Kurz nach seinem Eintreffen hier hatte sich die Tierklinik schon gemeldet. Der Eingriff sei geglückt, und wenn der Hund die Nacht gut überstehe, sei die Prognose gut. Matjes gegenüber hatte Jakob Eddies Gesundheitszustand beschönigt und nur von einer genähten Wunde gesprochen. Sein Freund war schlimm genug dran und sollte sich nicht auch noch Sorgen um seinen Kumpel machen müssen.

Matthias versuchte, sich im Bett aufzurichten, und verzog vor Schmerzen das Gesicht. »Sie hat ›Hör auf!‹ gerufen«, wiederholte er. »Was denkst du, warum?«

Jakob zuckte die Schultern. »Na ja«, sagte er ausweichend, »weil sie wollte, dass der aufhört, dich zu schlagen.«

Matjes starrte mit seinen zugeschwollenen Augen auf die Bettdecke, und Jakob fühlte sich elend. Er wusste, was Matjes meinte, wusste so gut wie er, dass es zwei mögliche Antworten auf die Frage gab, eine gute und eine schlechte. Die gute war ein unspezifisches »Hör auf!«, ein Dazwischengehen, wie man es tun würde, wenn einer in der U-Bahn bedrängt wird und man mutig eingreift. Die zweite mögliche Antwort aber war das vertraute Duzen von jemandem, den man kannte, und das »Hör auf!« war im Sinn von »Genug jetzt!« zu verstehen.

Und diese zweite Antwort war die wahrscheinliche. Das Mädchen kannte den Schläger, vielleicht sogar die ganze Gang. Sie war eine von ihnen. Jakob hätte Matjes gern eingeredet, dass Alex irgendwie in Heidelberg den Zorn der Motorradrocker auf sich gezogen hatte, sie dann in ihrer Not auf den

Campingplatz geflohen war, in der Annahme, dass sie bei Matjes sicher vor ihnen wäre. Und dass sie Alex nun entführt hatten. Das große Aber war allerdings das Geld. Es war wieder weg. Die Rocker waren verschwunden, ebenso wie Alex und das Geld. Woher hätten die Rocker von der Million wissen sollen, wenn nicht von Alex?

36

Matthias befingerte sein zugeschwollenes rechtes Auge. Wenigstens konnte er noch sehen damit, auch wenn das Sichtfeld stark eingeschränkt war. Verdammt.

O ja, das Mädchen war eine gute Schauspielerin. Sie waren ihr alle auf den Leim gegangen, als sie das harmlose Schulmädchen gegeben hatte. Und er besonders. Dabei hatte sein erster Instinkt ihn gewarnt. Später im Wald, als er vom Tod ihrer Mutter erfuhr, hatte sie ihm leidgetan. Was für ein durchschaubarer alter Ganoventrick, Mitleid zu erregen. Wie blind er gewesen war. Wie billig sie sein Vertrauen hatte erschleichen können. Diese gerissene kleine Kröte. Sie hatte gemerkt, dass der Gelddiebstahl eine Nummer zu groß für sie allein war. Während er ihr in Heidelberg noch mit Wasser in den Augen hinterhergeschaut hatte, hatte sie sich schon längst einen Plan zurechtgelegt, das Geld wieder an sich zu bringen. Und während er sich noch Sorgen machte, wie das arme Mädchen wohl allein zurechtkäme, hatte sie eiskalt mit den Fingern geschnipst und ihre kriminellen Freunde zur Verstärkung herbeigeordert. Sie hatte zugesehen, wie sie ihn brutal zusammenschlugen, und für das gnädige »Hör auf!« dafür, dass sie ihn am Leben gelassen hatten, musste er ihr am Ende noch dankbar sein. *Da verliert man den Glauben an die Welt.*

Wie oft hatte er diesen Satz schon gehört, von erschütterten Opfern, die erkannten, dass da ein Wolf in die Schafweide ihres Lebens eingebrochen war. Wie oft hatte er verzweifelte Senioren betreut, die es nicht fassen konnten, wie sehr sie hereingelegt wurden von Menschen, die sich so nett gegeben hatten oder so hilfsbedürftig erschienen waren. Sie hatten einfach nicht verstehen können, wie ein anderer Mensch so skrupellos und gemein sein konnte, ihre Hilfsbereitschaft auszunutzen, ihnen die letzten Notgroschen zu stehlen, die magere Rente oder den Ehering, oder sie brutal niedergeschlagen hatte, nur um an die Handtasche zu kommen. Die Erkenntnis, dass ihre Leiden den Tätern kaum ein Achselzucken wert waren, verschlimmerte den Schmerz bei den Opfern, genau wie die Scham darüber, es nicht vorhergesehen zu haben, nicht gut gewappnet gewesen zu sein, zu arglos, zu sehr Schaf.

Willkommen im Club, dachte Matthias. Jetzt war er einer von ihnen. Auch bei ihm kam zum körperlichen Schmerz die Scham. Er hatte Alex gern gehabt, ihr vertraut und nicht erkannt, dass sie es nur auf das Geld abgesehen und es sich brutal geholt hatte.

Dass ausgerechnet ihm das passiert war. Der Polizeibeamte von der Kriminalprävention, selbst hereingefallen, ein naives Opfer. So bitter es war, so lächerlich war es auch: Er, der gestandene Polizist, war das Schaf, sie, das junge Mädchen, der Wolf.

Aus Jakobs Handy ertönte wieder das ›Halleluja‹ von Händel.

»Es nervt«, sagte Matthias.

Jakob sah auf das Display. »Schon wieder Lukas. Ich weiß nicht, was ich ihm sagen soll.«

»Die Wahrheit. Das Geld ist weg.«

Jakob schüttelte den Kopf. »Alles, bloß das nicht. Die Polizei findet die Bande. Das Geld taucht schon wieder auf, meinst du nicht?«

Matthias starrte an die Decke.

»Außerdem«, sagte Jakob optimistisch, »es gibt ja noch das Mädchen. Im Wohnwagen gibt es gewiss DNA-Spuren von ihr.«

»Selbst wenn, das Geld kannst du vergessen. Das ist bis dahin gut versteckt.«

Jakob stöhnte auf. »Was für ein Desaster. Lukas wird mir das nie verzeihen. Wenn ich das Geld verliere, verliere ich auch meinen Sohn.«

Der Verlust hält sich in Grenzen, dachte Matthias, hütete sich aber, es auszusprechen. Doch sein Freund hatte ihm offenbar angesehen, was er dachte.

Jakob drehte sich zum Fenster, das Halleluja-Telefon hilflos in der Hand haltend. Endlich wurde es still. »Du hast keine Kinder«, sagte er dann leise und steckte das Telefon ein. »Du weißt nicht, wie das ist.« Erneut erschall das ›Halleluja‹.

»Geh endlich dran oder geh raus«, sagte Matthias.

Jakob nickte und ging. Die Hand schon an der Klinke, zögerte er, stellte das Handy leise und kam zurück. »Sag, hattest du eigentlich die Scheine, mit denen das Mädchen dir das Bein verbunden hat, schon wieder in die Tasche gelegt?«

»Ja.« Matthias kämpfte gegen ein schmerzhaftes Grinsen an. Dieser alte Fuchs. Sein Blut, seine DNA klebte an dem Geld. Das würde ihrer späteren Aussage bei der Polizei Glaubwürdigkeit verleihen, dass ihnen das Geld bei dem Überfall geraubt worden war. Wenn es denn überhaupt gelingen würde, das Geld wiederzufinden. Aber Jakobs unerschütterlicher Optimismus war so rührend, dass es fast schon ansteckend war.

»Doch selbst wenn das Geld wieder auftaucht, wie willst du denn erklären, warum du mit einer Million unterwegs warst?«

»Bargeld dabeizuhaben ist ja nicht verboten, oder? Was ich damit vorhatte, geht niemanden etwas an.«

»Na, du Filou, verlass dich darauf, die Kollegen werden ahnen, warum. Und dich in die Zange nehmen.«

»Na und? Bargeld ist immer noch ein höchst legitimes Zahlungsmittel. Dann wollte ich eben etwas damit kaufen.«

Matthias lachte auf und verzog gleich darauf vor Schmerz das Gesicht. »Was denn? Zehn gestohlene Corvettes? Ein Dutzend Kois von der Chinesenmafia?«

Jakob begann, zwischen Fenster und Bett hin- und herzutigern. »Oder … Kunstwerke!« Plötzlich fasste er sich an den Kopf und strahlte übers ganze Gesicht. »Kennst du das? Es gibt zwei Probleme, und plötzlich gibt's eine Brücke zwischen den beiden, und sie finden zueinander wie die Königskinder und küssen die Lösung herbei!«

37

Alex saß auf dem hinteren Sitz des Chopper-Trikes und hielt die Augen fast ganz geschlossen. Sie waren auf der Autobahn unterwegs, Fahrtwind und Nieselregen brannten ihr im Gesicht, die Augen zu öffnen war unmöglich. Beast hatte ihr einen Helm ohne Visier gegeben, eine Schikane am Rande. Sie machte sich Sorgen um Matjes und den Hund, mehr als um sich selbst. Ihre eigene Situation war ohnehin ausweglos. Sie war wie ein dummes Kind zu Matjes gerannt, in der Hoffnung, bei ihm sicher zu sein, und hatte damit alles nur noch schlimmer gemacht. Sie hatte gedacht, die hätten sie bei einem Bullen in Ruhe gelassen, aber woher hätten die auch wissen sollen, was er war? Wahrscheinlich hatten sie ihn für ihren Vater gehalten. Keiner der beiden Männer hatte ihr gesagt, wohin sie fuhren, aber sie wusste es auch so: zurück nach Bremen, zu Aaron und den anderen. Es würde einen Prozess geben. O ja, sie hatten ihre Gesetze, sie waren ihr eigener Staat. Es würde eine Gerichtsverhandlung geben, oder das, was sie darunter verstanden. Es ging viel um Ehre und Gesetz bei ihnen. Viel zu spät hatte sie kapiert, wessen Ehre und wessen Gesetz damit gemeint war: Aarons Gesetz, Aarons Ehre. Alles andere war verlogene Scheiße, wie der Anwalt, den sie ihr bei der Verhandlung zugestehen würden. Der würde ihr nichts nützen, im Gegenteil. Sie würden ihr nicht erlauben, sich selbst zu verteidigen, das übernahm ja ihr Anwalt. Der aber nichts zu ihrer Verteidigung beitragen würde. Ein Schauprozess erwartete sie, mit Richter und einem Urteil, das schon längst feststand.

Was hätte sie auch sagen können, um es milder ausfallen zu lassen? Dass es Notwehr war? Sie war mit ihm mitgegangen, mindestens Faust und Tabasco hatten es gesehen, freiwillig war sie mit Honeybear mitgegangen. Da machte ein Mädchen bei den Cobras keinen Rückzieher. Egal wie die Nacht wurde, niemand beschwerte sich da anschließend. Es war ihr Fehler gewesen, von Anfang an. Cedric, genannt Honeybear. Wie hatte sie nur so dumm sein können? Nüchtern war er so verständnisvoll und nett, und er hatte so ein tiefes, gemütliches Lachen und diesen dichten Bart, sah wie ein gutmütiger, tapsiger Bär aus. Sie hatte gedacht, daher der Name. Sie hatte ihn nicht umbringen wollen, sie wusste ja nicht mal, wie es passiert war. Auf dem Weg zu seiner Wohnung hatte er an einem Kiosk noch einen halben Liter Wodka und ein Glas Honig besorgt. Sie dachte zuerst, der Honig sei fürs erste gemeinsame Frühstück, und freute sich darauf. Dann waren sie weitergegangen, und er hatte die Flasche aufgedreht. Sie war leer, als sie am Hochhaus ankamen. Im Aufzug hatte er das Honigglas aufgeschraubt, mit seiner dicken Hand hineingefasst und den Honig in ihrem Gesicht verrieben. Sie war so verwirrt und fassungslos gewesen, dass sie gar nichts dagegen getan hatte, war einfach nur stocksteif dagestanden. Doch als die Aufzugtür sich öffnete, hatte sie versucht zu fliehen, war zum Treppenhaus gerannt. Aber er hatte sie eingeholt und an den Haaren in seine Wohnung gezerrt. Dann schloss er die Tür ab, steckte den Schlüssel ein, nannte sie »Honigbiene« und schubste sie ins Schlafzimmer. Dort fing er an, sie auszuziehen und sie abwechselnd mit Honig einzureiben und abzuschlecken. Als sie sich wehrte, schlug er sie.

Sie war so schockiert gewesen, dass sie sich nicht mehr wehrte. Als sie weinte, ernüchterte ihn das, er wischte ihr mit seiner Honigpranke die Tränen aus dem Gesicht und sagte, es sei doch nur Spaß gewesen. Er holte eine Flasche Jägermeister und Cola aus dem Kühlschrank. Jetzt gebe es erst mal einen Versöhnungsschluck. Sie wollte nicht trinken, aber um ihn nicht wieder wütend zu machen, trank sie dann doch. Kaum war ihr Glas leer, machte er es wieder randvoll, diesmal ohne Cola, und als sie sich diesmal weigerte, nannte er sie »meine kleine Stopfbiene«, nahm sie in den Schwitzkasten und zwang sie dazu. Danach wusste sie nichts mehr, sie hatte einen Filmriss, und als sie aufwachte, lag er halb auf ihr und atmete nicht mehr, und das Bettzeug war klebrig und blutverschmiert. Sie wand sich unter ihm hervor, schleppte sich zur Toilette und blieb lange dort auf dem kalten Fliesenboden hocken, kämpfte mit Schwindel und Übelkeit und versuchte, sich zu erinnern. Doch da war nichts, das Letzte, woran sie sich erinnerte, war das Gefühl von Ausweglosigkeit, als er ihr den Jägermeister eingeflößt hatte, sein irres Kichern, wie er sie als Stopfbiene bezeichnet hatte, und dann durch all den Nebel des Alkohols hindurch die nüchterne, paralysierende Erkenntnis: Das passiert wirklich. Ich werde sterben. Plötzlich blitzte doch noch ein Bild auf: Sein entstellt verzerrtes Gesicht über ihr, der schwere, zuckende Körper auf ihr. Hatte sie ihm mit irgendetwas über den Kopf gehauen? Auf ihn eingestochen? Aber womit? Sie hätte doch nur ihre Fäuste benutzen können. Aber sie war verzweifelt und betrunken gewesen, irgendwie musste sie ihn doch so schlimm getroffen haben, dass er …

Alex senkte den Kopf, denn es begann heftiger zu regnen. Verdammt, dachte sie. Dass sie aus Bremen wegmusste, war ihr klar gewesen. Aber sie hatte nicht damit gerechnet, dass die Cobras südlicher als Hannover überhaupt noch unterwegs waren. Das hier waren ja auch keine Cobras, sie trugen Geier auf ihren Kutten. Geier und Cobras, dachte sie. Tierzeichen unter sich. Wahrscheinlich hatten die Cobras sie zu einer Art Fahndung in ihren Gruppen ausgeschrieben. Sie wusste, dass die so was machten. Ein paar Wochen vorher hatte sich ein armer Idiot erdreistet, ein Motorrad direkt vom Hof des Clubs zu klauen. Aaron hatte befohlen, dass sie dem Typen, sobald sie ihn fänden, klarmachen sollten, dass er das nicht noch einmal tun solle. Alex war wirklich so naiv gewesen zu glauben, dass sie mit dem Dieb nur reden und ihn zur Einsicht bringen wollten. Aber einer von Aarons Leuten hatte ihr, als er betrunken war, die Wahrheit gesteckt. Dass der Typ jetzt querschnittsgelähmt sei. »Es gibt Gesetze«, hatte er gelallt. »Und einem von uns das Moped klauen, das geht gar nicht. Der Pisser kann froh sein, dass er noch lebt.« Ob der Typ hier vor ihr auf dem Trike eine Freundin hatte? Was wäre später mal ihr Kommentar zu dem, was mit ihr passierte? Selbst schuld, sich wehren, das geht gar nicht? Kann froh sein, dass sie noch lebt?

Nein, dachte sie, und es wurde ihr kalt. Er wird seiner Freundin nie von dieser Aktion hier erzählen. Noch nicht mal, wenn er bis oben voll ist. Das hier werden alle, die davon wissen, totschweigen. Würden die sie überhaupt am Leben lassen? Und wenn, wäre sie dann überhaupt froh, noch am Leben zu sein, oder lieber tot?

38

Endlich hatte Jakob einen Grund gefunden, es noch einmal bei Tilda zu versuchen. Er nahm ein Taxi, um keine Zeit zu verlieren. Erfreut sah er schon von Weitem, dass im Haus Licht brannte. Lange tat sich nichts nach dem Klingeln, aber er gab nicht auf und schellte immer wieder. Dann näherten sich Schritte, und sein Herz klopfte, als er Tildas Stimme hörte. »Ja, wer ist da?«

»Ich bin's, Jakob Hüfner!«, rief er ihr durch die geschlossene Tür zu, das Stofftier in der Hand haltend. Er fühlte sich wie ein Teenager beim ersten Rendezvous. »Ich habe hier eine kleine Katze, die unbedingt zu Ihnen will!«

Die Tür öffnete sich einen Spalt, dann ganz. Erstaunt sah er hellblonde Locken, die ihr Gesicht umspielten. Sie sah ihn mit weit aufgerissenen Augen an, als sei er eine Fata Morgana.

»Neue Frisur!«, sagte er und strahlte sie an. »Sieht toll aus!«

Tilda machte den Mund auf und wieder zu, brachte aber noch immer kein Wort heraus. Jakob hielt ihr die kleine Katze entgegen. »Schauen Sie, Ihre kleine Mietzi hatte Sehnsucht nach Ihnen. Wir kamen in der Nähe vorbei, und da dachte ich, erfülle ich ihr den Wunsch und schaue schnell mal herein.«

Tilda nahm die Katze mit zitternden Händen entgegen. Sie trat einen Schritt zurück und winkte ihn herein. Während er ihr ins Haus folgte, bemerkte er, dass sie sich am Türrahmen abstützte, als sei ihr schwindelig. Schnell fasste er ihr unter den Arm. »Meine Liebe, was ist mit Ihnen? Ist Ihnen nicht wohl?«

Sie schüttelte den Kopf. »Danke, es geht schon wieder«, flüsterte sie. »Es ist nur …« Sie brach ab, ergriff seine rechte Hand mit ihren beiden Händen und schluchzte auf. »Ich freue mich so, Sie zu sehen. Ich hielt Sie für … ich dachte, ich hätte mir alles nur eingebildet.« Jetzt weinte sie tatsächlich.

Jakob legte vorsichtig den Arm um sie.

»Er hat mir gesagt, es sei alles nur ein Traum«, schluchzte Tilda an seiner Schulter. Allmählich beruhigte sie sich wieder, und schließlich löste sie sich von ihm, wischte sich die Tränen ab. »Entschuldigen Sie bitte diesen Ausbruch, Herr Hüfner. Es ist sonst nicht meine Art. Es ist nur … ich bin so froh, Sie zu sehen. Ich kann noch gar nicht glauben, dass Sie leibhaftig vor mir stehen.«

Er bot ihr ein Taschentuch, das sie dankend annahm. Sie wandte sich von ihm ab und schnäuzte sich. Dann straffte sie die Schultern, wandte sich ihm wieder zu und schenkte ihm ein Lächeln. Er atmete auf. Hatte sie eben noch verwirrt und durcheinander gewirkt wie jemand, der einen Geist sieht und an seinem Verstand zweifelt, war sie nun wieder gefasst.

»Verzeihen Sie bitte, Herr Hüfner. Wie verstörend mein Verhalten auf Sie wirken muss. Kommen Sie nur ins Wohnzimmer, bitte!«

Sie bat ihn, Platz zu nehmen, und ging in die Küche, um Wasser und Gläser zu holen. Als sie wiederkam, traute Jakob seinen Augen kaum. Ein kleiner Roboter auf Rollen folgte ihr. »Was ist das denn?«, fragte er perplex. »Ihr Hausdiener?«

»So ähnlich«, sagte Tilda aufseufzend und ging zurück in die Küche. Der Roboter rollte ihr wieder nach. Tilda ließ ihn in die Küche rollen, schlüpfte dann schnell hinaus und schloss die Tür. Sie lächelte ihm verschwörerisch zu. »Irgendwas stimmt nicht mit ihrer Programmierung. Normalerweise hält sie sich im Hintergrund, wenn ich Besuch habe, aber heute ist Lydia so anhänglich wie eine Gesellschafterin, die Langeweile hat. Zum Glück kann man sie austricksen, sie kriegt die Tür nicht auf!«

Sie schenkte Jakob und sich ein Glas Wasser ein und setzte sich ihm gegenüber aufs Sofa. »Das muss Ihnen alles merkwürdig vorkommen«, stellte sie fest. Ihre Stimme klang resigniert.

Er deutete zur Küche. »Warum haben Sie … ich meine … ist das …«

»Sagen Sie es ruhig.« Tilda nickte traurig. »Ein Demenzroboter. Und es tut mir schrecklich leid, dass ich Ihnen nicht gesagt habe, wie schlimm es tatsächlich um mich steht. Lydia erinnert mich zuverlässig an die täglichen Dinge, die ich sonst vielleicht vergesse. An die Einnahme meiner Tabletten vor allem, aber auch an Termine und an die Essenszeiten. Sie ist auch ein Notfall-Telefon, meine Verbindung zur Welt. Es hat alles sein Gutes, wissen Sie, durch Lydia kann ich weiterhin selbstständig wohnen. Sie wissen ja, ich will auf keinen Fall ins Heim.«

Jakob hörte Tilda aufmerksam und mit Anteilnahme zu, und so sprach sie immer weiter, erzählte ihm, wie sie lebte, und gestand ihm schließlich sogar stockend, dass sie ihre Katze so oft zu füttern vergaß, dass sie fast gestorben sei.

»Aber bisher hatte ich noch nie Probleme mit der Unterscheidung zwischen Traum und Wirklichkeit«, schloss sie. »Das war dann schon etwas, das mich aus der Bahn geworfen hat, als Antonius mir sagte, ich hätte alles nur geträumt. Und kaum hatte ich mich damit abgefunden, öffne ich die Tür, und Sie stehen in Fleisch und Blut vor mir.« Sie nahm ihr Glas, trank es in einem Zug aus und stellte es ab. »Durch meine fortschreitende Erkrankung bringe ich meine Familie fraglos in schwierige Situationen, in denen es bestimmt nicht leicht ist zu entscheiden, was das Richtige ist. Aber das war nicht richtig. Auf was kann ich mich denn überhaupt noch verlassen?«

»Moment mal. Ihr Antonius hat Ihnen das gesagt? Sie hätten alles nur geträumt?« Jakob sah sie ungläubig an. »Die Raststätte, unsere Begegnung, all die Dinge, die passiert sind?«

Tilda nickte. »Inklusive des Geldschmuggels.«

Jakob riss die Augen auf. »Was? Sie haben das mit der Million mitgekriegt?«

Tilda errötete. »Neugierde war schon immer eine meiner Schwächen, und als Lehrerin spitzt man bei heimlichem Getuschel unwillkürlich die Ohren. Sie wollten doch mit Ihrem Freund unter vier Augen reden, und ich ging zum Wohnwagen. Aber kurz hinter dem Auto bückte ich mich, um mir die Schuhe zuzubinden.«

Jakob nickte verstehend, dann schüttelte er den Kopf. »Was hat er sich nur dabei gedacht«, murmelte er.

»Das habe ich mich allerdings auch gefragt. Das war unmöglich von Ihrem Sohn, Sie um so etwas zu bitten.«

Jakob sah überrascht auf. »Ich meine nicht meinen Sohn, sondern Ihren Antonius. Was hat er sich dabei gedacht, Ihnen einzureden, es sei nur ein Traum gewesen?«

»Ich denke, er wollte mich beruhigen. Er wird befürchtet haben, dass es mich vollends aus der Bahn wirft, wenn ich realisiere, dass ich mitten am Tag schlafwandle und an einer Autobahnraststätte lande, ohne zu wissen, wie ich dorthin gekommen bin.«

»Und deshalb redet er Ihnen ein, dass alles, was Sie erlebt haben, nur ein Traum war?«, fragte Jakob empört. »Wenn man das Gefühl hat, nicht einmal mehr zwischen Traum und Realität unterscheiden zu können, bringt einen das doch erst recht um den Verstand!«

»Nun ja.« Die Katze kam zu Tilda und strich ihr um die Beine. Sie bückte sich und nahm sie auf den Arm. »Er hat es gut gemeint. Die Situation ist für alle schwierig.«

»Aber bei aller Liebe, das ist doch Wahnsinn ...«

»Da sagen Sie was«, nickte Tilda traurig. »Die Sache mit Mietzi, und jetzt das ...«

»Welche Sache mit Mietzi?«, hakte Jakob nach.

Tilda erzählte ihm vom vorgeblichen Tod der Katze und von ihrem Wiederauftauchen. Dass Antonius keinen anderen Ausweg gesehen habe, als ihr die Katze wegzunehmen, weil sie das Tier nicht mehr gut versorge. Die Katze auf dem Arm streichelnd, blickte sie minutenlang aus dem Fenster, und sie wirkte so verschlossen, dass Jakob sich nicht traute, sie aus ihren Gedanken zu reißen. Dann schien sie sich plötzlich wieder an ihn zu erinnern, lächelte ihm zu.

»Ich denke, dass Antonius und Stephanie zuerst nur rücksichtsvoll waren. Sie wollten nicht, dass ich unter der Erkenntnis leide, meinen Verstand zu verlieren. Doch nach und nach mussten sie immer mehr dafür tun, die Wahrheit für mich unter den Teppich zu kehren. Ein Irrweg aus Liebe.« Sie stand auf und holte ein Fotoalbum aus dem Regal, schlug es in der Mitte auf und überreichte es Jakob.

»Hier, schauen Sie. Das sind sie alle: Antonius und Stephanie mit Tinchen und Lenchen. Wenn ich sie nicht hätte, wäre ich arm dran, so viel ist sicher. Nachdem meine Freundin Anne letztes Jahr plötzlich starb, haben mich Antonius und Stephanie sozusagen als Ersatz-Oma für ihre beiden Mädchen adoptiert. Unverhofft habe ich so etwas wie Enkelkinder bekommen, darf Oma sein, das ist ein großes Geschenk. Mir geht das Herz auf, wenn ich ihnen vorlese und wenn sie mir stürmisch um den Hals fallen. Jeden Sonntag holen sie mich zum Mittagessen ab, und Antonius und Stephanie kümmern sich zwischendurch um mich. Antonius hat mir auch Frau Behrens vermittelt, die das Haus in Ordnung hält. Ich habe eine Familie. Welch unverhofftes Glück. Ich bin sicher, sie werden einsehen, dass sie mit ihrer Fürsorglichkeit zu weit gegangen sind. Niemand ist vollkommen, wir alle machen zuweilen Fehler, ist es nicht so? Wie heißt es noch so schön: Das Gegenteil von gut ist gut gemeint.«

Jakob kam ein schrecklicher Verdacht. Während Tilda ihm weiter von ihrer neuen Familie vorschwärmte, ließ er seinen Blick erneut über die teuren Möbel und die Kunstschätze schweifen. Tilda war ein so liebenswürdiger, interessanter Mensch, um den man sich bestimmt gern kümmerte. Aber sie war auch reich. Geld korrumpiert, dachte er. Die Zuneigung der kleinen Kinder war sicherlich unverfälscht, aber wie sah es mit diesem Antonius und seiner Frau aus? Es sprach für Tilda, dass sie offensichtlich nicht auf die Idee kam, Erbschleichern auf den Leim gegangen zu sein. »Verzeihung, Tilda«, unterbrach er sie schließlich.

Sie sah ihn erschrocken an, weil er so ernst war und jetzt direkt vor ihr stand wie jemand, der eine sehr schlimme Nachricht überbringt und selbst darunter leidet. »Aber das Gegenteil von gut ist nicht immer gut gemeint. Es kann auch schlecht sein. Schlecht gemeint und böse.«

»Was meinen Sie?«

Er sah die Angst, die Ablehnung in ihrem Blick und atmete tief durch. »Ich bin überzeugt, Sie sind nicht dement. Ich glaube aber, dass diese Leute, die Sie als Ihre Familie betrachten, Ihnen das nur einreden wollen.«

Tilda lachte auf. »Warum sollten sie das tun?«

»Sie sind eine reiche Witwe. Sie haben keine sonstigen Angehörigen, nehme ich an?«

Tilda schüttelte den Kopf. »Aber das ist doch …«

»Um es hart zu formulieren: Heute kümmern sie sich um Sie, morgen um Ihr Geld. Ich fürchte, diese Leute sind nicht Ihre Freunde, geschweige denn Ihre Familie. Die meinen es nicht gut mit Ihnen, die sind nicht fürsorglich, sondern kriminell.«

»Das ist doch blanker Unsinn!« Tilda stand auf, schob sich an ihm vorbei und ging im Zimmer hin und her. »Wie können Sie es wagen! Solch eine infame Unterstellung! Ich will Ihnen mal etwas sagen: Sie kennen diese Familie doch überhaupt nicht, Sie können sich kein Urteil erlauben. Diese Familie lebt die Werte meiner verstorbenen Freundin, sie war ein gütiger Mensch, der sich immer um andere kümmerte, das hat sie ihrer Tochter vorgelebt, und genau das leben jetzt Stephanie und Antonius ihren Kindern vor und geben es weiter. Diese Familie ist das Glück meiner alten Tage. Das lasse ich mir nicht von Ihnen kaputtreden.« Sie kam zu ihm zurück und sah ihn ernst an, alle Wärme war aus ihren Augen verschwunden. »Dass Sie so etwas denken, sagt viel über Sie selbst aus, wissen Sie das? Aber nicht jeder ist kriminell veranlagt.«

Stumm standen sie sich gegenüber.

»Touché«, sagte Jakob schließlich. »Es ist wohl besser, ich gehe jetzt.« Er wandte sich ab, und sie hielt ihn nicht zurück. Er hatte sich das Wiedersehen schön und voller Freude vorgestellt, und jetzt schlug ihm nur Zorn und Empörung entgegen. Es hatte keinen Zweck, und was ging es ihn schließlich an? Andererseits, was würde passieren, wenn er es einfach gut sein ließ? Schon an der Wohnzimmertür, beschloss er, noch einen letzten Versuch zu wagen, kehrte mit raschen Schritten zu ihr zurück und ergriff ihre Hände. »Sie haben völlig recht, Tilda. Ich wollte Geld schmuggeln für meinen Sohn, was illegal ist.«

»Sagen Sie lieber kriminell«, sagte sie eisig und entwand ihm die Hände.

»Ja, meinetwegen auch kriminell. Aber das hier, Tilda, was man da mit Ihnen zu tun versucht, das ist doch eine andere Kategorie! Da wollen Ihnen Leute, denen Sie vertrauen, einreden, dement zu sein, um sich an Ihnen zu bereichern.«

»Unsinn. Und jedenfalls werden ›die‹, wie Sie meine Familie nennen, mich niemals ins Pflegeheim stecken!«

»Nein, das wäre ja auch dumm. Denn dann würde rauskommen, dass Sie nicht im Mindesten dement sind. Viel wahrscheinlicher ist, dass Sie früher oder später an einer Überdosis Ihrer eigenen Medikamente sterben werden. Natürlich erst, nachdem hier alles verscherbelt wurde, was nicht niet- und nagelfest ist, oder nachdem Sie ein notariell beglaubigtes Testament zu deren Gunsten unterzeichnet haben.«

»Wie schlecht Sie von den Menschen denken! Außerdem habe ich das schon längst getan, mit dem Testament.«

»Wissen die das etwa schon?«

Sie schüttelte den Kopf. »Aber das ist eine gute Idee, ich werde es ihnen morgen sagen.«

»Fühlen Sie das denn nicht selbst, dass Sie nicht dement sind!«, rief Jakob. Er rang mit den Händen. »Wie können Sie das denn nicht sehen? Die haben Ihnen ganz übel mitgespielt. Sie haben mir vom Verschwinden der Katze erzählt. Ihr guter Antonius hat Sie perfide angelogen, die Katze sei überfahren worden. Warum wohl?«

»Er hat gesehen, dass ich die Katze nicht mehr versorgen kann. Er wollte mir den Kummer darüber ersparen und hat zu dieser Notlüge gegriffen.«

»Und was hat diese Notlüge, wie Sie es nennen, bei Ihnen bewirkt? Hat sie Ihnen irgendwie geholfen?«

»Ja! Sie hat mich vor der traurigen Erkenntnis bewahrt, dass ich zu schusselig werde, um meine Katze zu versorgen.«

»Nein, Sie haben einen weiteren festen Halt in Ihrem Leben

verloren. Sehen Sie nicht, was die mit Ihnen gemacht haben? Die nehmen Ihnen Ihr geliebtes Haustier und stellen Ihnen einen Demenzroboter hin. Wenn ich mit einem Demenzroboter zusammenlebte, wäre ich schnell auch überzeugt, dement zu sein.«

»Herrgott, dafür brauche ich keinen Demenzroboter!« Sie wanderte wieder im Zimmer auf und ab. »Ich habe es Ihnen doch schon gesagt. Ich kann mich nicht mehr erinnern, wann ich was getan habe. Die Katze zu füttern, zum Beispiel. Ich verlege Dinge und finde sie an den unmöglichsten Orten wieder. Ich erzähle Sachen zwei- oder dreimal, dann wieder bilde ich mir ein, über etwas gesprochen zu haben, aber keiner weiß etwas davon.«

Jakob stellte sich ihr in den Weg und streckte den Zeigefinger in die Höhe. »Hören Sie dieses Geräusch?«

Tilda lauschte, dann schüttelte sie den Kopf. »Nein, ich höre nichts.«

»Richtig, denn da ist auch nichts«, sagte Jakob. »Aber so funktioniert es, verstehen Sie? So können wir jemanden an seinem Verstand zweifeln lassen. Wenn der andere einem etwas erzählt, sagen wir: ›Ach, das hast du mir doch schon erzählt!‹ Oder wenn der andere sich auf etwas bezieht, was er schon erzählt hat, gibt man vor, davon noch nie gehört zu haben. Oder man verlegt Dinge, legt sie woanders hin, an Orte, wo derjenige nie suchen würde. Es ist so leicht, jemandem das Gefühl zu geben, dass er sich auf seinen Verstand nicht mehr verlassen kann. Und ich glaube, nein, ich bin fest überzeugt, dass diese Leute Ihnen genau das antun, und zwar systematisch und seit langer Zeit. Die haben Sie gezielt kirre gemacht, sie verunsichert, um Ihr Vertrauen zu gewinnen. Die haben sich als Lösung präsentiert, dabei sind die das Problem.«

»Genug davon!« Tilda wehrte ihn mit beiden Händen ab,

als sei seine körperliche Nähe giftig. Ihre Stimme war jetzt leise und beherrscht. »Was Sie da sagen, ist – ungeheuerlich. Stephanie ist die Tochter meiner besten Freundin. Außerdem waren die beiden oft gar nicht hier, wenn mir – so etwas passierte. Selbst wenn sie gewollt hätten, sie hätten es nicht tun können. Ich allein war verantwortlich dafür, wenn ich etwas verlegt hatte.«

»Womöglich steckt auch die Putzfrau mit drin«, wandte Jakob ein. »Sie hat Ihnen nicht gesagt, dass ich heute Morgen schon einmal da war, oder?« Er griff wieder nach ihren Händen. »Hören Sie, Tilda, ich bin normalerweise der Letzte, der anderen Menschen gleich böse Absichten unterstellt, aber für mich liegt dieser Fall so sonnenklar. Ich hatte von Anfang an Zweifel daran, dass Sie dement sein sollen. Warum nur können Sie das nicht sehen?«

Sie entzog ihre Hände und starrte regungslos auf die große Wanduhr. Er ahnte die Antwort. Sie war so allein, dass sie leichter akzeptieren konnte, dement zu werden, als den schmerzlichen Gedanken zuzulassen, dass sie ausgerechnet von den Menschen, die sie liebte, betrogen und ausgenutzt wurde.

»Jetzt sind wir also schon bei einer Verschwörungstheorie«, sagte sie bitter. »Nun ist es auch die Putzfrau. Am Ende steckt das ganze Dorf mit drin.«

Jakob erkannte, dass es im Moment keinen Zweck mehr hatte. Tildas ganze Wut richtete sich auf ihn, während sie die Leute, die sie als ihre Familie betrachtete, in Schutz nahm. Sie brauchte Zeit zum Nachdenken. »Die Frisur steht Ihnen übrigens ausgezeichnet«, versuchte er abzulenken. »Obwohl ich Ihre natürliche Haarfarbe auch apart fand.«

Ihr Blick traf ihn distanziert und würdevoll. »Friedhofsblond ist keineswegs meine natürliche Haarfarbe. Und unterlassen Sie bitte die plumpe Schmeichelei. Ich bin dement, aber nicht dumm.«

»Nein, Sie sind weder das eine noch das andere!«, rief Jakob aus. Er machte eine weit ausholende Armbewegung. »Wenn ich Sie doch nur überzeugen könnte! Ihr Haus ist voller Kunstschätze! Ist Ihnen nie die Idee gekommen, dass die es nur darauf abgesehen haben könnten, Sie auszunehmen? Dass Sie das Opfer liederlicher Erbschleicher sind? Dass die Ihnen die Demenz nur einreden, um Sie von sich abhängig zu machen, um sich Ihr Vertrauen zu erschleichen und dann … wer weiß was mit Ihnen zu tun? Auf jeden Fall aber nur eins wollen, und das ist Ihr Geld?« Ihm kam eine neue Idee. »Wir machen hier und auf der Stelle einen Demenztest. Die gibt's im Internet. Zuerst Sie, dann ich.« Er zog sein Handy hervor. »Und dann werden wir ja sehen, wer von uns das bessere Gedächtnis hat. Einverstanden? Ich wette, Ihres schneidet um einiges besser ab als meins!«

Seine letzten Worte wurden von den Gongschlägen der Wanduhr unterbrochen. Jakob bemerkte, dass Tilda von ihm zur Uhr sah, und jeder weitere Schlag schien sie härter zu machen. Vor dem Uhrgeläut war er noch überzeugt gewesen, es sei möglich, ihr die Augen zu öffnen, so offensichtlich, wie die Sache war. Doch nun wirkte sie wie versteinert. »Vielen Dank für Ihren Besuch, aber ich denke, es ist besser, Sie gehen jetzt.« Mit festen Schritten ging sie ihm voraus zur Tür, komplimentierte ihn förmlich hinaus, wünschte ihm unverbindlich alles Gute, und alsbald stand er draußen vor der Tür und hätte ein paar unanständige Flüche ausgestoßen, wenn er welche gekannt hätte.

39

Seit die Dämmerung hereingebrochen war, hatte Alex jedes Gefühl für die Zeit verloren, es kam ihr vor, als würden sie schon ewig unterwegs sein, ihr Rücken, der Kopf, Beine und Arme, alles tat ihr weh, alle Muskeln waren verkrampft, und es schien unmöglich, dass ihr Körper, so lange wie festgetackert auf dem dahinrasenden Trike dem kalten, nassen Fahrtwind ausgesetzt, sich je wieder würde bewegen können. »Wenn du nicht anhältst, pinkel ich mir in die Hose!«, brüllte sie dem Fahrer zu. »Deine Entscheidung!«

Sie fuhren an einem Schild vorbei, das in fünf Kilometern eine Autobahnraststätte anzeigte. Der Helm vor ihr nickte, und Alex atmete auf. Die schwarzen Motorradhandschuhe schlossen sich fester um die Lenkergriffe, und sie ahnte seine Wut. Egal. Hoffnung gab ihr neue Kraft. Es hatte geklappt. Wenn sie erst einmal an der Raststätte waren, hätte sie gewonnen. Natürlich würden die beiden Biker versuchen, sie einzuschüchtern, bevor sie sie zur Toilette gehen ließen. Ihr drohen und direkt vor der Tür auf sie warten. Aber alles, was sie benötigte, war ein Handy, um die Polizei zu rufen. Im Toilettenraum würde sie bestimmt eine Frau finden, die ihr half. Dann bräuchte sie nichts weiter zu tun, als in der Sicherheit der Toilettenräume abzuwarten.

Doch dann kamen die Lichter der Raststätte, und der Kerl machte keine Anstalten, abzufahren.

»Hey!«, brüllte sie. »Es ist echt dringend!«

Er nickte wieder nur und gab Gas. Wenig später kam das Hinweisschild auf einen Parkplatz. Ohne Raststätte, ohne öffentliches WC. Dort fuhren sie ab. Es war unwirtlich und dunkel, hundert Meter weiter vorn parkte nur ein einsamer Lkw. Der Kerl hielt an und deutete auf den angrenzenden Wiesenstreifen. »Beeil dich.«

Das andere Motorrad kam neben ihnen zum Stehen. »Was ist los?«

»Sie muss pissen.«

»Nein«, sagte Alex. Könnte sie sich doch nur in einen schönen Traum flüchten, weg von diesem Albtraum.

Der eine nahm eine Schachtel Zigaretten und steckte sich eine an. »Mach schon.«

Ihr Fahrer packte sie hart am Arm und drohte ihr mit der Faust. »Oder … das hast du nicht gewagt, oder?«

»Nein! Aber ich kann das nicht so. Ich brauche – eine Toilette.«

Beide brachen in Gelächter aus. »Ach was«, sagte ihr Fahrer. »Eine To-i-lette!«, äffte er sie nach. »Sie braucht eine To-i-lette!«

»Oder sollen wir helfen«, sagte der andere und kam auf sie zu.

Alex wich zurück und hatte plötzlich das Gefühl, unter dem engen Helm keine Luft mehr zu bekommen. Sie nahm ihn ab, sah, dass ein Auto auf den Parkplatz fuhr, schöpfte Hoffnung, riss einen Arm hoch, um zu winken, doch da war ihr Fahrer schon bei ihr und drehte ihr den Arm auf den Rücken. Sie schrie auf vor Schmerz. Das Auto fuhr weiter, wieder auf die Autobahn. Der Typ ließ ihren Arm wieder los, er lachte, und der andere auch. Sie wussten, sie hatte keine Chance.

Sie war das Pech in Person, sie hatte es und sie brachte es. Sie dachte an ihre Mutter, an den toten Honeybear und an

Matjes, wie er zusammengesackt war, und an den Hund. In diesem Moment sehnte sie sich danach, wieder Kind zu sein. Dass ihr Vater sie in den Arm nehmen würde, so wie früher, und sie sich geborgen und in Sicherheit fühlen konnte. Die Sehnsucht war wie ein Ballon, der sich in ihrer Brust schmerzhaft ausdehnte. Es würde nicht geschehen, er würde sie nie mehr in die Arme nehmen. Sie hatte nicht nur ihre Mutter, sondern auch ihren Vater verloren, für immer. Als sie das begriff, platzte der Ballon, sie konnte nichts mehr denken und brachte kein Wort mehr heraus, stand einfach nur da, nachts im Nieselregen auf dem dunklen Parkplatz, und heulte Rotz und Wasser.

40

Matthias konnte keine Ruhe finden, nachdem Jakob gegangen war. Er hatte drückende Schmerzen in der Brust, und er machte sich Sorgen um Eddie. Der Gedanke, dass das Mädchen um des Geldes willen das alles zugelassen hatte, machte ihm zu schaffen. Niederträchtig und gewissenlos war sie. Und er selbst war so dumm und naiv gewesen, Mitleid mit ihr zu haben, sie zu mögen. Ihre Verlorenheit und Hilfsbedürftigkeit, alles nur Masche und er selbst der dümmste Bulle Bremens. Er stellte sich vor, wie sie höhnisch ihren Biker-Schlägern von ihrer Reisebekanntschaft erzählte: »Total irre, du bist per Anhalter unterwegs und merkst, die haben eine Million Euro in einer Aldi-Gefriertüte versteckt! Alter, das ist wie ein Sechser im Lotto! Die sind so was von leichte Beute!«

Wieder einmal öffnete sich die Tür zu seinem Zimmer, wie so oft, seit er eingeliefert worden war. Diesmal war es nicht der Pfleger, der einmal mehr zum Messen von Puls und Blutdruck kam oder um einen Tropf anzuhängen oder ein EKG zu machen oder sonst etwas, sondern ein Weißkittel, eine Ärztin, etwa im selben Alter wie er.

Sie stellte sich als Kardiologin vor und legte das Gesicht in Falten wie eine, die eine unangenehme Botschaft hat. »Ihre derzeitige Verfassung gibt uns leider Anlass zur Sorge, Herr Brockmeyer.«

»Kein Wunder«, versuchte Matthias zu scherzen. »Ich fühle mich auch ziemlich zerschlagen.«

Doch die Ärztin schüttelte den Kopf. »Es sind nicht die akuten Verletzungen, sondern Ihr EKG. Hatten Sie in letzter Zeit gar keine Beschwerden? Kurzatmigkeit bei körperlicher Anstrengung? Schwächegefühle?«

Matthias winkte ab. »Doch, aber alles unter Kontrolle.« Er gab an, dass er in kardiologischer Behandlung sei und eine Herzklappen-Operation demnächst anstehe, und die Ärztin nickte nachdenklich. »Ich möchte gern noch eine Untersuchung machen, nur zur Sicherheit.«

»Nur zur Sicherheit?« Matthias sah die Ärztin verärgert an. »Beim Klabautermann, ich habe schon drei Stunden in der Notaufnahme verbracht und das volle Programm hinter mir. Machen Sie sich mal keine Sorgen, mir geht es wunderbar, abgesehen von den Schmerzen. Ruhe und eine Mütze Schlaf, das ist alles.«

Die Ärztin sah ihn nur an und schüttelte den Kopf.

»Was wollen Sie denn noch untersuchen?«

»Ihr Herz. Nicht, dass es schon fünf vor zwölf ist.«

»Nein, da kann ich Sie beruhigen, es ist erst halb elf«, sagte Matthias. Dass Ärzte immer grundlos Panik verbreiten mussten. »Noch eine Infusion gegen die Schmerzen wäre hilfreich, das ist alles.«

»Wo genau haben Sie die Schmerzen?« Die Ärztin trat aufmerksam näher, und Matthias deutete auf seinen Oberbauch. »Es zieht bis in den Rücken. Als wäre die Faust immer noch da.«

Die Ärztin zog ihr Handy hervor. Wenig später wurde Matthias über lange, viel zu helle Krankenhausflure gefahren. Die zackig vorbeiziehenden Neonlichter an der Decke, der schmerzende Druck auf seiner Brust, die routinierte Eile, mit der die beiden Pfleger das Bett zogen und schoben, und vor allem der Anblick des Schriftzugs *OP-Bereich – kein Zutritt* an der automatisch aufschwingenden Tür machten ihm Angst. Leise summte er die Melodie eines Songs vor sich hin.

Der ältere der beiden Pfleger ergänzte lächelnd: »Keine Angst, keine Angst, Rosmarie!«, und legte ihm die Hand auf die Schulter. »Sie sind hier in guten Händen.«

Die kriegen das schon wieder hin, sagte er sich, während er für das Kommende vorbereitet wurde und sich wie eine Ausziehpuppe fühlte, freundlichen und bestimmten Anweisungen folgte und gegen die aufsteigende Panik ankämpfte. Ihm kam der Schwarz-Weiß-Film mit Heinz Rühmann in den Sinn, den er als kleiner Junge bei seinem Opa geschaut und der den Wunsch geweckt hatte, später zur Marine zu gehen. Heinz Rühmann und zwei andere im Matrosenanzug, wie sie munter sangen: »Doch wenn der letzte Mast auch bricht, wir fürchten uns nicht … Das kann doch einen Seemann nicht erschüttern …«

Dann kam der Anästhesist, seine Augen hatten Lachfalten, er stellte sich vor, erklärte etwas, das Matthias nicht verstand, und forderte ihn am Schluss freundlich auf, an etwas Schönes zu denken. Noch einen letzten schönen Gedanken? Waren das hier seine letzten bewussten Sekunden? Hier zwischen blauen Kitteln und sterilem Metall? Würde er wieder aufwachen, und wenn ja, wie würde es ihm gehen? Dann sah er die Spritze, die in den Zugang auf seinem Handrücken geführt wurde. Er konnte an nichts Schönes mehr denken, an gar nichts mehr.

41

Auf dem Weg zurück zum Campingplatz erinnerte ein plötzliches Schwächegefühl Jakob daran, dass er heute nur zwei hastige Mahlzeiten eingenommen hatte, ein Käsebrötchen auf dem Markt am Morgen, als er gemeinsam mit der Putzfrau vergeblich nach Tilda Ausschau gehalten hatte, und eine wässrige Gulaschsuppe in der Krankenhauskantine am Nachmittag. Im Dorf kam er an einem kleinen Hotel vorbei, im Erdgeschoss brannte noch ein warmes, einladendes Licht hinter den Butzenscheiben des Restaurants. Jakob schaute auf seine Uhr. Es war erst halb zehn, mit etwas Glück bekam er noch etwas zu essen.

Einen Brotzeitteller und zwei Bier später war sein Bauch zufrieden, das Schwächegefühl verschwunden, und er sehnte sich nach einem Bett. Er würde sich früh den Wecker stellen, denn er hatte einen Entschluss gefasst. Tilda brauchte seine Hilfe. Es war ihr ja ganz ähnlich ergangen wie ihm. Auch er hatte lieber die Augen verschlossen vor der Rücksichtslosigkeit seines Sohnes, vor seinem unverschämten Anliegen, den eigenen Vater mit einer Schmuggelei zu beauftragen, damit die eigene Weste weiß blieb. Es ist auch nicht leicht, dachte er traurig. Man will nicht wahrhaben, wenn die eigenen Angehörigen es nicht gut mit einem meinen, man ihnen allenfalls nützlich, aber ansonsten egal ist. Wenn Liebe mit Egoismus beantwortet wird.

Matjes hatte ihm klar gesagt, was er von Lukas hielt. Auch das Mädchen hatte nicht mit ihrer Meinung hinterm Berg gehalten. Und er war wütend auf die beiden gewesen und hatte seinen Sohn verteidigt.

Genauso erging es Tilda. Er hatte die Wut abbekommen, die eigentlich diesen Erbschleichern gelten sollte. Aber bei ihr war es ungleich schlimmer als bei ihm. Er hätte Schwierigkeiten bekommen, wäre er erwischt worden, sicher, aber bei ihr war die Sache unmittelbar bedrohlich. Er dachte an ihre erste Begegnung in der Raststätte, und plötzlich wurde ihm heiß. Die waren noch skrupelloser als gedacht! Das war die Lösung des Rätsels, wie Tilda dorthin gekommen war und warum sie sich partout nicht erinnern konnte, wie es passiert war. Wie hätte sie es auch wissen sollen? Die hatten sie dorthin verfrachtet! Diese Leute hatten Tilda irgendwie betäubt, ihr K.-o.-Tropfen ins Essen gemischt, sie zur Raststätte gekarrt und auf der Toilette abgesetzt! Ein perfider Plan als Höhepunkt einer Reihe von vorbereitenden Verunsicherungen inklusive Demenzroboter. Womöglich hatten sie ihr regelmäßig Drogen verabreicht, die ihr Bewusstsein trübten und zu ihrer allgemeinen Verwirrung und Verzweiflung beitrugen? Und mit diesem Coup sollte sie endgültig dazu gebracht werden, den Glauben an sich selbst zu verlieren. Diese Verbrecher schreckten vor nichts zurück, um sich zu bereichern! Tilda wäre ihnen bald vollkommen ausgeliefert. Sie würden ihre letzten verbliebenen Sozialkontakte kappen, ihre Überwachung war ja jetzt schon dank des Roboters ausgefeilt. Sie würden dafür sorgen, dass sie später das Vermögen erbten, für die Gültigkeit des Testaments war es jedoch wichtig, dass Tilda nicht als dement galt und offiziell im Vollbesitz ihrer geistigen Kräfte unterzeichnete.

Darum sollte es »in der Familie« bleiben mit der Demenz.

Deshalb hatten sie ihr auch eingeredet, die ganze Sache auf der Raststätte hätte sie nur geträumt. Es war ihnen zu gefährlich geworden, als plötzlich neutrale Personen miteinbezogen waren. Wahrscheinlich hatten sie ihr nur Angst machen wollen, und sie hätten Tilda selbst wieder eingesammelt auf der Raststätte, in vorgeblicher Sorge. Doch Tilda hatte ihnen einen Strich durch die Rechnung gemacht und einen Fremden um Hilfe gebeten, war zu Matjes und ihm ins Auto gestiegen. Unbewusst hatte sie gefühlt, dass man ihr übel mitgespielt hatte. Deshalb der vage Groll auf wen auch immer und die Weigerung, einfach dort zu warten wie bestellt und nicht abgeholt. Da war denen nichts weiter übrig geblieben, als sich an ihre Fersen zu heften und sie wieder zurückzuholen. Am nächsten Tag wurde kurzerhand alles zum Traum erklärt. Tildas Isolation war wichtig. Deshalb machen sie ihr Angst vor dem Pflegeheim, dachte Jakob grimmig. Sie würden sich kümmern. Ja, sie würden sich gut darum kümmern, ihr Vermögen an sich zu raffen.

Jakob bestellte wider besseren Wissens noch ein Bier, um seine Wut zu dämpfen. Doch das Bier vergrößerte sie noch. Vielleicht ist das gut so, dachte er. Er fühlte sich nicht mehr niedergeschlagen, er würde etwas tun. Er würde Tilda dazu bringen, ebenfalls wütend zu werden. Wenn man verletzt am Boden lag, war Wut der große, starke Bruder, der einem wieder auf die Beine half. Der den Ring der Angst, in dem man steckte, zerschlagen konnte und den Kampfgeist weckte. Beim Abstellen des Bierglases schloss er kurz die Augen und hatte eine Vision von sich als Ritter, der auf einem feurigen Rappen zur Villa galoppiert, und von Tilda, die ihr blondes, rapunzellanges Haar für ihren Retter aus dem Fenster fallen lässt.

Mitten in diese Vision hinein erklang das ›Halleluja‹ seines Handys. Lukas, wieder einmal. Jakobs erster Impuls war, den

Anruf zu ignorieren, so wie schon den ganzen Tag. Aber dann meldete er sich doch, und zum ersten Mal, seit damals die Insolvenz über ihn hereingebrochen war, sagte er seinem Sohn die Meinung. Er ließ ihn gar nicht erst zu Wort kommen, sagte ihm, wie dreist und selbstsüchtig er gewesen sei, seinen eigenen Vater so auszunutzen, und dann sagte er gleich auch, verdammt und zugenäht, die ganze Wahrheit, dass das Geld geklaut sei, Matthias zusammengeschlagen im Krankenhaus liege und die Reise ein einziges Fiasko gewesen und nun zu Ende sei und Lukas sein Geld höchstwahrscheinlich nie wiedersehen würde. Dann legte er auf, bestellte sich noch ein Bier und genoss das Gefühl grenzenloser Erleichterung. »Endlich klare Verhältnisse«, murmelte er, während er seine Kreditkarte aus der Brieftasche zog und Münzen für das Trinkgeld abzählte. *Am Golde hängt, nach Golde drängt doch alles*, dachte er. Das verfluchte Geld hatte jetzt das Mädchen und ihre Helfershelfer in seinen unseligen Bann geschlagen. Sollte es nur. Er war froh, es los zu sein. Er überlegte, ob er jetzt gleich zurück zu Tilda gehen sollte. Nein. Es war schon spät und dunkel, sie würde ihm ohnehin nicht mehr die Tür öffnen.

Heute hatte es keinen Zweck mehr, sie noch weiter zu bedrängen. Er hatte den Keim des Zweifels gesät. Sie würde eine Nacht darüber schlafen müssen. Es brauchte Zeit, bis sie den Gedanken zulassen konnte, ausgenutzt und betrogen worden zu sein. Sie war eine kluge Frau. Morgen würde sie klar sehen, dass diese Erkenntnis ihr gleichzeitig etwas zurückgab, das ungleich wertvoller war als die Illusion von Sicherheit und Liebe: ihr Selbstvertrauen, den Glauben an sich selbst, an ihre geistige Gesundheit. Wieder Herrin ihrer selbst, würde sie Mittel und Wege finden, um sich aus den Fesseln falscher Fürsorge zu befreien. Dabei wollte er ihr beistehen, gleich in der Früh würde er zu ihr zurückkehren. Jetzt war er todmüde.

Das Sicherste bleibt immer, das Nächste zu tun, was vor uns liegt, zitierte er in Gedanken erneut Goethe und hatte dabei plötzlich die Vision eines sauberen, warmen Hotelbetts. Als der Kellner zum Kassieren kam, erkundigte er sich, ob im Hotel noch ein Zimmer frei sei. Er sehnte sich nach Ruhe und sicherer Behaglichkeit. Nachdem er den Schlüssel an der Rezeption erhalten hatte, machte er sich widerstrebend noch einmal auf den Weg zum Campingplatz, um seine Sachen zu holen.

Der Regen hatte aufgehört, und als die Wolkendecke aufriss und das Mondlicht hindurchschien, sah er eine Decke aus Dunst über dem Fluss. Der Platz war einsam und verlassen, die einzigen anderen Camper waren weitergezogen. Jakob beglückwünschte sich, nicht noch eine Nacht hier verbringen zu müssen, im verwüsteten Wohnwagen und mit einer aus den Angeln gebrochenen Tür, die von der Polizei nur behelfsmäßig wieder eingehängt und mit einem provisorisch angenagelten Riegel versehen worden war. Er beeilte sich mit dem Einpacken, raffte frische Unterwäsche und ein neues Oberhemd zusammen und holte gerade seinen Kulturbeutel aus dem Kleiderschrank, als er hörte, dass sich jemand dem Wohnwagen näherte. Er erstarrte und hielt den Atem an. Es war ein Fehler gewesen, an diesen verlassenen Ort zurückzukehren.

»Jakob?!«

Das war Tildas Stimme! Schnell machte er einen Schritt hin zur Tür, die nur notdürftig angelehnt war, aber zu spät, Tilda hatte schon an ihr gezogen, und sie stürzte mitsamt der Tür nach hinten ins nasse Gras. Er hastete hinaus zu ihr, hob die Tür an und warf sie zur Seite. »Bist du verletzt?« Er registrierte kaum, dass er sie geduzt hatte, so natürlich war es in diesem Augenblick. »Nein, alles in Ordnung!« Er half ihr auf die Beine, sie war immer noch außer Atem, ihre Haare regennass und zerzaust, und zog sich den Rock glatt.

»Nur ein wenig derangiert, aber ansonsten nichts passiert. Das nennt man wohl das Gegenteil von mit der Tür ins Haus fallen, n'est-ce pas?« Sie lächelte ihn an, und da konnte er nicht anders, er zog sie in seine Arme und drückte sie fest an sich. Seine Rapunzel hatte sich selbst aus ihrem Turm befreit.

Als sie sich wieder voneinander lösten, sah Tilda über seine Schulter hinweg das Chaos im hell erleuchteten Wohnwagen. »Mein Gott, wie sieht es denn hier aus?«

»Wir hatten einen Einbruch«, erklärte Jakob und half ihr die Treppe hoch. Er reichte ihr ein Handtuch, und während sie sich abtrocknete, berichtete er, was geschehen war.

Immer wieder schüttelte sie fassungslos den Kopf. »Und nach all dem Schrecklichen, was passiert ist, nimmst du dir trotzdem noch die Zeit, mich zu besuchen«, stellte sie leise fest, als er fertig war. »Du warnst mich, und ich danke es dir auf so abscheuliche Weise und werfe dich hinaus.«

Er merkte, wie er rot wurde. »Nun, mein Besuch war nicht ganz so selbstlos. Ich hatte die Idee, der Polizei zu sagen, dass ich vorhatte, ein paar Gemälde von dir zu kaufen. Das wäre eine plausible Erklärung dafür, dass ich mit so viel Bargeld unterwegs war.« Er sah verlegen an ihr vorbei. »Ich dachte, du könntest das bezeugen.«

Tilda nickte verstehend, dann schüttelte sie den Kopf. »Glaubst du wirklich, dass die Polizei dir das abnimmt?«

»Zumindest können sie mir nicht das Gegenteil beweisen, und es ist ja nicht strafbar. Wenn du meine Aussage bestätigst, hatte ich gedacht, würde das helfen …«

»Aber gerätst du nicht trotzdem in die Bredouille? Man wird deine Vermögensverhältnisse durchleuchten und dahinterkommen, dass es unversteuertes Schwarzgeld deines Sohnes ist. Ob du es in die Schweiz schmuggelst oder damit hier im Land in bar wertvolle Gemälde kaufen wolltest, ist doch einerlei. Das eigentliche Delikt ist doch, dass das Geld an der Steuer vorbeigehen sollte, n'est-ce pas?«

Jakob sah sie perplex an. »Du hast recht. Nur dass ich dich damit auch noch mit reinreiten würde. Wo habe ich nur meinen Verstand.« Er wischte sich mit der Hand über die Stirn, dann sah er sie an, tippte sich an die Stirn und lächelte. »Wer von uns beiden hat ein Problem hier oben? Das ist wohl der beste Beweis dafür, wie ausgezeichnet dein Verstand noch funktioniert, im Vergleich zu meinem.«

Sie lachte auf. »Ich denke, was das angeht, tun wir uns nicht viel. Du siehst bei mir scharf, ich bei dir. Wir sehen beide nur in der Ferne gut, nicht das, was direkt vor uns liegt. Eine typische Alterserscheinung, nehme ich an.«

Er ergriff ihre Hand. »Aber wir ergänzen uns, nicht wahr? Du kannst meine, ich kann deine Brille sein.«

Sie sah ihm in die Augen, nickte und drückte seine Hand. Jakob nahm seinen ganzen Mut zusammen. »Das war eine Liebeserklärung, Tilda.«

Sie ließ seine Hand los und erhob sich, und für einen schrecklichen Augenblick dachte Jakob, er hätte sie so in Verlegenheit gebracht, dass sie gehen würde. »Entschuldige bitte, ich bin ein alter Esel«, stammelte er.

Doch sie ging nicht zur Tür, sondern setzte sich neben ihn auf die Bank, legte ihre schlanke Hand an seine Wange und küsste ihn. »Wenn hier einer der Esel ist, dann ich«, sagte sie leise. »Wie konnte ich Antonius glauben, dass du nur ein Traum seist. Ich habe gestern die halbe Nacht in mein Tagebuch geschrieben. Ich hatte solche Angst, dich zu vergessen, Jakob. Verzeih, dass ich dir die Tür gewiesen habe. Ich war verwirrt und wütend … hatte mich schon damit abgefunden, dass der einzige Halt in meinem Leben meine neue Familie ist. Und dann kommst du und willst mir diese Sicherheit auch noch wegnehmen. Dabei ist sie nur eine Illusion. Antonius hat es geschafft, dass ich ihm mehr geglaubt habe als mir selbst … aber genug davon.« Energisch wischte sie sich eine Träne aus dem Augenwinkel, wandte sich von ihm ab und atmete tief durch. Dann straffte sie die Schultern. »Haltung, ma chère, Haltung«, murmelte sie, wandte sich ihm wieder zu und schüttelte sich theatralisch. »Brrrr, jetzt ist es aber genug Selbstmitleid. Niemand mag Heulsusen, n'est-ce pas?«

Er nahm sie in den Arm, streichelte ihr sanft über das Haar. »›Es gehört viel Mut dazu, in der Welt nicht missmutig zu werden.‹ Sagt schon der alte Goethe, und der war bestimmt keine Heulsuse.«

»Na dann.« Sie lachte an seiner Schulter auf. Ihre Hand strich über seinen Rücken und legte sich warm an seinen Nacken. »Du und dein Goethe. Hat er noch ein aufmunternderes Zitat auf Lager?«

»Da müsste ich überlegen«, murmelte er und wollte sie noch einmal küssen, als sein Blick auf das aufgeschlagene Buch hinter ihr auf der Sitzbank fiel. Er erstarrte.

»Was ist mit dir?«, fragte sie.

»Merkwürdig.« Er löste sich aus der Umarmung und deutete auf das Buch vor ihnen. »Ich benutze Lesezeichen. So aufgeschlagen lege ich meine Bücher nicht ab.« Verwundert griff er danach. Darunter lag ein Handy. Er erkannte es sofort, es gehörte Alex.

Jakob nahm es und versuchte zu begreifen. Warum hatte sie es ganz offenbar absichtlich hier unter dem Buch versteckt? Wie alle jungen Leute hing sie doch an ihrem Handy. Nein, mehr als andere. Sie war extra zurückgekehrt, als sie es im Wald bei ihrer Flucht mit dem Geld verloren hatte. Es war ihr wichtiger gewesen als das gestohlene Geld. Sie hatte nicht aufgegeben, als sie es beim ersten Versuch nicht fand, er selbst hatte ihr am nächsten Tag bei der erneuten Suche geholfen. Wie überglücklich sie gewesen war, als sie es schließlich gefunden hatten! Nein, niemals hätte sie das Handy hier vergessen. Oder sich leichtfertig davon getrennt. Sie hatte das Handy absichtlich hier versteckt, es war eine Botschaft. Er führte sich die Szene vor Augen, wie Matjes sie beschrieben hatte: Alex, außer Atem, gefolgt von dem ersten Schläger. Matjes, der versucht, die Polizei zu rufen, doch der Angreifer schlägt es ihm aus der Hand. Dann, als er den Angreifer fesselt, die Aufforderung an Alex, den Notruf zu wählen. Sie tut es nicht.

Weil sie mit ihnen unter einer Decke steckte, wie Matjes glaubte, glauben musste. Aber angenommen, das war gar nicht der Grund, sondern sie hatte keine Zeit mehr dazu gehabt, ihre Panik war echt, und die waren gar nicht hinter dem Geld her, sondern hinter ihr? Dann war sie nicht mit denen gekommen, sondern tatsächlich vor ihnen weggerannt und hatte sich bei Matjes in Sicherheit bringen wollen. Als sie sah, dass die Verfolger auch nicht halt vor Matjes machten, hatte sie in höchster Not nur noch schnell ihr Handy versteckt, damit es ihr nicht abgenommen würde. Unter seinem Buch. Damit er es finden würde.

»Was hast du denn plötzlich, Jakob? Du bist ja ganz blass!« Tilda sah ihn besorgt an.

»Ich erkläre es dir gleich, aber ich muss schnell Matjes anrufen«, murmelte er, zog sein eigenes Handy hervor und rief im Krankenhaus an. Matjes musste auf der Stelle erfahren, dass das Mädchen unschuldig war! Sie hatte nicht gewollt, dass das Geld geklaut und Matjes zusammengeschlagen wurde. Sie gehörte nicht zu denen. Doch er erreichte nur die Mailbox.

Wahrscheinlich schlief er schon. Als Jakob auflegte, kamen ihm neue Fragen in den Sinn. Warum waren sie hinter Alex her gewesen? Warum war das Geld trotzdem weg, wenn Alex ihnen nichts davon erzählt hatte? War das Geld nur eine Art Beifang gewesen, eine zufällig entdeckte, willkommene Beute? Unwahrscheinlich. Matjes hatte zusammengeschlagen auf dem Bett gelegen, als er zum Wohnwagen gekommen war. Das Geld hatte wieder im Stauraum unter dem Bett gelegen, bevor er zu Tilda gegangen war, er hatte es selbst ganz hinten reingestopft, unter das Zeltgestänge. Sie hätten Matjes vom Bett runterziehen müssen, um den Stauraum zu öffnen und an das Geld zu kommen. Doch hätten sie sich wirklich die Mühe gemacht, ihn anschließend wieder aufs Bett zu heben? Wohl kaum. Warum war ihm das nicht schon früher aufgefallen? Jakob nahm das Handy des Mädchens und versuchte, es anzuschalten. Vielleicht würde er durch das Handy hinter die Zusammenhänge kommen.

»Schiet«, murmelte er im nächsten Moment. Was hatte er erwartet. *Muster zeichnen*, stand da.

»Jetzt sag mir endlich, was los ist«, drängte Tilda.

»Einen Moment noch«, sagte Jakob und wählte die Nummer von Fiete auf seinem Handy. Wenn einer wusste, wie er die Sperre überwinden konnte, dann er.

42

Die beiden Männer standen vor ihr, abwartend, genervt, aus dem Konzept gebracht. Es war, als würde Alex sich selbst beobachten, in einem winzigen Winkel ihres Verstandes, der nicht damit beschäftigt war zu heulen. Der noch eiskalt funktionierte. Und aus diesem winzigen Winkel heraus flüsterte sie sich selbst zu: »Jaaa! Tränen sind gut. Da werden die weich. Sie werden dich laufen lassen. Appelliere an ihren Beschützerinstinkt. Zieh sie auf deine Seite. Du kannst das! Sei klug, spiel das kleine Mädchen!« Merkwürdigerweise ließ diese innere Stimme sie aufhören zu weinen. Sie dachte an Jakob, was er bei der gemeinsamen Suche nach ihrem Handy gesagt hatte: »Man kann nicht immer ein Held sein.«

Sie straffte die Schultern und setzte den Helm wieder auf. Nein, sie würde nicht das kleine Mädchen spielen. »Aber man kann immer ein Mann sein«, murmelte sie, und laut: »Von mir aus können wir weiter.«

»Hä?«, machte der andere Typ und fuchtelte ihr mit der schwarzen Handschuhhand vor dem Gesicht herum. »Bekloppt, oder was?«

Sie machte Anstalten, auf das Trike zu steigen, doch der Fahrer versperrte ihr den Weg. »Zuerst gehst du schiffen!«

»Gehe ich nicht«, sagte sie.

»Du gehst jetzt schiffen, hab ich gesagt!«, brüllte er.

»Kapier's endlich, ich muss nicht!«, brüllte sie zurück.

»Es war nur ein TRI-HICK, schnallst du das? Ich wollte abhauen.«

»Hat ja gut geklappt«, sagte der andere. Die beiden sahen sich an und lachten. »Lauf doch«, sagte ihr Fahrer. »Mehr Spaß für uns.«

»Hab's mir anders überlegt.«

»Schluss jetzt«, sagte der andere und stieg wieder auf sein Motorrad. »Gib der Schlampe auf die Fresse, dann ist Ruhe.«

Sie drehte sich langsam zu ihm und zog sich den Helm vom Kopf. »Nicht dass du dir wehtust.« Ihr Fahrer sah sie ein paar Sekunden lang unschlüssig an, und sie zwang sich, ihm in die Augen zu sehen. Da drehte er sich um und pinkelte gegen einen Mülleimer. Als er fertig war, machte er ihr ein Zeichen, wieder hinter ihm Platz zu nehmen. »Wenn du noch mal was versuchst, bist du Geschichte, kapiert?«

»Ich wollte nicht, dass er stirbt!«, rief sie. »Echt nicht, das musst du mir glauben!«

»Ins Gehirn geschissen, oder was.« Er spuckte neben ihr auf den Asphalt. »Sieht aber verdammt danach aus. Wenn sein Bruder nicht zufällig am Morgen gekommen und den RTW gerufen hätte, der würde nicht mehr leben. War so schon knapp.«

»Er lebt?« Alex rauschte das Blut in den Ohren. Sie hatte ihn nicht umgebracht!

»Ja, verdammt, und das trotz deiner unterlassenen Hilfeleistung. Die sind alle total sauer da oben, und ich will nicht in deiner Haut stecken. Ist doch auch das Letzte. Da fällt einer ins Zuckerkoma, und die Schlampe, die bei ihm ist, interessiert das nicht, die geht einfach.«

»Honeybear lebt«, wiederholte Alex wie betäubt.

»Reiner Zufall. Hat er nicht dir zu verdanken. Wie gesagt: Sein Glück, dass sein Bruder morgens kam und ihn fand.«

»Ich dachte doch, dass er tot ist!«, rief sie aufgeregt. Die Erleichterung, ihn nicht auf dem Gewissen zu haben, gab ihr neue Energie. »Ich hatte einen Filmriss, und als ich aufwachte, hat er nicht mehr geatmet. Das Letzte, an das ich mich erinnerte, war, dass ich mich gewehrt habe, weil er mich zwingen wollte, weiterzutrinken. Er hat mich in den Schwitzkasten genommen, und ich habe um mich geschlagen. Dann wurde ich wieder wach, und ich habe gedacht, ich habe ihn irgendwie umgebracht. Da bin ich abgehauen.«

»Ja, klar«, sagte der Typ und spuckte wieder aus. »Mit der Geschichte kannst du die in Bremen verarschen. Steig auf.«

Er hat mit mir geredet, versuchte Alex sich selbst Mut zu machen, während sie wieder auf die Autobahn fuhren. Es war noch nicht alles verloren. Solange geredet wurde, war da noch eine Hemmschwelle. Den Typen, der jetzt im Rollstuhl saß, hatten Aarons Leute nicht zu Wort kommen lassen. Und die beiden hier Matjes auch nicht. Der kalte Nachtwind schnitt ihr ins Gesicht, sie senkte den Kopf, schloss wieder die Augen und weinte vor Erleichterung. Honeybear war nicht tot. Sie hatte niemanden umgebracht. Egal was jetzt kam, sie hatte ihn nicht auf dem Gewissen. Niemand würde ihr glauben, das war klar. Unterlassene Hilfeleistung, das stand nach deren Ehrenkodex auf der gleichen Stufe mit Verrat. Es war schlimmer, als wenn sie ihn tatsächlich in Notwehr erschlagen hätte. Denk an was anderes, dachte sie, während die Panik wieder in ihr aufstieg. Denk an was Schönes! Ihr fiel der letzte Urlaub mit ihren Eltern ein, als noch alles in Ordnung war. Wie die beiden beim Wandern Hand in Hand gegangen waren, an das Picknick am Rand der blühenden Heuwiese. Aber schon folgten Gedanken an den nächsten Urlaub und die schrecklichen Restaurantbesuche, wenn entweder gestritten oder geschwiegen wurde. Denk an den Sommer, denk an Blumen, sagte sie sich, doch die nächsten Blumen, die vor ihrem geistigen Auge auftauchten, waren die auf dem Grab ihrer Mutter. Und ihr Vater, der tieftraurig vor der Gruft stand und weinte. Nein, das konnte nicht die Beerdigung ihrer Mutter sein, da hatte ihr Vater nicht geweint. Stellte sie sich gerade ihre eigene Beerdigung vor? Stopp! Warum konnte ihr blödes Hirn nicht wenigstens einmal hilfreich sein? Warum konnte es nicht solidarisch sein und ihr wenigstens jetzt ein paar schöne Bilder zeigen? Sie wollte nicht mehr denken. Es war doch sowieso schon alles zu spät. Es hieß doch, dass das Leben kurz vor Schluss in den leuchtendsten Farben an einem vorbeizog oder man das Gefühl hatte, geborgen und willkommen zu sein.

Schöne Scheiße, dachte sie. Alle anderen gehen getröstet ins Licht, ich krieg am Ende nur Dunkelheit und Panik. Sie griff nach ihrem Helm, weil sie erneut das Gefühl hatte, keine Luft mehr zu bekommen. Im selben Augenblick hörte sie ein Martinshorn, noch weit entfernt, doch allmählich lauter werdend. Jetzt hatte ihr Fahrer es auch gemerkt und wechselte auf die linke Fahrspur und gab Gas. Alex blickte sich um und sah einen sich rasch nähernden, blinkenden Polizeiwagen. Da kam die Eingebung, und sie zog sich den Helm vom Kopf und schleuderte ihn mit aller Kraft in hohem Bogen nach rechts. Alex hielt den Atem an, als er hundert Meter vor dem Polizeiauto auf dem Asphalt des Standstreifens aufschlug, wie ein Ball hüpfte, dann unter der Seitenplanke zum Liegen kam. Das Polizeiauto fiel zurück, das Martinshorn wurde leiser, und Alex' Lippen formten »MAMA!«, wie früher in größter Not. Wenn die Polizisten nicht gesehen hatten, dass sie es war, die den Helm geworfen hatte, wenn sie bei dieser Dunkelheit überhaupt nichts gesehen hatten, war alles aus. Ihr Fahrer hatte es definitiv mitbekommen, er gab noch mehr Gas, bedrängte ein vor ihnen fahrendes Auto, Platz zu machen. Doch da wurde das Martinshorn wieder lauter, der Polizeiwagen holte sie erst ein und setzte sich dann neben sie.

Alex konnte ihr Glück kaum fassen, als sie die rote Leuchtschrift STOPP POLIZEI sah. Ihr Gehirn hatte sie nicht im Stich gelassen, als es keine schönen Bilder schickte. Es hatte sich einfach geweigert, aufzugeben.

43

Mit der Hilfe seines Enkels schaffte Jakob es, die Entsperrung des Handys aufzuheben. Was es preisgab, war äußerst beunruhigend, fand Tilda. Das Mädchen hatte Probleme, das war ihr schon beim Anblick ihrer geritzten Arme klar gewesen. Aber sie war offensichtlich in wirklich üble Kreise geraten. Da waren zum einen Fotos, die Alex im Kreis von Bikern zeigten, Männer, auf deren Kutten »Cobras« zu lesen war und von denen einige Schlangen-Tattoos auf Gesicht, Hals oder kahl rasiertem Schädel hatten. Die Chats waren allesamt gelöscht worden, aber die Kontaktliste mit Namen wie Aaron, Army, Beast, Horizon, Tabasco und Volcano ließ ebenfalls nichts Gutes ahnen.

Jakobs Suche im Internet nach den Cobras ergab, dass die Bande tatsächlich in Bremen zu Hause war.

»Es war verschmähte Liebe, das hätten wir uns denken können«, spekulierte Tilda. »Wahrscheinlich ist einer davon ihr Freund. Sie wollte die Beziehung beenden, aber der feine Herr war nicht einverstanden. Sie lief fort, er holte sie zurück: Und bist du nicht willig, so brauch ich Gewalt.«

»Das arme Kind«, sagte Jakob. »Und jetzt ist es schon beinahe vier Stunden her, seit sie entführt wurde. Vier Stunden, die tatenlos verstrichen sind.«

»Und nun?«, fragte Tilda.

»Rufen wir die Polizei, es ist höchste Zeit.«

Tilda nickte und streckte den Arm aus. »Aber zuerst gib mir bitte Alex' Handy! Ich versuche mal was.«

»Willst du etwa einen von denen anrufen? Das halte ich für keine gute Idee!« Jakob hielt das Telefon mit den Händen umschlossen, als wäre es eine Handgranate.

»Nun gib schon her.« Sie nahm ihm das Telefon kurzerhand ab, stellte auf »laut« und wählte die erste Nummer.

»Du hast Nerven!«, bellte ihnen eine männliche Stimme entgegen. Tilda zuckte unwillkürlich zusammen und merkte, dass es Jakob neben ihr genauso ging.

»Pardon?«, fragte sie.

»Alex?!«

»Nein, hier ist das Café Flores. Der Besitzer dieser Handynummer hat sein Telefon in unserem Café vergessen. Ihr Name, Herr Aaron, steht als Erstes im Kontaktspeicher. Ob Sie wohl so liebenswürdig wären, dem Besitzer Bescheid zu geben, dass er es sich bei uns ...« Tilda hielt inne – der andere hatte einfach aufgelegt. Sie überlegte kurz, dann nickte sie Jakob zu. »Plan B! Hast du Papier und Stift da?«

Er gab ihr das Gewünschte, und sie kritzelte etwas darauf, hielt es Jakob hin und wählte die nächste Nummer aus den Kontakten. »Nächster Versuch. Immer wenn einer drangeht, sag bitte genau das, was hier steht, ja?« Sie drückte dem überrumpelten Jakob den Hörer in die Hand. »Army, hör zu«, las er ab, gleich nachdem der Angerufene sich mit »Ja!« meldete. »Gib mir Aaron. Schnell, ein Notfall!«

Tilda war erstaunt über seine sonore Stimme. Sie reckte beide Daumen hoch.

»Wer zur Hölle«, maulte der Angerufene verschlafen.

Tilda kritzelte rasch etwas aufs Papier. »*Heidelberg*«, las Jakob laut, während er ihr über die Schulter schaute. Er stoppte, weil Tilda noch schrieb.

»Hä?«, machte der andere.

»Es ist was schiefgegangen.«

»Was schiefgegangen?« Das klang schon wacher, alarmiert. Tilda nickte triumphierend und schrieb: *Mit der Schlampe.*

»Mit du weißt schon«, sagte Jakob.

»Ihr habt es verkackt?« Die Stimme klang jetzt wach und drohend. Tilda schüttelte schnell den Kopf.

»Nein«, sagte Jakob.

»Was, nein? Bringt ihr sie jetzt oder nicht?«

Tilda schrieb schon wieder weiter, doch Jakob legte auf.

»Sehr gut. Wir haben, was wir wollten. Darum ging es doch, nicht wahr? Wir wissen jetzt, die Kerle haben den Auftrag, Alex nach Bremen zu bringen. Sie werden sie ins Clubhaus bringen.«

Tilda sah ihn zweifelnd an. »Wie bist du dir da so sicher? Und überhaupt, welches Clubhaus?«

»Jede Rockerbande hat eins«, erklärte Jakob. Er löste seine Fliege und öffnete den Hemdkragen. »Hab mir letztes Jahr Netflix eingerichtet, wegen Klaas, meinem anderen Enkel. Der liebt ›Sons of Anarchy‹. So hatten wir ein Gesprächsthema, wenn er anrief.«

»Und du denkst, von der Netflix-Serie auf diese Rockerbande aus Bremen, das lässt sich eins zu eins übertragen?«

»Aber sicher, das wird doch heutzutage alles gut recherchiert.«

Und ich dachte, ich leide unter Realitätsverlust, dachte Tilda, sagte aber nichts. Jakob war aufgestanden, voller Tatendrang.

»Gut, rufen wir also die Polizei vor Ort an«, schlug Tilda vor.

»Gute Idee.« Jakob schaute auf die Uhr. »Noch sind die Entführer mit Alex unterwegs, bei diesem Sauwetter kommen sie frühestens in einer Stunde an. Wir haben noch genug Zeit, der Polizei alles zu erklären, und die haben noch genug Zeit, ein Einsatzkommando zu den Cobras zu schicken. Gesetzt den Fall, sie glauben uns überhaupt.« Er warf ihr die Autoschlüssel zu. »Komm, Tilda, wir müssen uns beeilen! Ich kann jetzt nicht tatenlos hier herumsitzen, fahren wir nach Bremen, die Polizei können wir unterwegs anrufen!«

»Wir?«

Er war schon draußen. »Ja, wir!«, rief er über die Schulter, während er den Wohnwagen vom Auto abkoppelte. »Ich brauche dich. Du musst fahren, ich sehe nachts nicht gut genug. Du kannst doch Auto fahren?«

»Klar.« Sie fing den Autoschlüssel auf, den Jakob ihr zuwarf. Als sie den Wagen wenig später über den dunklen Campingplatz zur Straße steuerte, fühlte Tilda sich so jung, hellwach und glücklich wie seit ewigen Zeiten nicht mehr. Ich brauche dich. Was für ein schöner, lang vermisster Satz.

44

»Wen wollen Sie anrufen?«, fragte die Polizistin.

Alex überlegte fieberhaft. Sie hatte sich die Frage selbst schon gestellt, eigentlich hatte sie an kaum etwas anderes gedacht während der letzten drei Stunden. Es dauerte ewig, die Beamtin stellte Fragen, viel zu viele Fragen, auf die sie keine Antwort hatte oder auf die sie keine geben wollte. Irgendwann hatte sie gewonnen, denn Alex war müde und erschöpft, sie war so ausgelaugt und fertig wie noch nie in ihrem Leben. Selbst die Nacht, in der ihre Mutter gestorben war, war nichts gegen diese Nacht. Schließlich fehlte ihr die Kraft, weiter darüber nachzudenken, was das Beste war, was sie sagen konnte und was nicht, was klug war und was dumm. *Make wise decisions*, oh, wie klug ihr Vater doch war in seiner selbstzufriedenen Bildungsbürgerblase. Welche weisen Entscheidungen waren noch zu treffen, wenn man todmüde war, die Hände trotzdem zitterten, die Beine weglaufen wollten und es doch nicht konnten, wenn die eigene Stimme plötzlich klang, als wäre man nicht achtzehn, sondern acht? Irgendwann setzte sich die Polizistin neben sie und nahm ihre Hand. Ruhig, als wäre es das Natürlichste von der Welt. Sie fragte nichts mehr, sondern hielt einfach nur ihre Hand.

Da war die ganze Geschichte aus ihr herausgeflutet, als wäre ein Damm gebrochen. »Sie sind jetzt in Sicherheit«, sagte die Polizistin anschließend und drückte ihre Hand. Es wurde alles aufgenommen, sie musste lange warten anschließend, allein in diesem Zimmer. Es war vorbei. Sie war in Sicherheit. Sie war so müde, dass die Augenlider sich anfühlten wie Fremdkörper, doch sobald sie die Augen schloss, überfielen sie wieder die Bilder von Matthias, wie er zusammengeschlagen auf dem Bett lag, und von Eddie, leise winselnd und blutend am Boden.

»Wir haben Ihre Angaben überprüft«, sagte die Polizistin, als sie nach einer Ewigkeit wiederkam, »die Kollegen in Heidelberg waren tatsächlich am Nachmittag von einem Herrn Jakob Hüfner alarmiert worden. Matthias Brockmeyer wurde ins Universitätsklinikum Heidelberg verbracht.«

»Wie geht es ihm?«

»Wir haben auch mit der Klinik telefoniert, um mit dem Kollegen selbst zu sprechen. Leider war das nicht möglich, er wird zurzeit operiert.«

Alex schlug die Hände vor den Mund. »Die Verletzungen waren zunächst nicht so schlimm«, erklärte die Polizistin, »aber am Abend erlitt er wohl einen Herzinfarkt.«

»O mein Gott. Das ist alles meine Schuld.« Alex starrte auf ihre Hände.

»Sie dürfen nach wie vor jemanden anrufen, wenn Sie wollen.« Die Polizistin schob ihr das Telefon über den Tisch zu.

»Und der Hund?«

»Darüber weiß ich nichts. Also, wollen Sie jemanden anrufen?«

»Ich möchte mein Handy anrufen«, sagte Alex. »Ich habe es extra liegen lassen im Wohnwagen, vielleicht hat Herr Hüfner es gefunden und kann mir sagen, was mit dem Hund ist.«

Die Polizistin nickte. Alex zog das Telefon zu sich, wählte, erreichte jedoch nur die Mailbox. War ja klar, dachte sie enttäuscht. »Wäre zu viel Glück gewesen«, sagte sie laut.

»Gibt es nicht noch irgendjemanden, den Sie anrufen möchten?«, fragte die Polizistin geduldig. »Wenn Sie jemand abholen kann, müssten Sie heute Nacht nicht hierbleiben. Aus meiner Sicht gibt es keine Notwendigkeit dafür. Es besteht keine Gefahr mehr für Sie, die beiden Biker bleiben in U-Haft, und wir haben die Kollegen in Bremen informiert. Wir müssen nur wissen, wie wir Sie erreichen. Die Adresse in Ihrem Personalausweis stimmt noch?«

»Wo sind wir hier?«, fragte Alex, ohne auf die letzte Frage der Polizistin einzugehen. »Ich meine, wie weit ist es bis Bremen?«

»Etwa hundertachtzig Kilometer von hier.«

Alex nickte, knibbelte an ihren Fingernägeln, dann schüttelte sie den Kopf und schob der Polizistin das Telefon wieder zu. »Es gibt niemanden, den ich anrufen könnte.«

Die Polizistin schob es wieder zurück. »Doch, ich glaube schon. Rufen Sie an.«

Alex wählte die Nummer, die sie immer noch auswendig kannte. Hoffentlich stimmte sie noch. »Ich bin's, Papa«, sagte sie leise, als er sich meldete, doch dann konnte sie nicht weiterreden. Sie hatte Tränen in den Augen, und ihre Stimme wurde zu einem Krächzen. Die Polizistin nahm ihr den Hörer ab. Alex starrte ins Leere und hörte wie aus weiter Ferne, wie die Polizistin mit ihrem Vater sprach. Dann ertrug sie es nicht mehr länger, dabei zu sein, stand auf und ging raus vor die Tür. *Ich lasse mir meine Familie von dir nicht kaputtmachen.*

Ein paar Minuten später steckte die Polizistin den Kopf aus der Tür und sah Alex am Ende des Flures. »Alles klar, du kannst wieder reinkommen!«

Die Schritte bis zur Tür erschienen Alex unendlich lang. »Wie war er?«, fragte sie und blieb stehen. Mit einer Hand hielt sie sich an der Klinke fest, mit der anderen wischte sie sich über die Augen.

»Komm rein und setz dich!«, sagte die Polizistin freundlich. Sie füllte gerade Wasser in die Kaffeemaschine. Doch Alex blieb stocksteif stehen und hielt weiter die Türklinke umklammert. »Er kommt nicht, oder?«

»Doch, er macht sich sofort auf den Weg.« Die Polizistin ging zwei Schritte auf sie zu, dann wandte sie sich ab und schnäuzte sich. »Entschuldigung, ich habe da gerade ein Empathieproblem.« Sie ging zum Mülleimer, warf das Taschentuch hinein, kam jetzt zu ihr und lächelte ihr zu. »Ich soll dir sagen, er hat dich lieb.«

45

Tilda saß wie elektrisiert hinter dem Steuer. Nun, da sie wusste, dass mit ihrem Kopf alles in Ordnung war, genoss sie es, wieder richtig Gas zu geben. Die Dunkelheit machte ihr nichts aus, im Gegenteil, es war weniger los, und über die Autobahn war sie immer schon gern gefahren. Wie schön wäre es in einer anderen Situation, unbeschwert mit Jakob durch die Nacht zu sausen. Doch seit den Telefonaten mit den Männern aus Alex' Kontaktspeicher machte sie sich ebenso große Sorgen um das Mädchen wie Jakob.

Jakob recherchierte gerade die Telefonnummer der Polizei Bremen, als sein Sohn wieder anrief und sich nach Matthias' Befinden erkundigte.

»Na endlich«, sagte er nach dem Gespräch zu Tilda, während er die Bremer Polizei anrief. »Das war das erste Telefonat mit meinem Sohn seit zwei Tagen, bei dem das Geld kein Thema war.«

Nach einer kleinen Ewigkeit, in der er mehrmals weiterverbunden wurde, war endlich ein Kollege von Matjes am Apparat, dessen Name Jakob etwas zu sagen schien und dem seinerseits auch Jakobs Name etwas sagte. Jakob erklärte ihm kurz und knapp, aber so präzise und ausführlich wie nötig, was in Heidelberg auf dem Campingplatz passiert war.

»Ich weiß nicht, ob es dir aufgefallen ist«, sagte Tilda, als er aufgelegt hatte. »Du hast ein Detail vergessen.«

»Die Million, ich weiß. Lieber nichts zusammenmischen, was nicht zusammengehört.«

»Wieso nicht zusammengehört?«

Er antwortete nicht, und als sie ihm einen Seitenblick zuwarf, sah sie, dass er auf dem Handy des Mädchens herumtippte. »Ich leite dem Beamten in Bremen noch eben einige der Namen und Telefonnummern aus Alex' Kontaktspeicher weiter«, erklärte er. »Er hat mir zugesagt, sobald sie meine Angaben bei den Heidelberger Kollegen überprüft haben, sondiert ein Einsatzkommando die Lage im Clubhaus der Cobras.«

»Du lenkst ab«, stellte Tilda fest. »Du willst die Million verschweigen. Warum?«

»Sie sollen sich auf das Wesentliche konzentrieren. Das ist das Mädchen.«

»Ich weiß, warum. Dein Sohn«, stellte Tilda fest. »Du glaubst, dass er lieber auf das Geld verzichtet, als mit Geldwäsche oder -schmuggel oder sonstigen illegalen Machenschaften in Verbindung gebracht zu werden. Der gute Ruf ist die härteste Währung eines Unternehmers.«

»O Gott, nein!«, rief Jakob aus. »Es ist nur so, ich glaube ohnehin nicht, dass die Polizei das Geld bei denen finden wird. Was die Million angeht, habe ich inzwischen eine andere Theorie.«

»Und warum fahren wir dann jetzt überhaupt noch nach Bremen?«, fragte Tilda. »Ich meine, bis wir dort sind, ist alles vorbei, so oder so.«

Er gab keine Antwort.

Tilda warf ihm einen Seitenblick zu. »Ach so«, sagte sie. »Du hast die Kleine wirklich gern, oder?«

Jakob zuckte verlegen die Schultern. »Weißt du noch, wie wir sie kennengelernt haben, auf der Autobahnraststätte? Sie war so verloren! Natürlich hat sie uns das Blaue vom Himmel gelogen, aber trotzdem … die Polizei wird sie hoffentlich schon befreit haben, bis wir dort ankommen. Aber wenn ich mich in die Lage des Mädchens versetze, was sie durchgemacht hat …« Jakob vollendete den Satz nicht.

Tilda wusste, was er sagen wollte. Alex' Worte waren Lügen gewesen, aber die Not dahinter echt, genauso echt wie ihre eigene Not in der Raststätte. Sie und Alex waren beide so verloren wie der kleine Junge damals auf dem Markusplatz gewesen, der verzweifelt nach seinen Eltern gerufen hatte. Jakob war ihrer beider Italienerin gewesen.

»Ich weiß«, sagte sie, nahm eine Hand vom Steuer, suchte seine Hand und drückte sie. »Die Polizei wird sie befreien, aber danach braucht sie eine Schulter zum Ausweinen und …«

»… einen richtig guten Kaffee«, vollendete Jakob den Satz. Da klingelte wieder sein Telefon. »Der Polizist aus Bremen«, wunderte er sich mit Blick aufs Display. »Das ging ja schnell!« Nachdem er sich gemeldet hatte, gab Jakob eine ganze Weile nur zuhörende Laute von sich. »Alex ist in Sicherheit«, rief er, sobald er aufgelegt hatte. »Stell dir vor, sie hat auf der Autobahn die Polizei auf sich aufmerksam machen können! Der Entführer war mit ihr auf einem Trike unterwegs auf der A1 nach Bremen. Sie saß auf dem Rücksitz, und als ein Polizeiwagen vorbeifuhr, hat sie ihren Helm weggeworfen. Da haben die sie natürlich angehalten und gefragt, was das sollte. Diese kluge kleine Person, glaubt man denn so was?«

Tilda musste lachen, teils aus Erleichterung, teils, weil Jakobs Stolz auf das Mädchen so rührend war. »Wo ist sie jetzt?«

»In einer Polizeistation bei Münster. Ihr Vater ist unterwegs, um sie abzuholen.«

»Sieh an«, sagte Tilda lächelnd. Sie fuhren eine Weile schweigend weiter. Als sie am Hinweisschild zu einer Ausfahrt vorbeifuhren, setzte Tilda den Blinker. »Also gut, dann also retour nach Heidelberg, n'est-ce pas?«

Jakob gab keine Antwort. Tilda warf ihm einen Seitenblick zu und sah im Halbdunkel sein versteinertes Gesicht. »Komm schon«, sagte sie sanft, »wir sind da überflüssig. Ihr Vater kümmert sich um Alex, die Polizei wird das Übrige klären. Lass uns umkehren. Wir fahren zu mir, legen uns noch ein paar Stunden aufs Ohr, und morgen früh holen wir Matthias von der Uniklinik und den Hund vom Tierarzt ab. Wenn ihr wollt, bleibt ihr einfach noch ein paar Tage bei mir und erholt euch, bis der Wohnwagen repariert ist.«

»Sie haben Ihr Ziel verfehlt«, sagte Jakob im Navi-Tonfall und seufzte. »Du liebe Zeit, diese ganze Wir-retten-das-Mädchen-Mission mitten in der Nacht war völlig sinnlos, ein unnötiger Aktionismus, nicht wahr? Es tut mir leid, Tilda.«

»Das braucht dir doch nicht leidzutun«, sagte Tilda lächelnd. Sie fuhr von der Autobahn ab, nahm nur ein wenig das Fuß vom Gas und bremste nicht, sodass das Auto sich mit quietschenden Reifen in die Kurve legte und Jakob sich mit der rechten Hand am Türgriff festklammerte. »Wie mir das Autofahren gefehlt hat«, murmelte sie.

»Und als würde es nicht reichen«, sagte er, »dass alles, was ich anpacke, von vornherein zum Scheitern verurteilt ist, ziehe ich bis hin zur letzten, unsinnigen Aktion auch noch andere Leute mit rein.«

»Andere Leute, so, so«, sagte Tilda lächelnd. Routiniert und zügig fuhr sie auf die Autobahn Richtung Heidelberg, dann nahm sie die rechte Hand vom Steuer, griff nach seiner linken Hand. »Zum Glück ziehst du andere Leute mit rein, Jakob. Was mich angeht, bin ich sehr froh darüber.«

Er erwiderte nichts, drückte nur ihre Hand.

»Und außerdem …« Sie sah in den Rückspiegel, wechselte auf die linke Spur und trat aufs Gaspedal. »Irrwege erweitern den Horizont, n'est-ce pas?«

46

Matthias wollte aufwachen, doch die Nachwirkung der Narkose hielt ihn in einem Zwischenreich voller Trugbilder fest. An seinem Bett saß die kleine Sprotte und hielt seine Hand.

Zeit, die Augen aufzumachen, dachte er und merkte, dass das nicht ging. Seine Augen waren schon geöffnet. Jetzt sah Alex ihn erschrocken an und zog ihre Hand zurück, dann blickte sie zur Seite, wo hinter einer Glasscheibe ein Mann stand, den Matthias nicht kannte. Er wollte etwas sagen, doch sein Mund gehorchte nicht, und er schlief wieder ein.

Als Matthias wieder aufwachte, war es dasselbe Bild. Die kleine Sprotte saß an seinem Bett. Diesmal konnte er sie klarer sehen, diesmal wusste er sofort, dass er nicht mehr schlief. Sie war wirklich da.

Er wollte etwas sagen, aber sein Mund war trocken, und es kam nur ein undeutliches Krächzen heraus. Er hatte so viele Fragen: Wie bist du hierhergekommen? Wie geht es Eddie? Wie ist die Operation verlaufen? Aber dann nahm er wieder den Mann wahr, der hinter der Glasscheibe stand.

»Das ist mein Vater«, sagte Alex. Ihre Stimme klang stolz. »Er hat mich heute Nacht hergefahren.«

»Wie geht es Eddie?«

»Eddie geht es gut.« Sie drückte seine Hand. »Er ist noch beim Tierarzt, kann aber jederzeit abgeholt werden. Wenn du einverstanden bist, machen mein Vater und ich das gleich.

Bitte lass mich Eddie versorgen, bis du wieder rauskommst, ja? Das wird dauern, sagen die, und du musst auch noch in die Reha, aber dann wird alles gut, du wirst wieder topfit. Darf ich mich so lange um Eddie kümmern?«

Matthias lächelte, versuchte zu nicken und wollte noch so viel fragen, doch dann wurden ihm die Augen schon wieder schwer. Alles würde gut werden. Er ließ sich in den weichen Nebel des nächsten Schlafes fallen, aus dem langsam ein Schiff auftauchte. Je näher es kam, desto deutlicher sah man die Männer, die in ihren strahlend weißen Ausgehuniformen an der Reling standen. Sein Herz machte einen Satz vor Freude, als er die Jungs vom Chor erkannte, Jakob ganz vorn. Als das Schiff noch näher kam, salutierten die Männer und sangen aus voller Brust: »Und wenn der letzte Mast auch bricht, wir fürchten uns nicht …«

Alles ist schon gut, dachte er in seinem Traum, und plötzlich war er mitten unter ihnen, ließ die salzige, frische Meeresluft tief in seine Lungen strömen, und sein voller Bass stimmte mit ein: »Das kann doch einen Seemann nicht erschüttern, keine Angst, keine Angst, Rosmarie!«

47

Beethovens Siebte zum Frühstück war eine Freude. Jakob griff zur Fernbedienung und drückte einige Male auf den Lautstärkeregler, bis die beschwingten Klänge die Küche ausfüllten. Dann wandte er sich an Lydia, die still in der Ecke stand und auf Anweisungen wartete.

»Lydia, bitte sag Tilda, wir können frühstücken.«

Auf dem Tisch stand alles bereit: eine große Kanne duftender, handgefilterter Arabica-Kaffee, Brötchen, Käse, Honig und Butter, Rühreier, dazu frisch gepresster Orangensaft. Heute war ein besonderer Tag. Ihr erstes gemeinsames Frühstück nach zwei Wochen Heimlichtuerei. Obwohl es natürlich sehr aufregend war. Sie waren sich wie verliebte Teenager vorgekommen, die ihre Beziehung geheim halten müssen. Alle zwei Tage hatte Tilda ein Taxi genommen und ihn in seinem Hotel in Heidelberg besucht, in das er gleich am Tag nach ihrer Rückkehr gezogen war. Fiete war am letzten Wochenende dazugekommen. Er hatte bei Jakob übernachtet, am nächsten Tag hatte er die schon bereitliegende Handwerker-Montur angezogen und sich zur Villa Crussol begeben, um einen neuen Fernsehanschluss in Tildas Schlafzimmer einzurichten. Vorgeblich. In Wirklichkeit hatte Fiete Lydia zu ihrer wichtigsten Verbündeten gemacht.

»Technik ist deine beste Freundin, wenn du mit ihr umgehen kannst«, hatte der angehende Mechatronik-Student gesagt und Lydia dann umprogrammiert. Er hatte ihnen erklärt, wie Lydia eingestellt gewesen war: Sie reagierte nur auf Tildas Stimme und Bewegungsprofil. Im Prinzip hatte Fiete nur das geändert und die Speicherfunktion angepasst. Lydia reagierte seitdem auf jeden, der das Haus betrat, nahm auf, sobald sie eine Bewegung wahrnahm oder ein Geräusch hörte. Sie reagierte unter anderem nun auch auf Jakobs Stimme. Fiete hatte es nicht lassen können und Lydia eine Stunde lang mit Chuck-Norris-Witzen gefüttert. Aber die wichtigste Neuerung war ein Umprogrammieren der Nanny-Funktion. Sobald sie von außen abgerufen wurde, spulte Lydia nun nach dem Zufallsprinzip eine Auswahl von gespeichertem Material ab, das Tilda und Jakob zuvor gemeinsam ausgewählt hatten.

Lydia kam wieder hereingerollt, Tilda folgte ihr. Sie strahlte vor Freude beim Anblick der Kaffeetafel. Die letzten Tage waren hart für sie gewesen, aber jetzt brach ein neuer Tag an, der Frühling wartete draußen, die Neckarschleife unten im Tal glänzte golden, und morgen würden sie aufbrechen.

»Wie schön du den Tisch gedeckt hast!«, rief sie aus und trällerte mit ihrem warmen Mezzosopran – »LA LA LA LA LA LA LA LA LAAA« – einmal die Tonleiter hoch und runter. Jakob lächelte in sich hinein. Sie hatten beide so ihre Ticks, das war unvermeidlich, wenn man sich in gesetzterem Alter kennenlernte. Er hoffte, dass es Tilda mit seinen Ticks ähnlich ging, er jedenfalls fand ihre durchweg liebenswert. Was gab es Entzückenderes, als bei Gefühlswallungen die Tonleiter zu trällern?

Sie nahmen Platz, er schenkte ihr Kaffee ein, und sie frühstückten und plauderten voller Vorfreude über die bevorstehende Reise. Doch als die Wanduhr elfmal schlug, war es mit der fröhlichen Unbefangenheit vorbei, und weder Jakob noch Tilda gelang es mehr, so zu tun, als würden sie nicht auf etwas Bestimmtes warten.

Endlich klingelte es.

»Lydia, Action«, befahl Tilda nervös. Im nächsten Moment hörten sie den Schlüssel im Schloss.

»Tilda!« Antonius hatte sich nach kurzem Anklingeln wie immer selbst die Tür geöffnet, stand in der Halle und rief. »Bist du fertig? Wir müssen uns beeilen!«

»Wir sind im Esszimmer!«, rief Tilda. »Komm nur herein!«

»Wir!?« Antonius kam herein, sah Jakob und erstarrte.

»Komm nur und setz dich zu uns«, sagte Tilda und deutete auf einen freien Platz am Tisch. Antonius fing sich wieder und nahm unverbindlich lächelnd Platz. »Du kannst dich gewiss noch an Herrn Hüfner erinnern?«, fragte Tilda.

»Ehrlich gesagt nicht«, sagte Antonius. Er sah Tilda unschuldig in die Augen. »Womöglich hast du mir von ihm erzählt, und ich habe es nur vergessen«, setzte er schnell hinzu, dann blickte er freundlich-desinteressiert zu Jakob. »Sie sind ein alter Freund?«

»Sagen wir, Reisegefährte«, sagte Jakob. Er tauschte einen Blick mit Tilda aus. »Morgen geht es übrigens wieder los.«

»Ach, wie schön für Sie.« Antonius lächelte ihm distanziert zu. »Und wohin geht die Reise?«

Jakob erwiderte das Lächeln. »Fragen Sie lieber, mit wem.«

»Du hättest Bescheid geben sollen, dass Besuch da ist«, sagte Antonius zu Tilda. Seine Stimme klang jetzt ungehalten. »Dann wäre ich später gekommen.« Er sah zu Lydia, die in einer Ecke des Speisezimmers stand, und verzog das Gesicht.

Wahrscheinlich fragt er sich, warum Lydia ihn nicht über meine Anwesenheit informiert hat, dachte Jakob und sah amüsiert, dass Antonius jetzt genau in der Meine-Zeit-ist-wertvoll-Art auf die Uhr schaute, wie Lukas es früher gemacht hatte. »Es tut mir ja sehr leid, Tilda«, fügte Antonius konziliant hinzu, aber ich fürchte, du musst dich mit dem

Frühstück beeilen, sonst schaffen wir den Termin beim Notar nicht.«

Tilda seufzte. »Du hast es immer noch nicht verstanden. Und tu bitte nicht weiter so, als würdest du Herrn Hüfner gerade zum ersten Mal in deinem Leben sehen. Er jedenfalls kann sich noch gut an dich erinnern. Es wird dir nicht gelingen, auch ihm einzureden, er hätte alles nur geträumt.«

»Aber …«, wandte Antonius ein, doch Tilda unterbrach ihn schroff:

»Genug jetzt. Ich fürchte, wir brauchen Lydia, um dir auf die Sprünge zu helfen.« Bei der Erwähnung ihres Namens rollte Lydia auf den Tisch zu. »Lydia, zeig uns, was du am Dienstag um 10.30 Uhr gesehen hast«, befahl Tilda.

Antonius starrte wie paralysiert auf den Bildschirm, und Jakob beobachtete ihn dabei. Er wusste, was Antonius jetzt sah, denn Tilda und er hatten unter Fietes Anleitung den kleinen Film selbst aus dem Lydia-Material der letzten Woche zusammengeschnitten: Frau Behrens, wie sie mit dem Staubsauger ins Zimmer kam, ihn anmachte, die Tür schloss und dann in aller Ruhe die Uhr aufzog. Sie verschwand aus dem Zimmer, kam mit einem Schlüsselbund wieder, sah sich im Zimmer um und versteckte ihn in einer Blumenvase. Dann nahm sie eine Banane und legte sie in eine Schublade, und das Telefon nahm sie von der Aufladestation und verschwand damit aus dem Zimmer.

»O mein Gott«, sagte Antonius, als der Bildschirm auf Lydias Brust wieder schwarz wurde. Er griff nach Tildas Hand. »Es tut mir so unendlich leid. Wie kann ich das nur je wiedergutmachen. Es ist alles meine Schuld. Ich habe sie dir vermittelt. Wenn ich gewusst hätte, was für eine Frau das ist, wenn ich auch nur die leiseste Ahnung gehabt hätte …«

Tilda sah ihn ungläubig an. »Selbst jetzt noch? Es ist nicht zu fassen. Ich dachte, wir könnten uns das ersparen. Lydia, zeig uns, was du am Donnerstag um 16.40 Uhr gesehen hast.« Lydia aktivierte ihren Bildschirm erneut, und plötzlich waren Antonius und Frau Behrens im Wohnzimmer zu sehen. Sie alberten herum, verlegten ein paar Dinge. Antonius verschwand in Richtung Küche, kam mit einem Löffel und einem Topf wieder und machte sich einen Scherz daraus, Mietzi lärmend aus dem Zimmer zu verjagen. Dann zog Antonius Frau Behrens aufs Sofa. »Lydia, stopp«, sagte Tilda, als die beiden begannen, sich gegenseitig auszuziehen. »Den Rest erspare ich uns, du weißt ja selbst, wie es weitergeht.«

Antonius saß da wie betäubt, machte den Mund auf und wieder zu. Lange Zeit sagte niemand etwas, das Ticken der Wanduhr schien immer lauter zu werden. »Hat es dir wohl die Sprache verschlagen«, stellte Tilda fest.

»Du hast den Roboter als Überwachungskamera missbraucht«, sagte Antonius schließlich mit belegter Stimme. »Das ist illegal.«

»Das sagt der Richtige«, bemerkte Jakob.

Tilda lachte auf. »Ist das alles, was dir dazu einfällt?«

Antonius starrte auf seine Hände. »Ja, was gibt's denn dazu noch viel zu sagen. In flagranti erwischt.« Er hob den Blick zu Tilda und blinzelte nervös. »Ich schätze, ich kann nicht auf deine Solidarität bauen, was die Familie angeht?«

»Auf meine was?«, fragte Tilda ungläubig.

»Auf deine Rücksicht gegenüber Stephanie. Sie weiß nichts von meiner Affäre mit Nora. Bitte, überleg es dir gut, bevor du irgendwas unternimmst. Ich kann verstehen, dass du sauer bist, ich hab das verdient, ich hab das mehr als verdient, aber bitte denk an Stephanie und die Kinder. Mach sie bitte nicht unglücklich.« Er knetete seine Hände und sah Tilda flehend an. »Siehst du, ich bin da in eine entsetzliche Falle reingestolpert. Ich bin schließlich auch nur ein Mann, und wenn eine Frau wie Nora es wirklich drauf angelegt … du hast als Mann keine Chance. Ich bin ihr verfallen, und dann hat sie mich erpresst. Sie ist wie eine Gottesanbeterin, sie frisst dich mit Haut und Haaren. Aber wenn du es erkennst, ist es zu spät. Ich war so dumm. Es war eine entsetzliche Zwickmühle. Sie drohte mir, dass sie, wenn ich mich von ihr trennte, Stephanie von uns erzählen würde. Ich wollte meine Frau nicht unglücklich machen, und vor allem Tinchen und Lenchen nicht, die Kinder sind doch mein Ein und Alles. Und so blieb mir gar nichts anderes übrig, als alles zu tun, was sie von mir verlangt hat.«

»Ach so«, sagte Tilda und sah ihn eisig an. »Da haben sich ja die Richtigen gefunden. Frau Behrens hat übrigens eine ähnliche Geschichte erzählt, nur mit umgekehrten Rollen. Du hast angeblich sie erpresst.«

»Dieses verlogene Miststück, das war ja klar! Wann habt ihr überhaupt mit ihr gesprochen?«

»Nicht wir«, sagte Jakob. »Das hat gestern die Polizei getan. Und in ihrer Wohnung wurde übrigens auch das Geld gefunden, das Sie aus dem Wohnwagen meines Freundes gestohlen haben.«

»Wie bitte?« Antonius riss die Augen auf, dann begann er zu lachen. »Das wird jetzt wirklich absurd. Gut, wir haben uns heimlich in Tildas Haus getroffen, wenn sie nicht zu Hause war. Gut, ich bin meiner Frau untreu gewesen, so wie viele Männer, zuerst aus Dummheit, dann, weil ich erpresst wurde. Aber was dich angeht, liebe Tilda …« Er wandte sich ihr zu. »Wie kannst du nur an mir zweifeln? Ehrlich, wir haben dir nur einen Streich spielen wollen mit dem Verlegen der Sachen, wir fanden das lustig. Wir waren übermütig. Ich gebe zu, wenn man darüber nachdenkt, war es nicht besonders nett, aber doch nicht kriminell. Geld klauen? Ich bin doch kein Dieb. Welches Geld überhaupt?«

»Doch«, sagte Tilda ruhig. »Und ich wäre im Leben nicht darauf gekommen ohne Jakob.«

»Ich war hier und wollte Tilda besuchen«, sagte Jakob. »Traf aber nur Frau Behrens an. Sie war sehr freundlich, hat mich warten lassen, mit Ihnen telefoniert und dann sogar mit mir gemeinsam nach Tilda gesucht. So weit, so gut. Später jedoch stellte sich heraus, dass die scheinbar so hilfsbereite Frau Behrens meinen Besuch Tilda gegenüber mit keinem Wort erwähnt hatte. Warum hat sie ihr verschwiegen, dass ich da war? Wie passte das damit zusammen, dass sie sogar eine halbe Stunde mit mir im Auto herumgefahren war, angeblich, um Tilda zu finden? Was, wenn sie damit in Wahrheit nur verhindern wollte, dass ich Tilda tatsächlich fand? Und Ihnen die nötige Zeit verschaffen wollte, zum Campingplatz zu fahren und das Geld aus dem Wohnwagen zu stehlen?«

»Sie merken es selbst, oder«, warf Antonius ein. »Wie sollte irgendwer auf die Idee kommen, dass Sie in Ihrem Wohnwagen irgendwelches Geld horten.«

»Mein Tagebuch«, sagte Tilda. »Du musst am Morgen, als ich noch schlief, schon mal da gewesen sein. Hast es gefunden, mitgenommen und gelesen. Und als Frau Behrens dich anrief und sagte, dass Jakob vor der Tür stehe, hast du sofort erkannt, was für eine günstige Gelegenheit sich da für dich auftat.«

»Also tut mir leid«, sagte Antonius genervt, »jetzt komme ich echt nicht mehr mit. Welches Tagebuch?«

Tilda seufzte auf. »Das wird mir zu anstrengend. Erzähl das der Polizei.«

»Polizei?«, fragte Antonius. »Wieso Polizei?«

Jakob zeigte zur Tür. »Die Herrschaften warten draußen.«

Mietzi sprang auf Tildas Schoß, und sie streichelte sie. »Das mit Mietzi, das war wohl auch ganz allein die Idee deiner Sirene?«

»Ja, natürlich!«, beteuerte Antonius. Offensichtlich sah er eine letzte Chance, Tilda von seiner Unschuld zu überzeugen. »Sie ekelt sich vor Katzenhaaren, deshalb sollte Mietzi verschwinden. Eigentlich wollte sie, dass ich die Katze überfahre. Aber Tilda, du kennst mich. Nie hätte ich das über mich gebracht. Ich will doch für alle immer nur das Beste. Und ich habe ein wirklich gutes Tierheim für sie gesucht. Ich bin ein Familienmensch, ich liebe meine Frau, meine Kinder, ich habe dich ins Herz geschlossen, und sogar Mietzi, aber ich bin eben auch nur ein Mann.«

»Cherchez la femme«, bemerkte Jakob.

Tilda lächelte, doch Antonius war offensichtlich die Ironie entgangen, er nickte Jakob bekräftigend zu.

»Ganz genau! Nora ist wie eine Naturgewalt, sie hat mich mit ihren Reizen eingefangen, und ehe ich verstand, was los war, saß ich in der Falle. Sie haben ja keine Ahnung, wie viele schlaflose Nächte ich ihretwegen hatte. Ich bin geradezu erleichtert, dass jetzt alles rausgekommen ist. Endlich komme ich von ihr los. Jetzt gibt es doch noch Hoffnung für meine Ehe mit Stephanie, für die Familie, für die Kinder.« Er wandte sich wieder Tilda zu. »Als Familie muss man doch zusammenhalten. Du bist doch ein Teil davon, Tilda. Du willst doch auch nicht dafür verantwortlich sein, dass unsere Familie auseinanderbricht, nicht wahr?«

»Chapeau«, sagte Jakob zu Antonius, und zu Tilda: »Was für ein zäher Brocken.«

Tilda nickte und erhob sich. »Ich ertrage das nicht länger«, raunte sie Jakob zu, ging zum Fenster und gab den draußen wartenden Polizeibeamten ein Zeichen. »In einem sei ganz beruhigt, Antonius«, sagte sie über die Schulter. »Die Familie bricht nicht auseinander. Deine Frau hat von alldem nichts geahnt. Ich kann dir gar nicht sagen, wie erleichtert ich darüber bin. Stephanie und die Kinder bleiben eine Familie, bleiben meine Familie. Und jetzt geh endlich. Du weißt, wo die Tür ist.«

Nachdem Antonius ohne ein weiteres Wort das Haus verlassen hatte, ging Jakob zu Tilda ans Fenster, legte den Arm um ihre Schulter. Sie beobachteten gemeinsam, wie Antonius zum bereitstehenden Streifenwagen geführt wurde, und sahen still noch hinaus, als das Auto schon längst nicht mehr zu sehen war.

»Möchtest du noch einen Kaffee?«, fragte Jakob schließlich.

Tilda lehnte den Kopf an seine Schulter. »Lieber was Stärkeres.«

Später machten sie es sich auf der Veranda bequem, genossen die Aprilsonne und ließen sich von Lydia Chuck-Norris-Witze erzählen. Am Nachmittag packten sie die Koffer, und am Spätnachmittag aktivierten sie Lydias Bildtelefon für eine Videokonferenz mit Alex und Matthias.

Matthias saß im Kurpark, berichtete von den Fortschritten, die er bei der Reha mache, und beschwerte sich über das Essen, Alex in Bremen filmte Eddie, der glücklich zwischen Umzugskartons an einem Knochen nagte. »Und was gibt's bei euch so Neues?«, fragte sie.

»Bei uns gibt's gleich Abendbrot«, sagte Jakob.

»Und dann früh ins Bett«, ergänzte Tilda lächelnd. »Wir wollen bei Sonnenaufgang starten.«

Alex schwenkte mit der Handykamera von Eddie auf ihr neugieriges, seit Neuestem von Rastalocken umrahmtes Gesicht. »Wohin eigentlich?«

Danke

Zuerst und vor allem, wie immer, geht ein riesiges Danke an Jens Ferber – wir beide haben bestimmt über 150-mal Koffer, Zelte oder Rucksäcke gepackt. Seit über 33 Jahren gilt: Es ist nicht wichtig, wohin die Reise geht. Sondern mit wem. Danke, dass du jeden Tag mit mir unterwegs und zu Hause bist! Von dir kam der Keim zu dieser Geschichte, als du meintest: »Man müsste mal eine Geschichte auf einer Toilette beginnen lassen. Derjenige kommt raus und denkt: Wie bin ich hierhergekommen?« *Challenge accepted!*

Danke an Julius und Stella, die ihr zunehmend eure eigenen Reisen unternehmt und entdeckt: *strangers are just family you have yet to come to know*. Es ist wunderbar, Menschen, die einem die Welt bedeuten, in die Welt ziehen zu sehen. Denn die ganze Welt wird dir nah und neu, und jeder Fremde auch dein Freund. So die Theorie. Falls wir Eltern doch mal nachts besorgt aufwachen, nehmen wir uns dann einfach bei der Hand und denken ganz fest an die Italienerin auf dem Markusplatz. (Papa und ich haben sie gesehen, sie ist real!)

Danke an meine Mutter Gerta, die mir so viele Horizonte eröffnet hat und es immer noch tut. Auch diese Reise hast du mit all deiner Liebe begleitet.

Danke an meine Lektorinnen bei dtv. An Karoline Adler: Du hast von Anfang an daran geglaubt, wohin die Reise geht. Du bist die Nummer eins meiner Mailfach-Namen, die Post, die immer als Erstes und mit Freude geöffnet wird. Du bist Anker und Adler zugleich, – sorry für das Wortspiel, lag in der Luft ;-) – weise Erdung und Mutmacherin auf dem Flug der Träume. Und an Tina Vogl: Danke, dass du so begeistert und begeisternd mit auf die Reise gegangen bist. Deine Überlegungen zur Perspektive haben das Buch so viel besser gemacht!

Danke an meine starke große Schwester Angela Hackenberg, von Beginn an mein *most sympathetic reader* und mir immer nah; an Andreas Schieberle, »alter« Kollege aus Bürozeiten, lange schon Kollege in Freiheit und der beste Beweis, dass aus guten Kollegen richtig gute Freunde werden können; und an meine liebe Freundin Indra Janorschke sowie mitreißende Kollegin Felicity Whitmore – ihr beide sprüht nur so vor Energie und Ideen, ein Hundespaziergang mit euch lädt im Nu die Schreibbatterie auf!

Danke an meine lieben Testleserinnen Elke Thomsen, Isolde Ferber und Simone Menzerath!

Zum Schluss ein Danke an die Gebrüder Grimm für das Märchen von den Bremer Stadtmusikanten.